Bouvard et Pécuchet

부바르와 페퀴셰2

문학의 세계

Bouvard et Pécuchet

부바르와 페퀴셰2

귀스타브 플로베르

진인혜 옮김

일러두기

1. 이 책은 귀스타브 플로베르Gustare Flaubert의 《부바르와 페퀴셰*Bouvard et Pécuchet*》를 온전히 옮긴 것이다.
2. 이 책을 옮기면서 갈리마르Gallimard 출판사에서 나온 *Bouvard et Pécuchet*(1981)를 번역 대본으로 삼았다.
3. 주는 모두 옮긴이주이다.
4. 맞춤법과 외래어 표기는 1989년 3월 1일부터 시행된 〈한글 맞춤법 규정〉과 《문교부 편수자료》, 《표준국어대사전》(국립국어연구원, 1999)을 따랐다.

VII

우울한 나날이 시작되었다.

부바르와 페퀴셰는 실망하게 될 것이 두려워서 더 이상 연구를 하지 않았다. 샤비뇰 주민들도 그들에게서 멀어졌고, 정부의 인가를 받은 신문을 통해서는 아무 소식도 알 수 없었다. 그들은 깊은 고독과 철저한 무기력에 사로잡혔다.

이따금 그들은 책을 폈다가 도로 덮어버렸다. 무슨 소용이 있겠는가? 어떤 날은 정원을 청소하려고 했지만 잠시 후 곧 피곤해졌다. 또 어떤 날은 농장을 보러 갔다가 풀이 죽어 돌아왔다. 그리고 집안일을 돌보려고 하자, 제르맨이 푸념을 늘어놓아 포기하고 말았다.

부바르는 진열실의 목록을 작성하려고 하다가, 골동품이란 어리석은 것이라고 말했다. 페퀴셰는 종달새를 잡으려고 랑글루아의 물오리 사냥용 엽총을 빌려왔는데, 첫 발포부터 폭

발하는 바람에 하마터면 죽을 뻔했다.

그래서 그들은 시골에서의 권태로운 시간을 보내고 있었다. 단조로운 하얀 하늘은 너무도 무거워서 희망 없는 가슴을 짓누르는 것 같았다. 담벼락을 따라 걸어가는 사람의 나막신 소리나 지붕에서 바닥으로 떨어지는 빗방울 소리가 들리곤 했다. 때때로 낙엽 하나가 창문을 스치고 맴돌다가 사라져갔다. 희미한 종소리가 바람에 실려 왔다. 마구간에서는 소 우는 소리가 들렸다.

부바르와 페퀴셰는 서로 마주보고 하품을 하며, 달력을 들여다보거나 추시계를 쳐다보면서 식사 시간을 기다리곤 했다. 눈에 들어오는 풍경은 늘 그대로였다! 맞은편에는 들판이 있고, 오른쪽에는 교회가, 그리고 왼쪽에는 미루나무의 장막이 있었다. 엷은 안개 속에서 미루나무 꼭대기가 애처롭게 흔들리고 있었다!

그들은 그동안 몸에 밴 습관 때문에 고통스러웠다. 페퀴셰는 식탁보 위에 손수건을 올려놓는 괴벽 때문에 불편했고, 부바르는 파이프 담배를 떼어놓지 못하고 몸을 좌우로 흔들면서 이야기하곤 했다. 간혹 요리나 버터의 질에 대한 논쟁이 벌어지기도 했다. 이인용 소파에 마주 앉아 그들은 서로 다른 생각을 하고 있기 일쑤였다.

페퀴셰의 마음을 뒤흔들어 놓은 한 사건이 일어났다.

샤비뇰에서 폭동이 일어난 지 이틀 후에, 페퀴셰가 정치에 대한 실망감을 안고서 울창한 느릅나무로 뒤덮인 거리에 이르렀을 때였다. 등 뒤에서 "기다려요!" 하고 외치는 목소리가 들렸다.

카스티용 부인이었다. 그 여자는 페퀴셰를 보지 못한 채, 반대쪽에서 달려오고 있었다. 그녀의 앞에서 걸어가던 남자가 돌아섰다. 고르귀였다. 페퀴셰와 그 두 사람 사이에는 일렬로 늘어선 나무가 가로막고 있었다. 두 남녀는 페퀴셰에게서 불과 이 미터도 떨어지지 않은 곳에서 서로 다가갔다.

"정말이에요? 당신 싸우러 나가는 거예요?"

카스티용 부인이 말했다.

페퀴셰는 그들의 이야기를 들으려고 도랑 속으로 기어들어 갔다.

"물론이지! 싸우러 갈 거야! 그게 어떻다는 거야?"

고르귀가 대답했다.

"그 자식 때문이죠! 하지만 내 사랑, 당신이 죽기라도 한다면? 아, 가지 마세요!"

카스티용 부인이 팔을 비틀며 말했다. 카스티용 부인의 푸른 눈은 그녀의 말보다도 더 간절하게 애원하고 있었다.

"내버려 둬! 난 가야 해!"

여자는 화가 나서 냉소를 지어 보였다.

"그 여자가 좋다고 했어요? 그래서예요?"

"입 다물지 못해!"

남자는 주먹을 들어올렸다.

"알았어! 알았어! 조용히 할게요, 아무 말도 하지 않을게요."

구슬 같은 눈물이 여자의 뺨을 따라 흘러내려 장식깃의 주름끈 속으로 떨어졌다.

대낮이었다. 황금빛 밀로 덮인 들판 위에 햇빛이 빛나고 있었다. 저 멀리, 포장마차 한 대가 천천히 굴러갔다. 일종의 허탈 상태가 대기 속에 퍼지고 있었다. 새소리도 벌레의 울음소리도 전혀 들리지 않았다. 고르귀는 막대기를 하나 꺾어서 껍질을 벗기고 있었다. 카스티용 부인은 머리를 떨어뜨리고 있었다.

이 가련한 여인은 물거품이 되어버린 희생과 자기가 청산해 준 빚, 미래에 대한 약속, 잃어버린 애정을 생각하고 있었다. 그 여자는 불평을 하는 대신에, 그들이 사랑을 나누기 시작하여 매일 밤 헛간으로 만나러 가던 시절을 고르귀에게 상기시켰다. 한번은 남편이 도둑인 줄 알고 창문 너머로 권총을 쏜 일도 있었다. 그 총알은 아직도 벽 속에 박혀 있었다.

"처음 당신을 만났을 때, 당신은 왕자님처럼 멋지게 보였어요. 저는 당신의 눈이, 목소리가, 몸짓이, 그리고 당신의 냄새가 좋아요!"

여자는 한층 목소리를 낮추어서 덧붙였다.

"저는 당신에게 반했어요!"

남자는 자만심에 우쭐해져서 미소를 지었다.

카스티용 부인은 두 손으로 남자의 허리를 잡고 경배를 드리듯이 머리를 뒤로 젖혔다.

"내 사랑! 내 영혼! 내 생명! 자! 말해 봐요! 당신이 원하는 게 뭐예요? 돈인가요? 돈이라면, 돈은 갖게 될 거예요. 아니, 내가 틀렸어요! 나한테 싫증이 났군요! 미안해요! 양복점에서 양복도 맞추고, 샴페인도 마셔요, 결혼도 하고요! 무엇이든지 좋아요, 무엇이든지!"

여자는 최후의 노력을 다해서 중얼거렸다.

"그 여자까지도 좋아요!⋯⋯나한테 다시 돌아오기만 한다면!"

고르귀는 카스티용 부인이 넘어지지 않도록 한 팔로 여자의 허리를 감고, 입술 위로 몸을 굽혔다. 그 여자는 더듬더듬 말했다.

"내 사랑! 당신은 얼마나 멋있는 분인지 몰라요! 정말이지, 너무 멋져요!"

페퀴셰는 도랑 속에 몸을 감춘 채 얼굴만 내밀고는 꼼짝도 하지 않고 숨을 헐떡이며 그들을 바라보고 있었다.

"마음이 약해져서는 안 되지! 합승마차만 놓치게 될 뿐이야! 굉장한 돌발사고를 준비하고 있는데, 나도 가담할 거야! 운전사에게 커피를 한 잔 사 줘야 하니까 십 수만 줘!"

고르귀가 말했다.

여자가 지갑에서 오 프랑을 꺼냈다.

"곧 돌려줘야 해요. 조금만 기다려 봐요! 그 사람이 중풍에 걸린 후에는! 생각해봐요! 당신이 원한다면, 크루아 장발 성당에 갈 거예요. 거기서, 성모상 앞에서 그 사람이 죽자마자 당신과 결혼하겠다고 맹세하겠어요!"

"당신 남편은 절대로 죽지 않아!"

고르귀는 돌아섰다. 카스티용 부인은 그를 다시 붙잡고 어깨에 매달렸다.

"당신과 함께 가게 해주세요! 당신의 하녀가 되겠어요! 어차피 누군가가 필요하잖아요. 가지 말아요! 나를 버리지 말아요! 차라리 죽여주세요! 날 죽이라고요!"

여자는 고르귀의 손을 잡아 입을 맞추려고 하면서 그의 발 아래 엎드렸다. 모자가 땅에 떨어지고 이어 머리빗이 떨어지자, 짧은 머리카락이 흐트러졌다. 귀 밑으로 백발이 드러났다. 그 여자가 빨갛게 충혈된 눈과 부어오른 입술로 흐느끼면서 천천히 고르귀를 올려다 보자, 그는 격분해서 여자를 밀쳐버렸다.

"저리 가, 이 할망구! 잘 있으라고!"

여자는 일어나서 그의 목에 걸려 있는 금으로 된 훈장을 잡아채어 남자를 향해 던졌다.

"이런! 불한당!"

고르귀는 막대기로 나뭇잎을 두드리며 사라졌다.

카스티용 부인은 울지 않았다. 입을 벌리고 흐릿한 눈으로 꼼짝도 하지 않고 있었다. 절망으로 넋을 잃고 있는 그 여자는 더 이상 살아 있는 사람이 아니라 마치 파괴된 건물처럼 보였다.

뜻하지 않은 그 광경에 페퀴셰는 마치 새로운 세계, 아니 온 세계를 발견한 것과도 같았다! 거기에는 눈부시게 빛나는 빛이 있고, 엄청나게 많은 꽃이 피어나 있으며, 태양과 폭풍과 보물이 있고, 그리고 무한히 깊은 심연이 있다. 그 심연에서는 공포가 솟아나지만 아무러면 어떤가! 페퀴셰는 사랑을 꿈꾸며, 그 여자처럼 사랑을 느끼고 그 남자처럼 사랑을 받고 싶었다.

그렇지만 그는 고르귀가 미웠다. 그래서 하마터면 초소에서 그 사실을 폭로할 뻔했다.

카스티용 부인의 애인은 키도 훤칠하고 고른 애교머리에 복슬복슬한 수염과 당당한 태도를 지니고 있어서, 페퀴셰는 기가 죽었다. 페퀴셰의 머리카락은 젖은 가발처럼 두개골에 달라붙어 있고, 외투 속의 상반신은 흡사 긴 베개 같으며, 송곳니도 두 개가 없고 보잘것없는 외모였기 때문이다. 그는 하느님이 불공평하다고 생각했다. 자기 자신은 아무런 혜택도 받지 못한 것처럼 느껴졌다. 그의 친구도 더 이상 그를 사랑하지 않았다. 부바르는 매일 저녁 페퀴셰를 혼자 버려두었던 것이다.

아내가 죽은 이상, 부바르에게는 이제 그를 소중히 아껴주고 집안일을 돌볼 다른 여자를 아내로 맞이하는 데에 거리낄 것이 아무것도 없었다. 그런 생각을 하기에는 너무 늦은 것인지도 모른다!

부바르는 거울을 들여다보았다. 그의 광대뼈는 홍조를 띠고 있었고, 머리카락의 웨이브는 예전과 다름이 없었다. 이빨도 하나 흔들리는 것이 없었다. 그는 여자들의 환심을 살 수 있다고 생각하니, 젊음을 되찾은 것 같았다. 보르댕 부인이 머릿속에 떠올랐다. 그 여자는 부바르에게 은근히 접근해왔었다. 첫 번째는 짚더미에 화재가 났을 때였고, 두 번째는 저녁 식사 때, 다음에는 진열실에서 낭독을 할 때였다. 그 후에도, 그 여자는 연속해서 석 주 동안 일요일마다 아무런 악의 없이 찾아오곤 했다. 그래서 부바르는 보르댕 부인을 유혹하리라 마음먹고 그녀의 집에 자주 찾아갔다.

페퀴셰는 멜리가 물 긷는 모습을 살펴본 이후로, 더 자주 그녀에게 말을 걸었다. 멜리가 복도를 청소하거나 빨래를 널거나 혹은 요리를 하는 모습을 아무리 바라보아도 싫증이 나지 않고 즐거웠다. 페퀴셰는 사춘기 때와도 같은 자기의 감정에 스스로 놀랐다. 그는 사실 사춘기의 열병과 고뇌를 느끼고 있었다. 그리고 고르귀를 끌어안던 카스티용 부인에 대한 생각이 그를 괴롭혔다.

페퀴셰는 부바르에게 바람둥이들이 여자를 차지하기 위해 어떻게 하는지 물어보았다.

"선물을 하지! 식당에서 진수성찬을 대접하기도 하고."

"그래! 그러고 나서는?"

"긴 의자 위로 데리고 갈 수 있도록 기절하는 체하는 여자들도 있고, 손수건을 땅바닥에 떨어뜨리는 여자들도 있지. 운이 좋을 때는 솔직하게 데이트 신청을 하는 여자들도 있어."

그리고 부바르는 페퀴셰의 상상력을 자극시키는 음화와 같은 묘사를 늘어놓았다.

"첫 번째 규칙은, 여자들이 하는 말을 그대로 믿어서는 안

된다는 것이네. 나는 성녀와 같은 모습을 하고 있으면서도 실제로는 메살리나[1]와 같은 여자들을 알고 있지! 무엇보다도 대담해야 해!"

그러나 대담성은 저절로 생기는 것이 아니다. 페퀴셰는 날마다 결정을 뒤로 미루었고, 게다가 제르맨이 옆에 있어서 위축되곤 했다.

그는 제르맨이 제 발로 나가겠다고 급료를 요구하게 되기를 바라는 마음에서, 과중한 일거리를 강요하고 매번 흐리멍덩하다고 주의를 주기도 하고 더럽고 게으르다고 큰 소리로 지적을 해서 결국 그녀를 내쫓아버렸다.

이제 페퀴셰는 자유로워졌다!

그는 초조하게 부바르가 나가기만을 기다렸다! 부바르가 나가고 문이 닫히자, 그의 가슴은 말할 수 없이 고동쳤다!

멜리는 창가의 둥근 테이블 위에서 촛불 빛에 일을 하고 있었다. 이따금 그녀는 이로 실을 끊고, 바늘구멍에 실을 끼우느라고 눈을 깜빡거렸다.

우선, 페퀴셰는 멜리가 어떤 남자를 좋아할지 알고 싶었다. 이를테면, 부바르와 같은 타입의 남자일까? 천만에, 그녀는 마른 사람을 더 좋아할 것이다. 그는 용기를 내어, 애인을 가진 적이 있는지 물어보았다.

"없어요!"

페퀴셰는 다가가서, 멜리의 가느다란 코와 얇은 입술과 얼굴의 윤곽을 바라보았다. 그는 멜리에게 칭찬의 말을 건네며

얌전히 있으라고 했다.

멜리에게 몸을 굽히자, 블라우스 속에서 하얀 몸매가 드러나는 것을 볼 수 있었다. 거기에서 풍겨 나오는 훈훈한 향기로 페퀴셰의 뺨이 달아올랐다. 어느 날 저녁, 그는 멜리의 목 언저리에 흐트러진 머리카락에 입술을 대고는 뼛속까지 동요되는 것을 느꼈다. 또 한 번은 멜리의 턱에 키스를 했는데, 너무나 감미로워서 하마터면 그녀의 살을 깨물 뻔했다. 멜리도 페퀴셰에게 키스를 해 주었다. 방 안이 빙빙 돌고, 더 이상 아무것도 보이지 않았다.

그는 멜리에게 장화를 한 켤레 선물하고, 가끔 아니스 술을 대접하기도 했다.

멜리의 힘든 일을 덜어 주느라고, 아침 일찍 일어나서 장작을 패고 불을 피우고 부바르의 신발을 닦아주기까지 했다.

그런데 멜리는 기절을 하지도 않았고, 손수건을 떨어뜨리지도 않았다. 페퀴셰는 어찌할 바를 몰랐지만, 그의 욕망은 두려움 때문에 더욱 커져만 갔다.

부바르는 보르댕 부인의 환심을 사려고 열심이었다.

보르댕 부인은 말 장식처럼 바스락거리는 비둘기 털빛의 비단 옷을 입고, 태연하게 긴 금목걸이를 만지작거리면서 약간 상기된 얼굴로 부바르를 맞이했다.

그들은 샤비뇰 사람들에 대하여, 혹은 리바로에서 집달리를 한 적이 있는 그녀의 죽은 남편에 대하여 이야기했다.

보르댕 부인은 '젊은 남자의 방탕한 생활'에 대한 호기심에서 부바르의 과거에 대하여 물어보았고, 부수적으로 그의 재산과 페퀴셰와는 어떤 이해관계에 있는지 물어보았다.

부바르는 그녀의 집이 잘 손질되어 있다고 감탄했고, 식사를 할 때는 식기가 깨끗하고 식탁이 훌륭하다고 칭찬했다. 맛있는 요리가 이어지는 가운데 똑같은 간격을 두고 사이사이에 오래된 적포도주가 나왔다. 후식으로 그들은 매우 오랫동안 커피를 마셨다. 보르댕 부인은 콧구멍을 벌리며, 검은 솜털 때문에 약간 그늘져 보이는 두터운 입술을 작은 잔 속에 담갔다.

하루는 보르댕 부인이 어깨가 드러나 보이는 옷을 입고 나타났다. 부바르는 그녀의 어깨를 보고 황홀해졌다. 그는 보르댕 부인 앞의 작은 의자에 앉아서, 두 손으로 그녀의 팔을 어루만지기 시작했다. 보르댕 부인은 화를 냈다. 부바르는 계속하지는 않았지만, 놀라울 만큼 탄력 있고 풍만한 그녀의 육체를 상상하고 있었다.

멜리의 요리가 입에 맞지 않는 날 저녁이면, 부바르는 보르댕 부인의 거실로 들어가면서 즐거워하곤 했다. 그가 살아야 할 곳은 바로 여기이다!

장미색 종이를 바른 램프의 둥근 전구에서 은은한 빛이 새어나오고 있었다. 보르댕 부인은 난롯가에 앉아 있었다. 그녀의 발이 드레스 자락 밑으로 드러나 보였다. 대화는 첫마디부터 끊어져버렸다.

보르댕 부인은 눈을 반쯤 감고 괴로운 모습으로 부바르를 뚫어지게 바라보고 있었다.

부바르는 더 이상 참을 수가 없었다! 그는 바닥에 무릎을
꿇으며 재빨리 말했다.

"사랑합니다! 우리 결혼합시다!"

보르댕 부인은 크게 한숨을 쉬었다. 그리고 천진난만한 태
도로 농담하지 말라고 말했다. 사람들이 비웃을 것이며 합당
한 일이 아니라는 것이다. 그 말에 부바르는 괴로웠다.

그는 어느 누구의 동의도 필요치 않다고 반박했다.

"무엇 때문에 안 된다는 겁니까? 혼수 때문인가요? 우리의
내의에는 똑같은 글자가 새겨져 있어요, B 말입니다! 우리 이
름의 첫 글자를 합치면 됩니다."

보르댕 부인은 부바르의 이야기가 마음에 들었다. 하지만
중요한 일 때문에 이 달 말까지는 결정할 수가 없다고 하자,
부바르는 슬퍼했다.

그 여자는 마리안에게 큰 초롱을 들게 하여 대동하고, 친절
하게 부바르를 배웅했다.

부바르와 페퀴셰는 서로의 감정을 감추고 있었다.

페퀴셰는 하녀와의 관계를 계속 숨기고 싶었다. 만약 부바
르가 반대한다면, 멜리를 데리고 다른 곳으로 갈 것이다. 생활
비가 비싸지 않은 알제리로라도 말이다! 하지만 그는 사랑에
빠져서 그러한 가정을 거의 해보지도 않았고 결과도 생각해
보지 않았다.

부바르는 진열실을 부부 침실로 꾸밀 계획을 세우고 있었
다. 페퀴셰가 거절하지만 않는다면, 페퀴셰를 아내의 집에서

살게 할 것이다.

다음 주 어느 날 오후, 부바르는 보르댕 부인의 정원에 있었다. 싹이 트기 시작하고 있었고, 푸른 하늘에는 간간이 구름이 보였다. 보르댕 부인은 몸을 굽혀 제비꽃을 꺾어서 내밀면서 말했다.

"부바르 부인에게 인사하세요!"

"뭐라고요! 정말입니까?"

"정말이고 말고요."

부바르가 팔로 껴안으려고 하자 그녀가 뿌리쳤다.

"굉장한 분이셔!"

그러고는 진지한 태도로, 곧 자기가 애정의 표시를 요구할 거라고 말했다.

"드리고 말고요!"

그들은 다음 목요일에 계약서에 서명을 하기로 했다.

보르댕 부인은 마지막 순간까지 아무한테도 말하지 말라고 했다.

"알았어요!"

부바르는 밖으로 나와서 노루처럼 가벼운 마음으로 하늘을 바라보았다.

같은 날 아침, 페퀴셰는 멜리의 사랑을 구하지 못한다면 죽을 각오를 하고 있었다. 그는 어둠 속에서라면 대담해질 수 있으리라 생각하고 지하실로 멜리를 따라갔다.

멜리는 몇 번이나 밖으로 나가려고 했다. 그러나 페퀴셰는 병을 세어 보라거나 각재를 고르라거나 통의 바닥을 들여다 보라고 하면서 그녀를 붙잡았다. 그렇게 오랜 시간이 흘렀다.

멜리는 환기창에서 스며드는 빛을 받으며, 눈을 떨어뜨리고 입가를 약간 올린 채 페퀴셰 앞에 똑바로 서 있었다.

"나를 사랑하고 있지?"

페퀴셰가 느닷없이 말했다.

"네! 사랑하고 있어요."

"그래, 그럼 증거를 보여줘야지!"

그는 왼팔로 여자를 껴안으며, 오른손으로 코르셋의 단추를 풀기 시작했다.

"저를 괴롭히시려는 거죠?"

"아냐! 귀여운 것! 두려워하지 마라!"

"만약 부바르 씨가……."

"아무 말도 하지 않을게! 안심하라고!"

뒤에는 나뭇단이 있었다. 멜리는 거기에 쓰러지며, 셔츠 밖으로 젖가슴을 드러내고 머리를 뒤로 젖혔다. 그리고 한쪽 팔로 얼굴을 가렸다. 그런데 다른 남자라면 그 여자가 경험이 없지 않다는 것을 알았을 것이다.

부바르는 곧 저녁을 먹으러 돌아왔다.

그들은 각자 비밀이 탄로날까봐 두려워하면서 조용히 식사를 했다. 멜리는 평소와 다름없이 태연하게 그들의 시중을 들었다. 페퀴셰는 그녀와 눈이 마주치지 않도록 눈길을 돌렸고, 부바르는 벽을 바라보며 집을 개조할 생각을 하고 있었다.

일주일 후 목요일에, 부바르는 화가 나서 들어왔다.

"망할 년!"

"누구 말인가?"

"보르댕 부인이지."

부바르는 어리석게도 그 여자를 아내로 맞아들이려고까지 한 사실을 이야기했다. 그러나 십오 분 전에 마레스코의 사무실에서 모든 것이 깨져버렸다.

보르댕 부인은 지참 재산으로 에칼르의 토지를 받아야겠다고 주장했지만, 그것은 농장으로서 다른 사람과 공동으로 산 것이기 때문에 부바르가 마음대로 처분할 수 없는 것이다.

"물론이지!"

페퀴셰가 말했다.

"내가 말이야! 그 여자에게 원하는 것을 선물하겠다고 약속하다니 어리석었지! 그게 그 토지였어! 나도 고집을 부렸지. 만약 그 여자가 나를 사랑한다면, 양보했어야지!"

보르댕 부인은 반대로 화를 내고 욕설을 퍼부으며, 부바르의 체격이랑 똥배를 헐뜯었다.

"내가 똥배라니! 그럴 수가 있나."

그러는 동안, 페퀴셰는 몇 번이나 일어서서 다리를 벌리며 걷곤 했다.

"자네 어디 불편한가?"

부바르가 말했다.

"응! 불편해!"

페퀴셰는 문을 닫고 한참을 망설이다가 성병에 걸렸다고 고백했다.

"자네가?"

"그래, 내가!"

"아! 가엾은 친구! 누구한테서 옮았나?"

페퀴셰는 얼굴이 더 빨개져서 목소리를 한층 낮추어 말했다.

"멜리밖에는 없지!"

부바르는 어처구니가 없었다.

우선 해야 할 일은 멜리를 내보내는 일이었다.

멜리는 천연덕스럽게 항의를 했다.

그렇지만 페퀴셰의 경우는 심각했다. 그는 추잡한 짓을 한 것이 창피해서 감히 의사한테 가지도 못했다.

부바르는 바르브루에게 도움을 청하기로 했다.

그들은 병의 증상을 자세하게 써 보내 의사에게 보이고, 편지로 치료를 받고자 했다. 바르브루는 부바르가 성병에 걸린 것으로 알고 열심히 도와주었다. 그는 부바르에게 축하한다고 하면서 늙은이가 아직도 청춘이라고 불렀다.

"내 나이에! 비참한 꼴 아닌가! 하지만 멜리는 왜 날 이렇게 만든 걸까!"

페퀴셰가 말했다.

"자네를 좋아했겠지."

"미리 말해줘도 좋았을 텐데."

"감정이 어디 이성적인 것인가!"

그리고 부바르는 보르댕 부인에 대해 불평을 늘어놓았다.

그는 종종 보르댕 부인이 마레스코와 함께 에칼르 토지 앞에서 제르맨과 이야기하고 있는 현장을 본 적이 있었다. 그 작은 땅덩어리에 대해 그토록 많은 술책을 쓰다니!

"그 여자는 노랑이야! 그렇게밖에 해석할 수가 없네!"

작은 방의 난롯불 곁에서 페퀴셰는 약을 먹고 부바르는 파이프 담배를 피우며, 그들이 착각한 것을 되새겨보았다. 그리고 여자에 대해 토론을 벌였다.

여자들이란 필요하지만 이해할 수 없는 존재다. 정말 필요한 존재인가? 여자들은 죄악과 영웅주의로 몰고 가거나, 바보로 만들고 만다니까! 치마 밑에는 지옥이, 키스 속에는 천국이 있다. 산비둘기의 지저귐, 뱀의 꿈틀거림, 고양이의 발톱과도 같은 존재이지. 바다처럼 배신을 잘하고, 달처럼 변화무쌍하다. 그들은 여자에 대하여 흔히 하는 말들을 모두 이야기했다.

여자를 소유하고자 하는 욕망 때문에 그들의 우정도 잠시 중단되었었다. 후회가 엄습해왔다. 더 이상 여자는 필요 없지 않은가? 여자 없이 살기로 하자! 부바르와 페퀴셰는 감동적으로 서로 부둥켜안았다.

용기를 잃지 말아야 한다! 페퀴셰가 완쾌되자, 부바르는 자신들에게 물치료법이 유익할 것이라고 생각했다.

멜리가 나간 후에 다시 돌아온 제르맨은 매일 아침 욕조를 복도로 운반했다.

부바르와 페퀴셰는 야만인처럼 벌거벗고 커다란 양동이로

서로 물을 끼얹었다. 그러고는 방으로 뛰어 들어갔다. 살울타
리 사이로 그들의 모습을 보고 사람들은 눈살을 찌푸렸다.

VIII

식이요법에서 만족을 얻은 부바르와 페퀴셰는 체조를 통해 체질을 개선해보고 싶었다.

그래서 아모로스[2]의 개론서를 구해서 화보를 훑어보았다.

젊은 소년들이 웅크린 모습, 거꾸로 서 있는 모습, 똑바로 서 있는 모습, 다리를 굽히고 있는 모습, 팔을 벌리고 있는 모습, 주먹을 쥐고 있는 모습, 무거운 짐을 들고 있는 모습, 들보에 걸터앉은 모습, 사다리를 기어 올라가는 모습, 그네 위에서 깡충깡충 뛰는 모습이었는데, 거기에서 드러나는 강인함과 민첩함은 그들의 욕구를 자극시켰다.

그렇지만, 서문에서 묘사된 체육관의 화려한 모습에 그들은 몹시 슬퍼졌다. 그들에게는 도구를 비치하기 위한 현관도, 달리기를 위한 경기장도, 수영장도, 높이가 삼십이 미터나 되는 인공 언덕 '영광의 산'도 없었기 때문이다.

나무로 만들어 속을 넣은 곡예용 말은 너무 비싸서 포기했다. 그들은 정원에 쓰러져 있는 보리수를 평균대로 사용했다. 그 평균대의 한쪽 끝에서 다른 쪽 끝까지 달려갈 수 있을 만큼 숙달되자, 이번에는 수직대를 만들려고 이중 과수 울타리 중에서 작은 들보 하나를 옮겨 심었다. 페퀴셰는 끝까지 기어 올라갔다. 부바르는 미끄러져서 계속 떨어지다가 결국 포기하고 말았다.

부바르는 특히 '정형외과용 막대기'가 마음에 들었다. 그것은 빗자루처럼 생긴 두 개의 막대기로서 두 개의 끈으로 연결되어 있는데, 그중 끈 하나는 겨드랑이 밑으로 지나가고 다른 하나는 손목 위로 지나가도록 되어 있다. 부바르는 턱을 치켜든 채 가슴을 앞으로 내밀고 팔꿈치를 죽 펴서 몸에 붙이고는 여러 시간 동안 그 기구를 착용하곤 했다.

아령이 없어서, 그들은 목수에게 떡갈나무로 끝이 병주둥이처럼 생긴, 원뿔형의 설탕 덩이와 같은 모양을 네 개 깎아달라고 했다. 곤봉은 오른쪽, 왼쪽, 앞과 뒤로 돌려야 한다. 그런데 너무 무거워서 곤봉이 손가락에서 빠져나오는 바람에 다리가 부러질 뻔했다. 하지만 아무래도 상관없었다. 그들은 '페르시아 제 곤봉'에 애착을 가지고, 심지어 곤봉이 갈라질까 봐 매일 저녁 밀랍과 천 조각으로 문질러 주었다.

다음에는 도랑을 찾아보았다. 형편대로 적당한 것을 하나 찾아내자 그들은 가운데에 긴 막대기를 받쳐놓고, 왼쪽 발로 뛰어올라 반대편에 이르는 동작을 계속했다. 들판이 평평했기 때문에 멀리서도 부바르와 페퀴셰의 모습이 보였다. 마을 사람들은 저 멀리서 튀어 오르는 이상한 것 두 개가 무엇인지 궁금해했다.

가을이 되자, 그들은 실내체조를 시작했지만 거기에는 곤란한 점이 많았다. 루이 14세 시대에 생 피에르 사제가 고안해낸 운동 의자 혹은 역마차 의자라고 불리는 것을 그들이 어떻게 구할 수 있단 말인가! 그것은 어떻게 만들어진 것인가? 어디에서 정보를 구할 수 있나? 뒤무셀은 답장조차 해주지 않았다!

그래서 그들은 세탁장에 팔 시소를 설치했다. 천장에 고정시켜놓은 두 개의 도르래 위로 끈을 지나가게 하고, 그 끈의 양 끝에 침목을 매달아놓는 것이다. 그들은 각자 침목을 잡고, 한 사람은 발가락으로 땅바닥을 밀치고 다른 한 사람은 팔을 땅바닥까지 내렸다. 그러면 위로 올라갔던 사람의 몸무게 때문에 상대방을 끌어당기게 되어, 이번에는 다른 사람이 끈을 약간 느슨하게 잡으면서 올라가게 된다. 오 분도 안 되어, 그들의 사지에서는 땀방울이 흘러 떨어졌다.

개론서의 가르침대로 그들은 양손잡이가 되려고 노력했다. 잠정적으로 오른손을 쓰지 않기까지 했다. 그들은 그 이상의 행동도 했다. 아모로스가 연습할 때 부르는 노래를 몇 구절 제시하자, 부바르와 페퀴셰는 걸어가면서 송가 제9번 《왕이시여, 공정한 왕은 이 땅의 행복이로다》를 계속 불렀다. 흉부를 서로 치고받을 때에는 《친구, 왕관과 영광》 등을 불렀다. 달리기를 할 때에는 다음과 같은 노래를 불렀다.

우리에게 온순한 동물을!
날렵한 사슴을 따라잡자!
그래! 우리는 승리한다!
달리자! 달리자! 달리자!

그들은 개보다도 더 헐떡거리면서, 스스로의 목소리에 흥
분되었다.
체조에는 그들의 사기를 높여주는 측면이 하나 있었다. 그
것은 체조가 구조의 방법으로도 사용된다는 점이다.
그러나 아이들을 가방에 넣어 들고 가는 것을 배우기 위해
서는 아이들이 필요했다. 그들은 학교 선생에게 아이들을 몇
명 빌려달라고 부탁했다. 프티는 가족들이 화를 낼 거라고 반
대했다. 그들은 별수 없이 부상자를 구조하는 것으로 계획을
바꾸었다. 한 사람이 기절한 체하면, 다른 사람은 온갖 주의를
기울이며 바퀴 달린 의자로 환자를 운반했다.
사다리를 사용하여 적진을 공격하는 것에 대해서, 저자는
옛날에 절벽으로 올라가서 페캉을 기습 공격한 장교의 이름
을 따서 명명한 부아 로제 사다리를 권장하고 있다.
책에서 제시된 그림에 따라, 그들은 굵은 밧줄에 작은 막대
기들을 붙여서 그것을 헛간 밑에 비끄러맸다.
세 번째 막대기를 붙잡고서 첫 번째 막대기에 올라앉자마

자, 방금 어깨에 닿아 있던 두 번째 막대기가 바로 엉덩이 밑으로 오도록 다리를 밖으로 밀어낸다. 다시 일어서서 네 번째 막대기를 잡고 그와 같이 계속하는 것이다. 그런데 그들은 아무리 절묘하게 몸을 기울여도 두 번째 계단에 다다를 수가 없었다.

어쩌면 샹브레 요새를 공격할 때 보나파르트의 병사들이 한 것처럼 손으로 돌에 매달리는 것이 더 쉽지 않을까? 그와 같은 동작을 연습할 수 있도록 아모로스의 시설 중에는 탑이 하나 있었다.

부바르와 페퀴셰는 탑 대신 폐허가 된 담벼락을 이용했다. 그들은 그 담벼락을 공략하려고 애썼다.

그러나 부바르는 구멍에서 발을 너무 빨리 빼는 바람에 겁이 나서 현기증이 났다.

페퀴셰는 그런 방법을 비난했다. 군대에 관한 것은 무시하고 기초 개론을 다시 시작해야 한다고 했다.

하지만 부바르가 말을 듣지 않자, 페퀴셰는 자만심에서 죽마타기[3]를 시도했다.

그는 마치 죽마타기를 할 운명을 타고난 사람처럼, 바닥에 네 개의 발이 달린 받침대가 있는 커다란 모형을 곧바로 사용했다. 페퀴셰는 그 위에서 침착하게, 큰 걸음으로 정원을 걸었다. 거대한 황새 한 마리가 산책하고 있는 것 같았다.

부바르는 창가에서, 비틀비틀하더니 대번에 강낭콩 위로 넘어지는 페퀴셰의 모습을 보았다. 강낭콩의 섶이 부러지면서 페퀴셰는 넘어지는 충격을 덜 받을 수 있었다. 코피를 흘리며 창백한 얼굴로 흙투성이가 된 페퀴셰를 안아 일으켰다. 어쨌든 그는 스스로 노력을 했다고 생각했다.

확실히 체조는 부바르와 페퀴셰 나이의 사람들에게는 적합하지 않았다. 그들은 체조를 포기했다. 그리고 돌발 사고가 일어날까 봐 두려워서 더 이상 행동할 엄두도 내지 못하고, 하루 종일 진열실에 앉아 다른 일거리를 생각하고 있었다.

이와 같은 생활 습관의 변화는 부바르의 건강에 영향을 미쳤다. 그는 너무 비둔해져서 식사 후에는 고래처럼 숨을 몰아쉬었다. 그래서 살을 빼려고 덜 먹었더니 이번에는 몸이 약해졌다.

페퀴셰도 마찬가지로 몸이 쇠약해지는 것을 느꼈다. 피부가 가렵고 목에도 반점이 생겼다.

"몸이 안 좋은걸, 안 좋아."

부바르는 몸의 원기를 회복하기 위해서 에스파냐 술을 몇 병 고르러 여인숙에 갔다.

그가 여인숙에서 나올 때, 마레스코의 서기와 세 남자가 벨장브에게 커다란 호두나무 탁자를 가지고 왔다. 여인숙 주인은 매우 고마워했다. 그 탁자는 완전히 자유자재로 움직인다는 것이다.

그리하여 부바르는 호구리(狐狗狸)[4]라는 새로운 유행을 알게 되었다. 그는 서기에게 호구리를 비웃었다.

그렇지만 전 유럽에서, 아메리카에서, 호주와 인도에서 수

많은 사람들이 탁자를 돌리려고 그들의 생애를 보냈다. 그리고 어리석은 자들을 예언자로 만들어주는 방법, 악기 없이 음악회를 여는 방법, 달팽이를 사용하여 연락하는 방법이 발견되고 있었다. 신문은 이 거짓말 같은 이야기들을 진지하게 다루어서 대중들로 하여금 쉽게 믿도록 만들었다.

벽이나 탁자를 두드려서 의사를 전달하는 망령은 파베르주의 성에 상륙하여, 거기에서부터 마을로 퍼져 나왔다. 주로 공증인이 거기에 관심을 보였다.

부바르가 믿지 않아서 기분이 상한 공증인은 두 사람을 호구리의 저녁 모임에 초대했다.

혹시 계략이 아닐까? 보르댕 부인이 거기 있을지도 모른다. 그래서 페퀴셰 혼자 거기에 갔다.

입회인으로 면장, 세금 징수관, 육군 대장, 그 외 동네 유지들과 부인들, 보코르베유 부인이 와 있었다. 물론 보르댕 부인도 있었고, 또 전에 마레스코 부인의 조교로 있던 라브리에르 양도 있었다. 라브리에르는 약간 사팔뜨기에다가 회색 머리카락을 1830년대식으로 나선형으로 어깨까지 내려뜨리고 있었다. 파리에서 온 사촌은 푸른색 옷을 입고 건방진 태도로 안락의자에 앉아 있었다.

청동색 램프 두 개, 골동품 선반, 피아노 위에 놓여 있는 가두리 장식을 두른 로맨스 악보, 그리고 수많은 액자에 들어 있는 미세한 수채화들이 늘 샤비뇰 사람들의 눈길을 끄는 것이었다. 그러나 그날 저녁에는 모두들 마호가니 탁자를 주시하고 있었다. 곧 그 탁자를 시험하게 될 것이므로, 그것은 신비를 지니고 있는 물건과도 같이 중요한 존재였다.

열두 명의 손님들이 탁자 주위에 자리를 잡고 손을 내밀고 있어서 새끼손가락이 서로 닿았다. 시계추가 흔들리는 소리 이외에는 아무 소리도 들리지 않았다. 사람들의 얼굴에는 대단한 주의를 기울이는 빛이 역력했다.

십 분쯤 시간이 지나자, 몇몇 사람들이 팔이 근질근질하다고 불평을 했다. 페퀴셰도 불편함을 느꼈다.

"밀지 마세요!"

육군 대장이 푸로에게 말했다.

"밀긴 누가 밀어요!"

"분명히 밀었잖아요!"

"아! 이 양반!"

공증인은 그들을 진정시켰다.

지나치게 귀를 기울이다보니, 나무 부딪치는 소리가 들리는 것 같았다. 그러나 환상이었다! 아무것도 움직이지 않았다.

지난번에 오베르와 로르모 가족이 리지외에서 왔을 때에 일부러 벨장브의 탁자를 빌려왔었는데, 그때는 모든 것이 아주 잘 되었다! 그런데 오늘은 고집을 부리다니!⋯⋯무슨 까닭인가?

어쩌면 양탄자 때문에 방해가 된 것인지도 모른다. 그래서 모두들 식당으로 갔다.

커다란 원탁을 하나 골라서 페퀴셰와 지르발과 마레스코

부인과 그녀의 사촌 알프레드가 자리를 잡았다.

작은 바퀴가 달린 원탁은 오른쪽으로 미끄러졌다. 사람들은 손가락을 떼지 않고 탁자의 움직임을 따라갔다. 탁자는 스스로 또 두 바퀴를 돌았다. 모두들 아연실색했다.

그때, 알프레드가 큰 소리로 똑똑히 말했다.

"망령이여, 내 사촌 누이를 어떻게 생각하십니까?"

원탁은 천천히 흔들리면서 아홉 번을 두드렸다. 두드리는 숫자를 글로 바꾸어놓은 목록표에 따르면, 그것은 '매력적이다'라는 뜻이었다. 환성이 터져 나왔다.

이어서 마레스코는 보르댕 부인에게 장난을 치며, 그녀의 정확한 나이를 말해보라고 망령에게 말했다.

원탁의 다리가 다섯 번 바닥을 두드렸다.

"뭐라고? 다섯 살이라고!"

지르발이 소리쳤다.

"십 단위는 세지 않은 거예요."

푸로가 대답했다.

보르댕 부인은 속으로는 불쾌했지만, 미소를 지어 보였다.

기호가 너무 복잡해서, 다른 질문에 대한 대답은 해독할 수가 없었다. 그보다는 널빤지를 사용하는 것이 더 능률적이고 좋은 방법으로 생각되었다. 라브리에르는 루이 12세, 클레망스 이조르, 프랭클린, 장 자크 루소 등과 직접 의사소통한 것을 책자에 적으려고 그 널빤지를 사용한 적이 있었다. 그 기구는 오말 가에서 살 수 있으므로,[5] 알프레드가 하나 사 오기로 약속했다. 그리고 그는 라베리에르에게 말했다.

"잠시 피아노를 좀 처주시겠어요? 마주르카 곡으로!"

두 화음이 동시에 울려 퍼졌다. 알프레드는 사촌 누이의 허리를 잡고 사라졌다가 다시 나타나곤 했다. 지나갈 때 드레스 자락이 문에 스쳐서 일으키는 바람 때문에 시원한 느낌이 들었다. 여자는 머리를 뒤로 젖히고, 남자는 팔을 둥글게 굽혔다. 사람들은 마레스코 부인의 우아한 모습과 알프레드의 씩씩한 태도에 감탄했다. 페퀴셰는 그날 저녁의 광경이 너무 놀라워서 다과가 나오기를 기다리지도 않고 집으로 돌아갔다.

페퀴셰가 "하지만 내가 봤다고!" 하고 되풀이해서 말해도 소용이 없었다. 부바르는 사실을 부정했지만, 직접 실험해보는 것에는 동의했다.

보름 동안, 그들은 탁자 위에, 모자 위에, 바구니 위에, 그리고 접시 위에 손을 얹은 채 서로 마주 보며 오후를 보냈다. 어느 것 하나도 움직이지 않았다.

그래도 역시 호구리의 현상은 확실한 것이다. 세인들은 그것이 망령의 짓이라고 생각하고, 패러데이[6]는 신경 작용에서 비롯된다고 하고, 슈브뢸[7]은 무의식적인 힘에서 비롯되는 것이라고 한다. 혹은 어쩌면 세구앵이 가정한 것처럼 사람들이 모여 있는 데에서 어떤 충동 즉 자기의 흐름이 발산되는 것인지도 모른다.

페퀴셰는 이와 같은 가설을 심사숙고해보았다. 그는 서재에서 몽타카베르의 《최면술사의 안내서》를 꺼내어 주의 깊게 되풀이해서 읽고, 부바르에게 그 이론의 기초를 가르쳐주었다.

생명이 있는 모든 물체는 자석의 효력과 유사한 속성을 지닌 별의 영향을 받으며 그것을 전달한다. 이러한 힘을 조정하여 환자를 치료할 수 있으며, 여기에 바로 근본적인 원칙이 있다. 메스메르[8] 이후로 과학은 발달했다. 그러나 영기를 불어넣고 우선 잠들게 하는 손놀림이 중요하다는 사실에는 늘 변함이 없다.

"그럼, 날 잠들도록 해보게."

부바르가 말했다.

"그건 불가능해. 자기의 작용을 받아들이고 그것을 전달하기 위해서는 믿음이 필수적이거든."

페퀴세가 대답했다. 그리고 부바르를 쳐다보면서 다시 말했다.

"아! 유감천만이군!"

"어째서?"

"만약 자네가 원한다면, 경험을 조금만 쌓으면 자네와 같은 최면술사는 다시없을 걸세!"

부바르는 필요한 모든 조건을 갖추고 있었기 때문이다. 우선 매력적이고 건장한 체격에다가 건실한 정신의 소유자인 것이다.

부바르는 자기한테 그러한 능력이 있다는 사실에 기분이 우쭐해졌다. 그리하여 은근히 몽타카베르에 몰두했다.

제르맨은 귀에서 소리가 나서 귀가 잘 안 들렸는데, 어느 날 저녁 부바르가 무심한 어조로 말했다.

"최면술을 시도해볼까?"

제르맨은 거절하지 않았다. 부바르는 제르맨과 마주 앉아서 손으로 그녀의 두 엄지손가락을 잡았다. 그리고 평생 다른 일은 아무것도 하지 않은 듯이 제르맨을 뚫어져라 바라보았다.

제르맨은 발데우개에 발을 대고 앉아 고개를 수그리기 시작하더니 눈을 감았다. 그리고 서서히 코를 골기 시작했다. 그들은 제르맨을 한 시간 동안 바라본 후에, 페퀴셰가 작은 소리로 말했다.

"뭐가 느껴지나?"

제르맨은 잠에서 깨어났다.

조금 후에는 아마도 제정신이 들 것이리라.

이 일에 성공하자, 부바르와 페퀴셰는 대담해졌다. 그래서 대담하게 의료 행위를 하며, 늑골의 통증을 호소하는 성당지기 샹베를랑, 신경성 위장 장애에 걸린 석공 미그랜, 쇄골 밑에 있는 뇌종양 때문에 영양 섭취를 위해서 고기와 같은 기름진 음식을 필요로 하는 바랭 할멈, 술집 근처를 배회하고 다니는 통풍(通風) 환자 르무안 영감, 폐결핵 환자, 반신불수 환자 등 많은 사람들을 치료했다. 그들은 또한 코감기와 동상도 치료했다.

병을 자세히 검사한 후에, 부바르와 페퀴셰는 어떤 손놀림을 사용해야 하는지 서로 눈짓으로 묻곤 했다. 손놀림을 크게 해야 하는지 아니면 작게 해야 하는지, 위로 올려야 하는지 아니면 아래로 내려야 하는지, 세로로 하는지, 가로로 하는지, 손가락을 두 개 사용하는지, 세 개 사용하는지, 아니면 다섯 개를 다 사용하는지를 말이다. 한 사람이 손놀림을 너무 많이 하면, 다른 사람이 대신했다. 그리고 집에 돌아와서 치료 일지에 관찰한 것을 기록했다.

그들의 감동적인 방법은 사람들의 마음을 사로잡았다. 그렇지만 사람들은 부바르를 더 좋아했다. 그래서 부바르가 오랫동안 장교 생활을 한 바르베이 영감의 딸 '라 바르베'를 완쾌시켰을 때, 그의 명성은 팔레즈에까지 퍼졌다.

라 바르베는 마치 뒤통수에 못이 박힌 것 같다고 하며, 쉰 목소리로 말을 하고, 종종 며칠 동안 아무것도 먹지 않고 있다가 석고나 석탄을 먹어치웠다. 그녀의 신경 발작은 오열로 시작하여 눈물을 펑펑 쏟는 것으로 끝나곤 했다. 탕약부터 뜸까지 모든 치료 방법을 다 써보았지만 소용이 없었다. 그래서 지치자, 부바르의 제안을 받아들인 것이다.

부바르는 하녀를 내보낸 후 문을 잠그고, 라 바르베의 난소의 위치를 누르며 복부를 문지르기 시작했다. 한숨과 하품을 하는 것을 보니 기분이 좋은 것을 알 수 있었다. 그는 그 여자의 코 위의 눈썹과 눈썹 사이에 손가락을 댔다. 그러자 갑자기 그 여자는 꼼짝도 할 수 없게 되었다. 손을 들어 올려도 다시 떨어졌다. 부바르는 환자의 머리를 자기가 원하는 자세로 놓았다. 경련을 일으키면서 반쯤 감은 눈꺼풀 사이로 눈동자가 서서히 움직이는 것이 보였다. 그리고 그 눈동자도 경련을 일으키더니 눈 끝에서 고정되었다.

부바르가 고통스럽냐고 물었다. 라 바르베는 그렇지 않다고 대답했다. 이제 그 여자는 자기 몸의 내부 투시를 시도하고 있었다.

"뭐가 보이나?"

"벌레 한 마리요!"

"그걸 죽이려면 어떻게 해야 하지?"

그 여자는 이마를 찌푸렸다.

"애쓰고 있지만, 안 되네요. 안 돼요."

두 번째 치료 때에 라 바르베는 쐐기풀을, 세 번째에서는 고양이풀을 스스로 처방했다. 발작이 가벼워지더니 사라져 버렸다. 그것은 정말 기적 같은 일이었다.

코에 손가락을 대는 방법은 다른 환자들에게는 통하지 않았다. 그래서 최면 상태를 유도하기 위해 그들은 메스메르의 향연[9]을 베풀 계획을 세웠다. 이미 페퀴셰는 줄밥을 모아놓고 스무 개가량의 병을 닦아놓기까지 했다. 그런데 한 가지 마음에 걸리는 것이 있었다. 환자들 중에는 남녀가 섞여 있을 것이다.

"그들이 격렬한 에로티시즘에 빠지면 어떻게 하지?"

그것은 부바르에게는 문제가 되지 않았다. 그러나 소동이 일어날까 봐 또는 어쩌면 협박을 받을지도 모르니까 그만두는 것이 더 낫다고 생각했다. 그들은 하모니카로 만족하고, 그것을 집으로 가지고 가서 아이들을 즐겁게 해주곤 했다.

어느 날, 미그랜의 병이 더 악화되었다고 하여 그들은 달려

갔다. 하모니카의 투명한 소리는 환자를 더욱 짜증나게 했다. 그러나 들뢰즈는 환자의 불평을 두려워하지 말라고 지시하고 있다. 음악은 계속되었다.

"그만! 그만해요!"

환자가 소리쳤다.

"조금만 참아요."

부바르가 대답했다. 페퀴셰가 유리판을 더 빨리 두드리는 바람에 악기 소리가 울려 퍼졌고, 환자는 울부짖었다. 그때, 그 소동을 듣고 의사가 나타났다.

"뭐요! 또 당신들이군요!"

그는 언제나 자기 환자의 집에서 두 사람을 발견하게 되는 데 화가 나서 소리쳤다. 부바르와 페퀴셰는 자기요법을 설명했다. 그러자 의사는 최면술이란 속임수이며, 그 효과도 상상력에서 오는 것일 뿐이라고 비난했다.

그렇지만 사람들은 동물에게 최면을 걸고 있다. 몽타카베르는 그것을 주장하고 있고, 라퐁텐은 암사자에게 최면을 거는 데 성공했다. 부바르와 페퀴셰에게는 암사자가 없었다. 그런데 우연히 다른 짐승을 사용할 기회가 주어졌다.

다음 날 아침 여섯 시, 쟁기를 담당하고 있는 하인이 죽어가는 암소 때문에 농장에서 부바르와 페퀴셰를 찾고 있다고 말하러 왔던 것이다.

그들은 달려갔다.

사과나무는 꽃이 만발해 있었고, 안마당의 목초에서는 떠오르는 태양 아래로 김이 피어오르고 있었다. 연못가에는, 천으로 반쯤 몸을 가린 암소 한 마리가 사람들이 양동이로 몸에 물을 끼얹는 바람에 오들오들 떨면서 울부짖고 있었다. 암소는 엄청나게 몸이 부풀어 있어서 마치 하마처럼 보였다.

아마도 토끼풀을 뜯어먹다가 독을 먹은 것 같았다. 구이 부부는 비탄에 잠겨 있었다. 수의사는 올 수 없다고 하고, 수레 만드는 목수는 암소의 몸이 부푼 것에 대해서 뭔가 알고 있는 눈치인데도 남의 일로 방해받고 싶어하지 않았기 때문이다. 그러나 유명한 서재를 갖고 있는 두 신사들은 분명히 비결을 알고 있을 거라고 생각했다.

그들은 소매를 걷어붙이고, 한 사람은 뿔 앞에, 다른 한 사람은 엉덩이 쪽에 자리를 잡았다. 그리고 충분한 영기를 불어넣기 위해서, 무한한 정신적인 노력과 격렬한 몸짓을 하며 손가락을 벌렸다. 그러는 동안, 농부와 그 아내와 아들과 이웃 사람들은 거의 겁에 질린 채 바라보고 있었다.

소의 배에서 꾸르륵거리는 소리가 들리자, 부바르와 페퀴셰의 내장도 꾸르륵거렸다. 소가 방귀를 뀌었다. 그러자 페퀴셰가 말했다.

"희망이 보이는군! 어쩌면 속이 뚫리는 게 아닐까?"

막혔던 변이 빠져나왔다. 포탄처럼 터져 나오는 노란 덩어리 속에서 희망이 용솟음쳤다. 사람들은 긴장이 풀렸고, 소는 부기가 빠졌다. 한 시간 후에는, 더 이상 부은 것처럼 보이지 않았다.

이것은 분명히 상상력의 효과가 아니었다. 그러므로 영기는 특별한 효력을 가지고 있는 것이다. 그것은 사물 속에 갇혀 있다가, 그 사물을 통하여 전혀 약화되지 않은 상태로 사람들에게 나타나기도 한다. 그런 방법을 사용하면 출장의 수고를 덜 수 있다. 그들은 그 방법을 택해서, 환자들에게 자기를 띠게 한 동전을 보내기도 하고 자기를 띠게 한 손수건이나 물이나 빵을 보내기도 했다.

연구를 계속하면서, 그들은 손놀림을 그만두고 최면술사 대신에 끈을 감아놓은 낡은 나무 기둥을 사용하는 퓌제귀르의 체계를 택하기로 했다.

오두막집에 있는 배나무는 안성맞춤이었다. 그들은 나무를 여러 번 세게 껴안으면서 준비를 했다. 나무 밑에는 긴 의자를 설치했다. 단골손님들이 그 의자에 자리를 잡았다. 부바르와 페퀴셰는 매우 놀라운 결과를 얻었으므로, 보코르베유를 굴복시키기 위해 마을 유지들과 함께 그를 초대했다.

빠진 사람은 아무도 없었다.

제르맨은 작은 방에서 손님들을 맞이하며, 주인들이 곧 올 거라고 해명했다.

이따금 초인종 소리가 들렸다. 환자들이었다. 제르맨은 환자들을 다른 곳으로 안내했다. 손님들은 서로 팔꿈치로 먼지투성이의 창문과 대리석 위의 얼룩과 해진 그림을 가리켰다. 정원은 가련한 모습이었다! 도처에 죽은 나무가 산재해 있었다! 금이 간 벽 앞에는 두 개의 막대기가 과수원을 가로막고 있었다.

페퀴셰가 나타났다.

"준비되었습니다. 여러분!"

에두잉 배나무 아래에는 몇 사람이 바닥에 앉아 있는 것이
보였다.

수염을 깎고, 사제처럼 가죽 빵모자를 쓰고, 라스팅 프록코
트를 입은 샹베를랑은 늑골의 통증 때문에 몸을 떨고 있었다.
그 옆에 있는 미그랜은 계속 위의 통증을 느끼며 얼굴을 찌푸
리고 있었다. 바랭 할멈은 종기를 감추려고 숄을 여러 겹으로
두르고 있었다. 맨발에 헌 슬리퍼를 신고 있는 르무안 영감은
무릎 밑에 목발 모양의 버팀대를 받치고 있었다. 그리고 라 바
르베는 정장을 하고 있었는데 매우 창백한 모습이었다.

나무의 반대편에는 다른 사람들이 있었다. 핏기 없는 얼굴
의 한 여자는 연주창으로 곪은 목을 닦아내고 있었다. 한 어린
소녀는 파란 안경 때문에 얼굴이 반은 보이지 않았다. 근육의
위축으로 척추가 변형된 한 늙은이는 본의 아닌 반사적인 움
직임 때문에, 누더기 같은 작업복에 조각조각 기운 바지를 걸
치고 있는 바보 같은 마르셀에게 자꾸 부딪히고 있었다. 마르
셀은 언청이였는데, 다시 꿰맸지만 잘못되어서 앞니가 드러
나 보였다. 그리고 심한 염증 때문에 부어오른 뺨을 리넨 천으
로 감추고 있었다.

그들은 모두 나무에서 내려져 있는 끈을 손으로 잡고 있었
다. 새들이 지저귀고, 미지근한 풀냄새가 대기 중에 퍼지고 있

었다. 나뭇가지 사이로 햇빛이 비쳤다. 사람들은 이끼 위를 걸어 다녔다.

그런데 환자들은 잠들기는커녕 눈을 크게 뜨고 있었다.

"지금까지로 봐서는 힘들겠군요. 시작하세요, 난 잠시 바람 좀 쐬고 오겠소."

푸로가 말했다. 그리고 그는 파이프식 담배통들이 진열돼 있는 문으로 가서 마지막으로 남아 있던 아브델 카데르 담배통에서 담배를 꺼내 피우고 돌아왔다.

페퀴셰는 최면술을 거는 훌륭한 방법을 생각해냈다. 그는 모든 환자들의 코에다 입을 대고 자기에게 전기를 끌어내기 위해 숨을 들이마셨다. 그와 동시에 부바르는 영기를 증대시키려고 나무를 꼭 껴안았다.

석공은 딸꾹질을 멈추었고, 성당지기는 조금 진정되었고, 근육이 위축된 사람은 더 이상 움직이지 않았다. 이제는 그들에게 다가가서 여러 가지 시험을 해 볼 수 있었다.

의사가 종두칼로 샹베를랑의 귀 밑을 찌르자, 그는 몸을 조금 떨었다. 다른 환자들도 분명히 감각이 있었다. 통풍 환자는 고함을 쳤다. 그런데 라 바르베는 마치 꿈속에서처럼 웃고 있었고, 턱 밑으로 한 줄기 피가 흘러내리고 있었다. 푸로는 자기가 직접 시험해보려고 종두칼을 달라고 했으나 의사가 거절하자, 라 바르베를 세게 꼬집었다. 육군 대장은 깃털로 콧구멍을 간질였고, 세금 징수관은 환자의 피부에 핀을 찔러 넣었다.

"그 여자를 내버려둬요. 결국 놀라울 건 아무것도 없어요!

그녀는 히스테리 환자란 말이오! 악마라도 그녀를 이해할 수 없을 거요!"

보코르베유가 말했다.

"이 여자는 의사에요! 증상을 알아내어 치료 방법을 알려줍니다."

페퀴셰가 연주창에 걸린 빅투아르라는 여자를 가리키며 말했다.

랑글루아는 자기의 독감에 대하여 진찰을 받고 싶었지만, 감히 그러지 못했다. 그러나 쿨롱은 보다 용기 있는 사람이어서 자기의 류머티즘에 대해서 몇 가지 물어보았다.

페퀴셰는 쿨롱의 오른손을 잡아 빅투아르의 왼손에 놓았다. 최면에 걸린 그 여자는 계속 눈을 감고 뺨이 약간 상기된 채로 입술을 떨면서 횡설수설하다가 "발룸 베쿰"이라고 처방했다.

빅투아르는 바이외에 있는 약국에서 일했다. 보코르베유는 그 사실로 미루어 아마도 그 여자가 약국에서 얼핏 본 적이 있는 '알붐 그래쿰'[10]이라는 단어를 말하려고 한 것 같다고 추론했다.

그리고 보코르베유는, 부바르에 따르면 불투명체를 통하여 사물을 식별할 수 있다고 하는 르무안 영감에게 다가갔다.

르무안은 방탕에 빠져 있는 전직 학교 교사였다. 흰 머리카락이 얼굴 주위에서 흩날리고 있었다. 나무에 등을 기대고 손바닥을 펼친 채, 그는 햇볕을 듬뿍 받으며 위풍당당한 태도로 잠자고 있었다.

의사는 이중 넥타이로 그의 눈을 가렸다. 그리고 부바르는 신문을 내밀며 명령조로 말했다.

"읽어보시오."

르무안은 고개를 숙이고 안면의 근육을 움직이더니, 머리를 뒤로 젖히고 드디어 더듬더듬 읽었다.

"입-헌-적-인."

하지만 교묘하게 눈가리개의 틈을 이용할 수도 있다!

의사가 이렇게 부인하는 바람에 페퀴셰는 화가 났다. 그리하여 그는 라 바르베가 지금 의사의 집에서 무슨 일이 일어나고 있는지 알아낼 수 있다고 감히 주장했다.

"좋아요."

의사가 대답했다. 그리고 시계를 꺼내며 말했다.

"내 처가 지금 무엇을 하고 있소?"

라 바르베는 오랫동안 망설이다가 무뚝뚝한 모습으로 말했다.

"네? 뭐라고요? 아! 알았어요. 당신 부인은 밀짚모자의 리본을 꿰매고 있어요."

보코르베유는 수첩을 한 장 찢어서 몇 자 적었다. 그리고 마레스코의 서기가 서둘러 그것을 가지고 갔다.

최면술 장면은 끝나고 환자들은 돌아갔다.

결국 부바르와 페퀴셰는 성공하지 못했다. 기후 때문일까, 담배 냄새 때문일까, 아니면 동(銅) 장식이 달린 죄프루아 신부의 우산 때문일까? 동은 영기의 방출을 막는 금속이니까 말이다.

보코르베유는 어깨를 으쓱했다.

그렇지만 들뢰즈, 베르트랑, 모랭, 쥘 클로케와 같은 사람들의 성실성을 부인할 수는 없다. 그 대가들은 최면에 걸린 사람들이 사건을 예언했으며 견디기 어려운 수술을 고통 없이 받았다고 주장하고 있다.

신부는 더욱 놀라운 이야기를 덧붙였다. 한 선교사는 바라문[11]들이 거꾸로 서서 둥근 천장을 달려가는 것을 보았으며, 티베트에서는 라마교 교주가 신탁을 내리기 위해 자신의 창자를 찢는다는 것이다.

"농담이시겠죠?"

의사가 말했다.

"천만에요."

"설마! 무슨 짓궂은 장난이람!"

화제가 바뀌어 모두들 일화를 소개했다.

"나는요, 금요일부터 시작되는 달만 되면 영락없이 병이 나는 개가 한 마리 있었지요."

식료품 가게 주인이 말했다.

"우리 형제는 열네 명인데, 나는 십사 일에 태어났고, 결혼도 십사 일에 했어요. 그리고 영명 축일도 십사 일이랍니다! 이러한 일들을 어떻게 설명하시겠습니까?"

치안 판사가 말했다.

벨장브는 그의 여인숙에서 다음 날 묵게 될 여행객들의 숫자를 알아맞힌 적이 여러 번 있었다. 그리고 프티는 카조트[12]의 저녁 식사에 대해서 이야기했다.

그러자 신부는 다음과 같은 생각을 했다.

"왜 아주 간단히 마음속을 들여다보지 못하는 걸까……."

"어쩌면 사탄 때문이 아닐까요?"

보코르베유가 말했다.

신부는 대답 대신 머리를 끄덕였다.

마레스코는 델포이 신전에 있던, 아폴로 신의 신탁을 받은 무녀(巫女)에 대하여 이야기했다.

"틀림없이 장기(瘴氣)[13]가……."

"아! 이번에는 장기입니까!"

"나는 영기를 인정합니다."

부바르가 말했다.

"정신적인 신비한 유체(流體) 말이지요."

페퀴세가 덧붙였다.

"그러면 증명을 해보시오! 보여달라고요! 당신이 말하는 영기라는 것 말입니다! 게다가 영기는 이제 유행이 지난 것입니다. 내 말 좀 들어보시오."

보코르베유는 조금 멀리 가서 그늘에 자리를 잡았다. 마을 사람들이 그를 따라갔다.

"만약 한 어린아이에게 '나는 늑대다, 너를 잡아먹겠다'라고 말한다면, 그 아이는 당신을 늑대로 상상하고 무서워하지

부바르와 페퀴세 2

339

요. 그러니까 그것은 말이 만들어낸 몽상입니다. 마찬가지로 최면에 걸린 사람은 사람들이 원하는 대로 공상을 받아들입니다. 그러나 그는 기억이 나는 것뿐이지, 생각하는 것은 아닙니다. 생각을 한다고 믿고 있을 때에도 단지 감각이 있을 뿐이지요. 그런 식으로 범죄를 부추기기도 했지요. 덕망 있는 사람들이 사나운 짐승으로 보일 수도 있고 식인종이 될 수도 있습니다."

사람들은 부바르와 페퀴셰를 쳐다보았다. 그들의 학문은 사회를 위험에 빠뜨릴 소지가 있었다.

그때, 마레스코의 서기가 보코르베유 부인의 편지를 흔들면서 정원으로 돌아왔다.

의사는 편지를 뜯어보더니 얼굴이 창백해졌다. 그리고 마침내 다음과 같은 말을 읽었다.

"저는 밀짚모자의 리본을 꿰매고 있어요!"

너무나 놀라서 웃음도 나오지 않았다.

"우연의 일치야, 그렇고 말고! 이것은 아무런 증거도 되지 않는단 말이오."

그리고 두 최면술사가 승리의 태도를 보이자, 의사는 문턱에서 돌아보며 그들에게 말했다.

"이제는 그만두시오! 그것은 위험한 장난이니까!"

신부는 성당지기를 데리고 가며 호되게 꾸짖었다.

"당신 미쳤어? 내 허락도 없이! 이런 짓은 교회에서 금지한 책동이란 말이야!"

모두들 돌아갔다. 부바르와 페퀴셰가 포도나무 언덕에서 초등학교 선생과 함께 이야기를 나누고 있을 때, 마르셀이 턱의 붕대를 풀어헤치고 과수원에서 나오면서 재빨리 말했다.

"나았어요! 나았어요! 훌륭하신 선생님들!"

"좋아요! 그만! 조용히 해요!"

"아, 훌륭하신 선생님들! 사랑합니다! 감사합니다!"

프티는 진보적인 인물이라, 의사의 설명을 저급하고 부르주아적인 것이라고 생각했다. 과학은 부자들의 전유물이고, 대중은 과학에서 제외되고 있다. 중세의 낡은 분석에 이어 과감하고 폭넓은 통합이 나타날 시기인 것이다! 진리는 마음으로 얻어야 한다. 그리고 그는 심령술사를 자처하면서, 물론 불충분하지만 여명의 징조를 알리는 몇 권의 저서를 소개했다.

부바르와 페퀴셰는 그 저서들을 주문했다.

심령술은 인류의 필연적인 진보를 신조로 삼고 있다. 땅은 언젠가는 하늘이 된다는 것이다. 바로 그 때문에 학교 선생은 그 이론에 매력을 느꼈다. 가톨릭적인 것이 아니면서도 그 이론은 성 아우구스티누스와 성 루이를 원용하고 있다. 알랑-카르데크라는 사람은 그 성인들이 이야기한 것으로서 동시대의 의식 수준에 맞는 단장(斷章)들을 출판까지 하고 있다. 그 이론은 실리적이고 유익한 것이며, 천체망원경처럼 천상 세계를 밝혀준다.

인간의 영혼은 죽은 후에 엑스터시 상태로 천상 세계로 옮겨간다. 그러나 때때로 땅으로 내려와서 가구를 삐거덕거리게 만들기도 하고 우리의 여흥에 참여하기도 하며 자연의 아름다움과 예술의 즐거움을 맛보기도 한다.

그런데 우리 중의 몇몇 사람은 방향관(芳香管), 즉 두개골 뒤의 머리카락으로부터 행성에까지 이르는 기다란 관을 가지고 있어서 토성의 영혼들과 대화를 나눌 수 있다. 손으로 만질 수 없다고 해서 확실하지 않은 것은 아니다. 지구에서 천체, 천체에서 지구 사이에는 교류와 전달이 있으며 끊임없이 주고받음이 이루어진다.

그리하여 페퀴셰는 이루 말할 수 없는 갈망으로 가슴이 부풀었다. 밤이 되자, 부바르는 페퀴셰가 창가에서 영혼으로 가득 찬 별이 빛나는 밤하늘을 바라보고 있는 것을 보았다.

스웨덴보리[14]는 굉장한 여행을 했다. 일 년도 채 안 되는 사이에 금성, 화성, 토성, 그리고 목성을 스물세 번이나 탐험했던 것이다. 게다가 그는 런던에서 예수 그리스도를 보았고, 사도 바오로와 사도 요한과 모세를 보았으며, 심지어 1736년에는 최후의 심판을 보기까지 했다.

따라서 그는 우리에게 하늘나라에 대한 묘사를 하고 있다.

하늘에는 우리 지구와 마찬가지로 꽃과 궁궐과 시장과 교회가 있다.

옛날에는 인간이었던 천사들은 그들의 생각을 종이 위에 적고 집안일이나 정신적인 것에 대하여 이야기를 나눈다. 성직자의 역할은 지상의 삶에서 성서에 열중했던 자들의 소임이다.

지옥은 구역질나는 냄새, 오두막집, 쓰레기 더미와 옷차림이 엉망인 사람들로 가득 차 있다.

페퀴셰는 지성을 버리고, 그와 같은 뜻밖의 사실에서 훌륭한 점을 이해하려고 했다. 부바르에게는 그러한 것들이 한 명청이의 망상으로 생각되었다. 이 모든 것은 자연의 한계를 넘어서는 것이다! 그렇지만 자연의 한계를 누가 알 것인가? 그래서 그들은 다음과 같은 생각에 몰두하게 되었다.

요술쟁이들은 군중에게 착각을 일으키게 할 수 있다. 격렬한 감정을 가진 사람은 다른 사람을 감동시킬 것이다. 그러나 어떻게 의지 하나만으로 움직이지 않는 물체에 영향을 미칠 수 있을까? 한 바바리아 사람[15]은 포도를 익게 했다고 한다. 또 제르베라는 사람은 해바라기류 식물을 소생시켰고, 툴루즈에서는 더 유능한 사람이 구름을 쫓아버렸다는 것이다.

세계와 우리 인간들 사이의 매개물을 인정해야 하는가? 규명할 수 없는 새로운 것 오드[16]는 일종의 전기로서 어쩌면 같은 것이 아닐까? 최면에 걸린 사람들이 보았다고 생각하는 빛이나 묘지의 도깨비불이나 유령의 형태는 전기의 방출로 설명될 수 있다.

그러므로 그러한 모습은 환각이 아니다. 최면에 걸린 사람들의 능력과 유사한 귀신들린 자들의 비범한 능력은 물리적인 원인에서 비롯되는 것이 아닐까?

그 근원이 어떤 것이든 간에, 거기에는 하나의 본질, 즉 비밀스럽고 우주적인 요인이 있다. 우리가 그것을 얻을 수만 있다면 시간의 힘은 필요하지 않을 것이다. 몇 세기를 요하는 것도 단 일 분에 이루어질 것이다. 모든 기적이 실현될 수 있으며, 세상은 우리의 마음대로 될 것이다.

마술은 인간의 이 영원한 갈망으로부터 비롯되었다. 물론 그 가치를 과장한 면은 있지만 거짓은 아니다. 마술을 잘 알고 있는 동양 사람들은 기적을 행한다고 모든 여행자들은 고백한다. 그리고 팔레 루아얄[7]에서는 뒤포테라는 사람이 손가락으로 자침(磁針)을 방해하고 있다.

어떻게 마술사가 되나? 부바르와 페퀴셰는 처음에는 이러한 생각이 미친 짓으로 보였으나, 자꾸 생각이 나서 마음이 흔들렸다. 결국 그들은 장난삼아 하는 체하며 마술사가 되어 보기로 했다.

예비적인 식이요법은 필수불가결한 것이다.

그들은 보다 잘 흥분할 수 있도록 밤에 생활을 하고 단식을 했다. 그리고 제르맨을 세련된 영매(靈媒)로 만들고 싶어서 그녀의 음식물을 제한했다. 그러자 제르맨은 음료수로 배를 채우느라고 화주를 너무 많이 마셔서 알코올 중독이 되어버렸다. 그 여자는 부바르와 페퀴셰가 복도를 걸어가는 소리에 잠이 깨곤 했다. 그녀는 그들의 발소리와 귀에서 윙윙거리는 소리를 혼동했고, 벽에서 가상의 목소리가 나오는 것을 들었다고 생각했다. 하루는 아침에 지하실에서 네모난 그물을 꺼내다가 그것이 온통 불로 뒤덮인 것을 보고 겁에 질렸다. 그 후로 제르맨은 상태가 더 나빠진 것을 느꼈고, 마침내 부바르와 페퀴셰가 자기에게 주술을 걸었다고 믿게 되었다.

견신(見神)을 얻기 위해서, 부바르와 페퀴셰는 서로 목덜미를 죄기도 하고 벨라돈나[18] 향주머니를 몸에 지니기도 했다. 마지막으로 마술 상자를 사용하기로 했다. 그것은 뾰족뾰족하게 못이 박힌, 버섯과 같은 모양이 솟아 있는 작은 상자로서 어깨에 리본 모양의 띠를 매달아 가슴에 지니는 것이었다. 모든 방법이 실패했다. 그러나 뒤포테의 원을 사용하는 방법이 남아 있었다.

페퀴셰는 땅바닥에 석탄으로 둥근 고리 모양을 꺼멓게, 되는 대로 그렸다. '주위의 혼령들에게 도움이 될 동물 정기를 가두어 두기 위한 것'이었다. 그리고 자기가 부바르를 주도하는 것이 흐뭇해서, 페퀴셰는 주교와 같은 태도로 말했다.

"이 원을 뛰어 넘을 수 없으리라!"

부바르는 둥근 곳을 바라보았다. 곧 심장이 고동쳤고, 눈이 흐려졌다.

"아! 해보자!"

부바르는 뭐라 표현할 수 없는 불안을 떨쳐버리려고 그 원 위로 뛰어넘었다.

페퀴셰는 점점 더 흥분하여, 죽은 자를 나타나게 하고 싶었다.

집정 내각 치하에, 노르망디 최고 법원이 있는 거리에서 한 남자는 공포정치의 희생자들의 모습을 보여주었다. 유령에 대한 예는 그 수가 엄청나다. 유령의 모습이 어떠한 것이든 그것은 별로 중요하지 않다! 그 모습을 보여주는 것이 중요하다.

죽은 자가 우리와 가까우면 가까울수록 우리의 부름에 더욱 잘 응한다. 그러나 페퀴셰에게는 가족의 유물이라고는 아무것도 없다. 반지도, 작은 물건도, 머리카락 하나도 없다. 반면에 부바르는 부친의 영혼을 부르는 데 좋은 조건을 갖추고 있었다. 부바르가 싫어하는 눈치를 보이자, 페퀴셰가 물었다.

"뭐가 두려운가?"

"내가? 오! 전혀! 자네 하고 싶은 대로 하게!"

그들은 상베를랑을 매수하여 죽은 자의 두개골 하나를 비밀리에 가져오게 했다. 재봉사에게는 성직자의 제복에 있는 것과 똑같은, 두건이 달린 두 개의 검은 망토를 만들게 했다. 팔레즈에서 오는 마차를 통하여, 포장된 기다란 원통형의 물건이 배달되었다. 그리하여 그들은, 한 사람은 일을 실행하는 것을 흥미로워하고 다른 한 사람은 믿기를 두려워하면서, 일에 착수했다.

진열실에는 영구대(靈柩臺)처럼 휘장을 쳤다. 부바르 부친의 초상화가 걸려 있는 벽에 탁자를 붙여놓고 가장자리에 세 개의 촛대에 불을 켜놓았다. 초상화 위에서는 죽은 자의 두개골이 내려다보고 있었다. 두개골 안에도 촛불을 집어넣어, 두 눈구멍으로부터 불빛이 비쳤다.

중앙에는 난방기 위에서 향의 연기가 피어오르고 있었다. 부바르는 그 뒤에 서 있었다. 페퀴셰는 부바르에게 등을 돌리더니 난로에 유황을 한 주먹 던졌다.

죽은 자를 부르기 전에, 악마의 동의가 필요하다. 그런데 그 날은 금요일로 베세의 날이므로, 우선 베세의 양해를 구해야 했다. 부바르는 좌우를 향해 절을 한 후, 턱을 수그리고 팔을 들어 올리면서 시작했다.

"에타니엘, 아마쟁, 이쉬로스."

그는 나머지를 잊어버렸다. 페퀴셰가 재빨리 두꺼운 종이 위에 적혀 있는 단어들을 내뱉었다.

"이쉬로스, 아타나토스, 아도나이, 사다이, 엘로이, 메시아 스를 통하여."

연도(連禱)는 길었다.

"당신에게 간청하고, 간구하고, 명하노니, 오 베세."

그리고 목소리를 낮추어서 다시 말했다.

"베세, 당신은 어디 있소? 베세! 베세! 베세!"

부바르는 안락의자에 주저앉았다. 그는 베세가 나타나지 않아서 안도의 한숨을 쉬었다. 본능적으로 이러한 시도가 신 성모독이 아닐까 하고 자책했기 때문이다. 그의 부친의 영혼 은 어디에 있을까? 이 소리가 들렸을까? 만약 갑자기 나타난 다면?

금이 간 유리창으로 스며드는 바람에 커튼이 천천히 움직 이고 있었고, 촛불이 두개골과 초상화 위에 그림자를 드리운 채 흔들리고 있었다. 그 흐릿한 빛깔 때문에 두개골과 초상화 는 똑같이 거무스름하게 보였다. 초상화의 광대뼈에는 곰팡 이가 피어 있었고, 눈도 더 이상 빛나지 않았다. 그러나 그 위에 있는 두개골의 구멍 속에서는 불꽃이 타고 있었다. 그것은 때때로 초상화의 자리를 차지하여 프록코트의 깃 위에 있는 것 같았고, 콧수염도 있는 것 같았다. 반쯤 못이 빠진 휘장이 흔들리며 펄럭이고 있었다.

그들은 조금씩 숨결의 감촉과 같은 것, 감지할 수 없는 어떤 존재가 다가오는 것을 느꼈다. 페퀴셰의 이마는 땀방울로 젖었고, 부바르는 이빨이 딱딱 부딪치기 시작하며 배에 경련이 이는 것을 느꼈다. 마룻바닥이 물결처럼 그의 발뒤꿈치 아래로 사라져갔다. 난로 속에서 타고 있던 유황이 크게 소용돌이를 일으키며 떨어졌고, 그와 동시에 박쥐들이 날아다녔다. 외마디 비명 소리가 났다. 누구일까?

비명 소리에 한층 공포를 느껴서, 두건 밑에 있는 그들의 얼굴은 겁에 질려 일그러졌다. 감히 움직이지도 못하고 한 마디 말도 하지 못했다. 그때, 문 뒤에서 고통 받는 사람의 소리와도 같은 신음 소리가 들렸다.

드디어 그들은 용기를 내었다.

그것은 늙은 하녀였다. 제르맨은 칸막이 사이로 그들을 엿보다가 악마를 보았다고 생각하고는 복도에 주저앉아 마구 성호를 긋고 있었다.

아무리 설명을 해도 소용이 없었다. 그 여자는 부바르와 페퀴셰 같은 사람들의 시중을 더 이상 들어줄 수 없다면서 그날 저녁으로 떠나버렸다.

제르맨은 떠벌리고 다녔다. 샹베를랑은 해고되었고, 죄프루아 신부, 보르댕 부인, 푸로를 주축으로 하여 부바르와 페퀴셰에게 반대하는 집단이 암암리에 형성되었다.

부바르와 페퀴셰가 살아가는 방식은 다른 사람들과는 달라서 불쾌감을 준 것이다. 그들은 수상한 사람들로 의심을 받게 되었고, 심지어 막연한 공포의 대상이 되기도 했다.

특히 마을 사람들에게서 그들의 명예가 실추된 것은, 그들이 선택한 하인 때문이었다. 다른 사람을 구할 수 없어서 마르셀을 채용했던 것이다.

언청이에다가 못생기고 말도 잘 알아들을 수 없게 하는 까닭에, 마르셀은 제대로 된 인간으로 성장할 수 없었다. 버려진 아이로서 들판에서 아무렇게나 자라났고, 오랫동안 궁핍하게 지내어 늘 허기를 채우지 못했다. 병으로 죽은 짐승, 썩은 비곗덩어리, 차에 치인 개와 같은 모든 것들을, 그 양이 많기만 하면 상관하지 않고 먹었다. 그는 양처럼 순했지만 아주 멍청했다.

마르셀은 감사하는 마음에서 부바르와 페퀴셰에게 봉사하기로 자청하고 나섰다. 게다가 그들을 마법사라고 생각하여 굉장한 벌이를 기대하고 있었다.

첫날부터 그는 부바르와 페퀴셰에게 비밀을 이야기했다. 옛날에 폴리니[19]의 히스가 우거진 황야에서 한 남자가 금괴를 발견한 적이 있다는 것이다. 그 일화는 팔레즈의 역사가들에게 이미 알려진 사실이지만, 다음과 같은 사실은 알려지지 않았다. 열두 형제가 여행을 떠나기 전에 샤비뇰에서 브레트빌에 이르는 거리에 유사한 금괴를 열두 개 숨겨놓았다는 것이다. 그래서 마르셀은 주인들에게 그 금괴의 추적을 시작해보라고 간청했다. 부바르와 페퀴셰는 대혁명 시에 망명하던 귀족이 묻어놓은 금괴일 거라고 생각했다.

이것이야말로 점치는 지팡이를 사용해야 할 경우인데, 그 지팡이의 효과는 믿을 수 없다. 그러나 부바르와 페퀴셰는 문제점을 연구하다가, 피에르 가르니에라는 사람이 그 효과를 입증할 만한 과학적인 근거를 제시하고 있음을 알아냈다. 샘물과 광석은 나무와 친화력이 있는 미립자를 분출한다는 것이다.

확실할 것 같은 이야기는 아니다. 하지만 누가 알랴? 한 번 시도해보자!

그들은 개암나무를 포크 모양으로 잘라서, 어느 날 아침 보물을 찾으러 나섰다.

"보물을 찾으면 돌려줘야겠지."

부바르가 말했다.

"아! 천만에! 그럴 필요 없어!"

세 시간쯤 걸어가다가 그들은 멈춰 서서 생각했다.

"샤비뇰에서 브레트빌까지의 도로라고! 그게 옛 도로일까 새 도로일까? 틀림없이 옛 도로겠지?"

그들은 가던 길을 되돌아와서 주변을 되는 대로 두루 돌아다녔다. 옛 도로의 흔적을 알아보기가 쉽지 않았기 때문이다.

마르셀은 사냥 나온 스패니얼[20]처럼 좌우로 뛰어다녔다. 부바르는 오 분마다 마르셀을 불러야만 했다. 페퀴셰는 뾰족한 부분을 위로 하여 지팡이의 가지 두 개를 잡고 한 발 한 발 앞으로 나아갔다. 때때로 그는 경련과도 같은 어떤 힘에 지팡이가 땅으로 끌려가는 것을 느꼈다. 그러면 나중에 그 자리를 다시 찾을 수 있도록 마르셀이 재빨리 근처의 나무에 흠집을 냈다.

그런데 페퀴셰의 행동이 둔해졌다. 입이 벌어지고 눈동자에 경련이 일어났다. 부바르는 그를 불러 세워 어깨를 잡았다. 페퀴셰는 움직이지 않았고 라 바르베처럼 꼼짝을 할 수 없게 되었다.

그러더니 그는 가슴 주위가 찢어지는 것처럼 아프다고 했다. 아마도 지팡이 때문인 것 같은데 이상한 느낌이 든다는 것이다. 페퀴셰는 더 이상 지팡이를 만지려고 하지 않았다.

다음 날, 그들은 나무에 표시해 둔 곳들을 다시 찾아갔다. 마르셀이 삽으로 구덩이를 팠다. 구덩이에서는 아무것도 나오지 않았다. 그들은 그때마다 당황해서 어찌할 바를 몰랐다. 페퀴셰는 구덩이 가장자리에 앉아 있었다. 머리를 들고 생각에 잠겨 과연 자기가 방향관을 가지고 있을까 자문해보며 방향관을 통해 혼령들의 목소리를 들으려고 노력하고 있었다. 그때, 그의 눈길이 모자의 챙 위에 고정되었다. 전날의 마비 상태에 다시 사로잡힌 것이다. 그 상태가 오래 계속되어 몹시 걱정이 되었다.

귀리 밭 너머 오솔길에서 펠트 모자가 보였다. 보코르베유가 말을 타고 종종걸음으로 지나가고 있었다. 부바르와 마르셸은 그를 소리쳐 불렀다.

의사가 당도했을 때, 발작은 끝나가고 있었다. 그는 페퀴셰를 더 자세히 관찰하려고 모자를 벗겼다. 이마가 구릿빛 반점으로 뒤덮여 있었다.

"아! 아! 프룩투스 벨리!$^{21)}$ 매독성 발진입니다! 조심하세요! 저런! 장난삼아 사랑을 하지 말자고요."

페퀴셰는 수치심에 모자를 다시 썼다. 그것은 일종의 베레모로서 챙 위가 반달처럼 부푼 모양인데, 아모로스의 화보에서 본뜬 것이다.

의사의 말에 그는 어이가 없었다. 허공을 응시하며 의사의 말을 생각하다가, 그는 갑자기 다시 마비 상태에 사로잡혔다.

보코르베유는 페퀴셰를 관찰하더니, 손가락을 튕겨서 모자를 떨어뜨렸다.

페퀴셰는 제 기능을 되찾았다.

"내 생각에는, 윤이 나는 모자의 챙이 거울과 같이 정신을 혼미하게 만드는 것 같습니다. 이런 현상은 빛이 나는 물체를 지나치게 주의 깊게 바라보는 사람들한테서 흔히 일어나는 것이지요."

의사가 말했다. 그는 암탉을 가지고 그런 현상을 실험하는 방법을 가르쳐주고는 조랑말에 걸터앉아 천천히 사라졌다.

약 이 킬로미터쯤 더 가니까, 멀리 농장의 마당에 피라미드 모양의 물체가 서 있는 것이 보였다. 마치 여기저기에 붉은 점이 찍힌 거대한 검은 포도송이 같았다. 그것은 노르망디 관습에 따라 칠면조들이 머리를 뒤로 젖히고 가슴을 앞으로 내민 채 햇볕을 쬘 수 있도록 가로장이 갖추어져 있는 긴 버팀대였다.

"들어가자."

페퀴셰는 농부에게 다가가서 실험을 해도 좋다는 동의를 얻어냈다.

그들은 백묵으로 압착기의 중앙에 선을 긋고, 칠면조 한 마리의 다리를 묶어서 선 위에 주둥이를 올려놓고 배를 바닥에 대어 눕혔다. 칠면조는 눈을 감더니 곧 죽은 듯이 보였다. 다른 것들도 마찬가지였다. 부바르가 칠면조를 재빨리 페퀴셰에게 건네주면, 페퀴셰는 칠면조가 마비되자마자 한 옆으로 치워놓곤 했다. 농장 사람들은 불안해졌다. 여주인이 소리를 지르자, 어린 여자 아이가 울었다.

부바르가 풀어 놓자 가축들을 모두 점차로 생기를 되찾았다. 그러나 가축에게 무슨 일이 생길지 결과는 알 수 없는 일이다. 페퀴셰가 약간 까다롭게 항변을 하니까, 농부는 갈퀴를 움켜쥐었다.

"꺼져버려, 빌어먹을! 그렇지 않으면 칼로 배를 찌를 테다!"

그들은 도망쳤다.

아무래도 좋다! 문제가 해결되었으니까. 마비 상태는 물질적인 원인에서 비롯된 것이다.

그러면 물질이란 무엇인가? 정신이란 무엇인가? 물질과 정신이 서로에게 미치는 영향은 어디서 오는 것인가?

이러한 것을 이해하기 위해 부바르와 페퀴셰는 볼테르, 보

부
바
르
와
페
퀴
셰

2

쉬에, 페늘롱을 연구했다. 그리고 다시 열람실에 정기 구독을 신청하기도 했다.

옛 대가들은 저서가 너무 방대하고 관용어가 어려워서 접근하기가 어려웠다. 그렇지만 그들은 주프루아[22]와 다미롱을 통하여 현대 철학의 기초를 배울 수 있었다. 그리고 바로 전 세기의 철학을 다루는 작가들도 읽었다.

부바르는 라 메트리와 로크와 엘베시우스를, 페퀴셰는 쿠쟁과 토머스 리드와 제랑도[23]를 논거로 하고 있었다. 부바르는 경험에 몰두했고, 페퀴셰에게는 이상이 전부였다. 한 사람은 아리스토텔레스의 이론을, 다른 한 사람은 플라톤의 이론을 빌려서 논쟁을 벌이고 있었다.

"정신은 물질이 아니지."

한 사람이 말했다.

"천만에! 광기나 클로로포름이나 출혈에 의해서 정신이 혼미해지기도 하지. 그리고 정신은 늘 생각하고 있는 것은 아니니까, 단지 사고만 하는 존재는 결코 아니야."

다른 사람이 말했다.

"하지만 나 자신 속에는 육체보다 우월한 무엇인가가 존재하고 있어. 그리고 그것은 가끔 육체와 상반되기도 하는걸."

페퀴셰가 반박했다.

"존재 속의 존재란 말인가? 이중적 인간이로군! 말도 안 돼! 성향의 차이에서 상반된 동기가 나타나는 거야. 그게 전부라고."

"하지만 그 무엇, 정신이라는 것은 외부의 변화에도 변하지 않거든. 그러니까 정신은 단일하고 분리할 수 없는 것이며 따라서 영적인 것이지!"

"만약 정신이 단일체라면 갓 태어난 아기도 어른처럼 기억할 수 있고 상상할 수 있어야 할 거야! 그런데 오히려 사고력은 뇌의 발달에 따라 발달되거든. 분리할 수 없는 성질로 말하자면, 장미 향기나 늑대의 식욕도 사람의 의욕이나 확언과 마찬가지로 둘로 나누어지지 않아."

부바르가 대답했다.

"그건 이것과 아무 상관 없어! 정신에는 물질의 특징이 없다니까!"

"자네, 중력은 인정하겠지? 그런데 물질이 떨어질 수 있다면 마찬가지로 사고할 수도 있어. 우리의 정신에 시작이 있다면 틀림없이 끝도 있는 것이고, 신체 기관에 의존하고 있으니까 그 기관과 함께 소멸하게 되는 거지."

"나는 정신의 불멸을 주장하네! 신이 원할 수 없는 것은……"

"하지만 신이 존재하지 않는다면?"

"뭐라고?"

페퀴셰는 데카르트의 세 가지 증명을 이야기했다.

"첫째, 신은 우리가 신에 대해 가지고 있는 관념 속에 포함되어 있다. 둘째, 신에 있어서 존재가 가능하다. 셋째, 유한한 존재인 내가 어떻게 무한한 것을 생각할 수 있는가? 우리가 그러한 생각을 가지고 있는 이상 그 생각은 신으로부터 우리에게 오는 것이고, 고로 신은 존재한다!"

페퀴셰는 이어서, 사람들의 의식은 관습에 따라 창조자를 필요로 한다는 것을 증명하려고 했다.

"나는 시계를 볼 때……."

"그래! 그래! 뻔한 얘기야! 그런데 시계 제조인의 아버지는 어디 있지?"

"그렇지만 어쨌든 원인이 있어야 하잖아!"

부바르는 원인을 믿지 않았다.

"하나의 현상이 어떤 현상에 잇달아 일어나면 거기에서 유래된 것이라고 사람들은 결론을 내리지. 하지만 그렇다는 걸 증명해보게!"

"그러나 우주 경관은 어떤 의도를 나타내고 있어, 계획 말이야!"

"어째서? 악은 선과 똑같이 준비되어 있지. 양의 머리에서 자라서 양을 죽게 만드는 벌레도 해부학에서는 양과 동등한 가치를 지니고 있고. 기형적인 것은 정상적인 기능보다 우세하고 말이야. 인간의 육체는 보다 잘 구성될 수도 있었어. 지구의 사분의 삼은 불모지야. 달은, 그 커다란 가로등은 말이야, 늘 보이는 것도 아니야! 자네는 대서양이 선박을 위해 마련되었고, 나무가 우리들 집의 난방을 위해 존재한다고 생각하나?"

"그렇지만 위는 소화를 위해서 만들어졌고, 다리는 걸어가

기 위해서, 눈은 보기 위해서 만들어졌는걸. 비록 소화불량에
걸리기도 하고 골절되기도 하고 백내장에 걸릴 수도 있지만
말이야. 목적 없이 준비된 것은 아무것도 없다고! 결과는 바
로 나타날 수도 있고, 좀 늦게 나타날 수도 있지. 모든 것이 법
칙을 따르는 거야. 그러니까 목적인(目的因)이 있는 거라고."

부바르는 어쩌면 스피노자에서 논거를 얻을 수 있을지도
모른다고 생각했다. 그래서 그는 뒤무셸에게 세세[24]의 번역판
을 보내달라고 편지를 썼다.

뒤무셸은 십이월 이일에 추방된 그의 친구인 바를로 교수
가 가지고 있던 것을 한 부 보내주었다.

부바르와 페퀴셰는 《윤리학》의 공리와 필연적 귀결 때문에
질려버렸다. 그래서 연필로 표시된 곳만을 읽고 다음과 같은
것을 이해했다.

실체는 원인도 기원도 없으며 본래부터 스스로 존재하는
그 무엇이다. 이 실체는 바로 신이다.

그것은 유일하게 확장되는 것이며 여기에는 한계가 없다.
무엇으로 그 한계를 정할 것인가?

그러나 그 실체가 아무리 무한하다고 할지라도 절대적으로
무한한 것은 아니다. 그것은 완벽함 중의 하나의 양식만을 나
타내고 있을 뿐인데, 절대라는 것은 모든 것을 포함하기 때문
이다.

때때로 두 사람은 읽던 것을 중단하고 더 깊이 생각에 잠기
곤 했다. 페퀴셰는 한 줌의 코담배를 빨아들이고 있었고, 부바

르는 주의를 기울인 탓에 얼굴이 상기되어 있었다.

"자네는 이것이 재미있나?"

"그럼! 물론이지! 계속해!"

신은 무한수의 속성으로 전개되는데, 그 속성들은 각자 나름대로 신의 존재의 무한성을 표현해준다. 우리는 그 속성들 중에서 확장과 사유(思惟)라고 하는 두 가지만을 알고 있을 뿐이다.

사유와 확장으로부터 무수한 양태가 파생되며, 그 양태들은 또한 다른 양태를 포함하고 있다.

확장과 사유를 동시에 포함하고 있는 자는 어떠한 우발성도 또한 돌발적인 사건도 겪지 않을 것이다. 다만 필연적인 법칙에 의해서 연결되어 있는 사항들이 매우 정확하게 연속되는 것을 보게 될 것이다.

"아! 그거 훌륭하겠군!"

페퀴셰가 말했다.

그러므로 인간에게도 신에게도 자유가 없다.

"자네 들었지!"

부바르가 소리쳤다.

만약 신이 의지와 목적을 가지고 있다면, 그리하여 하나의 원인을 위해서 행동한다면, 그것은 뭔가 부족하기 때문일 것이고 완전하지 못하기 때문일 것이다. 그러면 그는 신이 아닐 것이다.

따라서 우리의 세상은 만물 중의 한 점에 불과하다. 그리고 우리의 지식으로 파악할 수 없는 우주는, 우리의 우주 근처에서 무한한 변화를 나타내는 무한한 수의 우주들 중의 한 부분에 불과하다. 우리의 우주는 확장에 포함되어 있고, 확장은 신에 포함되어 있다. 신은 그의 사고 속에 가능한 모든 우주를 포함하고 있으며, 신의 사고 자체는 실체 속에 포함되어 있다.

부바르와 페퀴셰는 한밤에 극심한 추위 속에서 풍선을 타고 바닥도 없는 심연을 향하여 끝없이 흘러가는 것 같았다. 그리고 주위에는 파악할 수 없는 것, 움직임이 없는 것, 영원한 것 이외에는 아무것도 없는 것 같았다. 그것은 너무 어려워서 그들은 포기하고 말았다.

그리고 조금 쉬운 내용을 바라는 마음에서, 게스니에의 《교실에서 사용하기 위한 철학 강의》를 구입했다.

저자는 어떤 것이 좋은 방법인가를 묻고 있다. 존재론적인 방법인가 아니면 심리학적인 방법인가?

존재론적인 방법은 사회의 유년기, 즉 인간이 외부 세계에 주의를 기울일 때에 적합한 방법이다. 그러나 인간이 자기 자신에게 관심을 기울이고 있는 현재에는 '심리학적인 방법이 보다 과학적이라고 생각한다'는 것이다. 그리하여 부바르와 페퀴셰는 두 번째 방법으로 결정했다.

심리학의 목적은 '자아의 내부에서' 일어나는 사건들을 연구하는 것이고, 관찰을 통해서 그것을 밝혀낸다.

"관찰해보자!"

그들은 보름 동안, 점심을 먹은 후에 늘 자신들의 의식 속을 닥치는 대로 추적해보았다. 그들은 뭔가 대단한 것을 발견하게 되기를 바랐지만 아무것도 발견하지 못했고, 그 때문에 그들은 매우 놀랐다.

자아를 점유하고 있는 현상이 하나 있다. 즉 관념 말이다. 관념의 본질은 무엇인가? 사람들은 사물이 뇌에 비친다고 전제했다. 그러면 뇌는 영상을 정신으로 보내고 정신은 우리에게 그 사물이 무엇인지를 알려준다는 것이다.

그러나 관념이 정신적인 것이라면 어떻게 물질을 나타낼 수 있는가? 여기에서 외적인 지각에 대한 회의가 생긴다. 만약 관념이 물질적인 것이라면 정신적인 것들을 나타낼 수는 없지 않은가? 여기에서는 내적인 개념에 관하여 회의가 생긴다. '게다가 조심해야 한다! 이러한 가정은 우리를 무신론으로 이끌 수도 있으니까!'라고 씌어 있다. 영상이 유한한 것이라면 무한한 것을 나타내기는 불가능하기 때문이다.

"그렇지만 내가 숲이나 사람이나 개를 생각할 때면 그 숲과 사람과 개가 보이는 걸. 그러니까 관념이 그것들을 나타내는 거지."

부바르가 반박했다.

그들은 관념의 근원을 이루는 것에 대하여 생각하기 시작했다.

로크에 따르면 관념의 근원을 이루는 것에는 감각과 사고라는 두 가지가 있다고 하는 데 반하여, 콩디야크는 모든 것을 감각으로만 나타낸다.

그러나 이때, 사고에는 기초가 부족하다. 사고에는 주체가, 즉 느끼는 존재가 필요하기 때문이다. 그러니까 사고는 우리에게 근본적인 대진리를 제공해줄 수 없다. 신, 선행, 죄과, 정의, 미 등과 같은 우리가 본유 관념(本有觀念)이라고 부르는 것, 즉 경험에 선행하는 보편적인 관념 말이다.

"그러한 개념들이 보편적인 것이라면 우리가 태어날 때부터 가지고 있을 테지."

"그 말은 그러한 개념을 소유하는 성향을 말하는 것인데, 데카르트는⋯⋯."

"자네의 데카르트는 조리가 없어! 태아 때부터 본유 관념을 소유하고 있다고 주장하면서도 또 다른 곳에서는 은연중에 나타나는 것이라고 고백하고 있기 때문이지."

페퀴셰는 놀랐다.

"그런 게 어디에 있나?"

"제랑도에!"

부바르는 손바닥으로 페퀴셰의 배를 한 대 쳤다.

"그만 하게!"

페퀴셰가 말했다. 그리고 콩디야크의 이론으로 다시 돌아와서 이야기했다.

"우리의 사고는 감각이 변형된 것이 아니야! 감각은 사고를 유발하고 작용하게 만드는 것이지. 사고를 작용하게 하려면 원동력이 필요하거든. 물질은 스스로가 움직일 수 없기 때문이지. 자네의 볼테르에서 이런 것들을 읽었다네!"

페퀴셰는 부바르에게 공손히 절을 하며 덧붙였다.

그들은 이와 같이, 서로 상대방의 의견을 무시하고 상대방을 설득시키지도 못하면서 똑같은 논쟁을 되풀이했다.

그러나 철학으로 말미암아 그들은 스스로를 더 높이 평가하게 되었다. 그리하여 이전에 농업이나 문학이나 정치에 관심을 기울이던 자신들의 모습을 딱하게 여기고 있었다.

그들은 이제 진열실에 싫증을 느꼈다. 진열실의 골동품들을 팔 수만 있다면 더 이상 바랄 게 없을 것이다. 그리고 그들은 제2장, 정신의 능력으로 넘어갔다.

정신의 능력에는 더도 말고 세 가지가 있다! 감각력과 인식력과 의지력이 그것이다.

감각력 중에서 신체적인 감각과 정신적인 감각을 구분해 보자.

신체적인 감각은 자연히 감각 기관에 의해 야기되는 다섯 가지로 분류된다.

반대로 정신적인 감각의 행위는 육체와 아무런 관련이 없다. 무게의 법칙을 발견한 아르키메데스의 기쁨과 멧돼지의 머리를 먹는 아피시우스[25]의 추잡한 쾌락 사이에 무슨 공통점이 있단 말인가!

정신적인 감각에는 네 가지 종류가 있다. 그중 두 번째 종류인 '정신적 욕망'은 다섯 가지로 분류되고, 네 번째 종류인 '애정'은 다시 두 가지로 세분되는데 그중의 하나인 자아에 대한 사랑은 정당한 성향이지만 너무 지나치면 이기주의라는 이름을 얻게 된다.

인식력 중에는 합리적인 지각이 있는데, 거기에는 두 가지 주된 작용과 네 단계가 있다.

추상력은 엉뚱한 지성을 바로잡아줄 수 있다.

예상력이 미래와 연결되는 것처럼 기억력은 과거와 연결시켜준다.

상상력은 차라리 하나의 특별하고 독특한 능력이다.

평범한 것들을 증명하기 위해 겪어야 하는 많은 어려움, 저자의 현학적인 어조, '우리는 그것을 알 준비가 되어 있다', '그런 생각은 당치도 않다', '우리의 의식을 살펴보자'와 같은 단조로운 어법, 듀걸트 스튜어트[26]에 대한 끊임없는 찬사, 그리고 말이 너무 많은 것에 부바르와 페퀴셰는 진저리가 나서 '의지력'에 대한 것을 건너뛰고 논리학으로 들어갔다.

논리학을 통하여 그들은 분석, 통합, 연역, 귀납이 무엇이며 우리의 오류를 이루는 주요 원인이 무엇인지를 배웠다.

거의 모든 오류는 단어를 잘못 사용하는 데에서 기인된다.

'태양이 잠든다, 날씨가 암울해지다, 겨울이 다가온다'와 같은 것은 잘못된 어법이며, 아주 단순한 사건에 불과한 것인데도 인격체처럼 믿게 만든다! '나는 어떤 물건, 어떤 원리, 어떤 진리를 기억한다'는 말은 그 무슨 착각인가! 내 안에 남아 있는 것은 관념이지, 사물이 결코 아니기 때문이다. 엄격하게 말하자면, '그 물건을 알아보고, 그 원리를 추론해내고, 그 진리를 인정한 내 정신의 활동을 기억한다'라고 말해야 한다.

하나의 사건을 지칭하는 용어가 모든 용법에서 그 사건을 나타내는 것이 아니기 때문에, 그들은 추상적인 단어만을 사용하려고 노력했다. 그래서 '산보하자, 저녁 먹을 시간이다, 설사를 한다' 라고 말하는 대신에, '산보는 건강에 좋을 것이다, 이제 음식물을 먹을 시간이다, 배변의 욕구를 느낀다' 라는 문장으로 표현했다.

부바르와 페퀴셰는 일단 논리적인 수단에 숙달되자, 여러 가지 기준, 우선 상식의 기준을 검토해보았다.

한 개인이 아무것도 알 수 없다면, 어째서 모든 사람이 그것에 관해 더 많이 알고 있는 것인가? 하나의 오류는, 아무리 십만 년이 흐르도록 오래된다고 할지라도, 단지 오래되었다는 사실 때문에 진리가 되는 것은 아니다. 군중은 변함없이 관례를 따른다. 그러므로 진보를 주도하는 것은 오히려 소수자이다.

감각으로 확인하는 바를 믿는 것이 더 나은 일일까? 감각은 때때로 틀리기도 하고, 또 외양에 대해서만 알려줄 뿐이다. 내용은 포착하지 못하는 것이다.

이성은 변함없고 비개성적인 것으로서, 보다 많은 것을 보증해준다. 그러나 이성이 겉으로 드러나기 위해서는 구체화되어야 하는데, 이때 이성은 '나' 라는 개인의 이성이 되어버린다. 하나의 규칙은 잘못된 것이라면 별로 중요하지 않다. 따라서 이성이 정당하다는 것을 아무것도 증명해주지 못한다.

감각으로 이성을 조절해보라고 권고하기도 한다. 그러나 감각은 더욱 무지한 상태로 만들 수 있다. 막연한 감각으로부터 불완전한 법칙이 추론될 것이고, 결국 그 불완전한 법칙으로 말미암아 사물을 명확하게 보지 못하게 될 것이다.

이제 도덕에 관한 것이 남아 있다. 도덕은 마치 우리에게 절대자의 역량이 필요한 것처럼 신을 실리적인 차원으로 끌어내린다!

어떤 사람은 부정하고 또 어떤 사람은 인정하고 있는 명증 (明證)[27]은 그 자체로서 기준이 되는 것이다. 쿠쟁이 그것을 증명했다.

"나는 계시[28]밖에 모르네. 그렇지만 그것을 믿기 위해서는 두 가지 예비적인 지식, 즉 느낌을 가진 육체와 사실을 인지한 지성이라는 두 가지 요소에 대한 지식을 인정해야 해. 인간적이며, 따라서 믿을 수 없는 증거물인 감각과 이성을 인정해야 한단 말이지."

부바르가 말했다.

페퀴셰는 팔짱을 끼고 곰곰이 생각해보았다.

"이러다가는 회의주의라는 무서운 구렁텅이에 빠지고 말겠는걸."

부바르는 바보들이나 회의주의를 무서워하는 것이라고 했다.

"칭찬해줘서 고맙네! 그렇지만 이론의 여지가 없는 사실들도 있지. 어느 한도 내에서는 진리에 도달할 수도 있고 말이야."

페퀴셰가 대답했다.

"어떤 진리 말인가? 이 곱하기 이는 항상 사가 된다는 것 말인가? 말하자면 내용이 형식보다 중요하지 않다는 거야? 진실에 가까운 것, 신의 한 부분, 분할할 수 없는 것의 일부라는 것은 뭘 의미하는 것인가?"

"아! 자네는 궤변론자일 뿐이네!"

그리고 페퀴셰는 화가 나서 사흘 동안 토라져 있었다. 그들은 그 사흘 동안 탁자 위의 책 몇 권을 훑어보며 지냈다. 부바르는 가끔 미소를 짓더니, 대화를 다시 시작했다.

"의심하지 않는다는 것은 참으로 어려운 일이야! 그래서 신에 대한 데카르트의 증명과 칸트, 라이프니츠의 증명은 동일하지 않을뿐더러 서로 위배되기도 하지. 원자에 의해서 혹은 어떤 영적인 존재에 의해서 세상이 창조되었다는 것은 믿을 수 없는 이론으로 남아 있고.

나는 물질과 사고가 각각 어떤 것인지 모르지만 동시에 두 가지를 다 느낄 수 있어. 불가해한 것이나 부피나 무게가 내 정신과 마찬가지로 신비스러운 것이라고 생각하네. 하물며 정신과 육체의 결합은 말할 것도 없지.

이 결합을 설명하기 위해 라이프니츠는 조화를, 말브랑슈는 신의 개입을, 커드워스는 매개자를 생각해냈고, 보네는 그것을 영원한 기적이라고 여기고 있는데 이것은 바보 같은 말이야. 영원한 기적은 더 이상 기적이 될 수 없으니까 말이야."

"아닌 게 아니라 그렇군!"

페퀴셰가 말했다.

그리고 그들은 둘 다 철학에 싫증이 났다고 실토했다. 너무

나 많은 체계들은 혼란스럽게 만들 뿐이며, 형이상학은 아무 짝에도 쓸모가 없다. 철학 없이도 살 수 있는 것이다.

게다가 금전상의 문제가 더 곤란해졌다. 그들은 벨장브에게는 포도주 세 통을, 랑글루아에게는 설탕 십이 킬로를, 재봉사에게는 백이십 프랑을, 구두 장수에게는 육십 프랑을 빚지고 있었다. 지출은 계속되었고, 구이 영감은 소작료를 지불하지 않고 있었다.

그들은 에칼르 토지를 팔거나 농장을 저당 잡히거나 혹은 집을 양도하여 종신연금을 받고 그 사용 수익권을 소유하는 방법으로 돈을 구해보려고 마레스코에게 갔다. 마레스코는 그것은 실현불가능한 방법이라고 말하면서, 더 좋은 거래가 생각나면 기별해주겠다고 했다.

부바르와 페퀴셰는 볼품없는 그들의 정원이 떠올랐다. 그리하여 부바르는 소사나무의 쓸데없는 가지를 쳐내고, 페퀴셰는 과수장의 가지치기를 했다. 마르셀에게는 화단의 땅을 파게 했다.

십오 분쯤 지나자, 그들은 하던 일을 멈췄다. 한 사람은 낫을 집어넣고 다른 한 사람은 가위를 내려놓고는 서서히 걷기 시작했다. 보리수 그늘 쪽으로 걷는 부바르는 조끼를 입지 않은 채 가슴을 앞으로 내밀고 팔을 드러내놓고 있었다. 페퀴셰는 머리를 숙인 채 뒷짐을 지고 벽을 따라 걷고 있었다. 그는 조심을 하느라고 모자의 챙을 목 위에서 돌려 쓰고 있었다. 두 사람은 이렇게 나란히 걸어가면서, 오두막집 곁에서 쉬면서 빵 부스러기를 먹고 있는 마르셀도 보지 못했다.

이와 같이 명상을 하는 가운데, 여러 가지 생각이 떠올랐다. 그들은 그런 생각을 놓치지 않으려고 서로 다가가서 말을 걸었다. 그리하여 형이상학에 관한 화제가 다시 거론되었다.

비, 태양, 신발 속에 있는 자갈, 잔디밭 위의 꽃 등 모든 것이 화제가 되었다.

촛불이 타는 것을 바라보면서, 그들은 빛이 물체 안에 있는 것인지 아니면 우리의 눈 속에 있는 것인지 자문해보았다. 별빛이 우리에게 도달할 때에는 별들이 이미 사라진 후일 수도 있으니까 어쩌면 우리는 존재하지 않는 것에 대해 감탄하는 것인지도 모른다.

조끼 속에서 라스파유의 궐련[29]을 발견하고 그들은 그것을 물 위에 부스러뜨렸다. 장뇌가 물 위에서 빙빙 돌았다.

이것이 바로 물질 속에 들어 있는 움직임이다! 움직임이라는 더 우월한 단계는 생명을 초래할 것이다.

그러나 움직이는 물질이 생명체를 창조하기에 충분한 것이라면, 생명체는 그리 다양하지 않을 것이다. 처음에는 땅도, 물도, 인간도, 식물도 존재하지 않았기 때문이다. 그러면 결코 본 적도 없으며, 이 세상의 것도 아니고, 모든 것을 만들어낸 최초의 물질은 도대체 무엇이란 말인가?

때때로 그들은 전문 서적을 읽을 필요를 느꼈다. 뒤무셸은 그들을 도와주는 데 지쳐서 더 이상 회신을 보내지 않았다. 그래서 그들은 끝없이 질문에 매달렸다. 주로 페퀴셰가 그러했다.

진리에 대한 페퀴셰의 욕구는 격렬한 갈증으로 변했다.

부바르의 말에 감동을 받아 그는 유심론을 버렸다가 곧 다시 유심론에 심취하고 또 버리곤 했다. 그리고 두 손으로 얼굴을 감싸고 소리쳤다.

"오! 의혹! 또 의혹! 차라리 무(無)의 상태가 더 낫겠어!"

부바르는 유물론의 부족한 점을 발견했다. 그는 거기에 매달리려고 애썼지만 결국 머리가 돌아버릴 지경이라고 고백하고 말았다.

그들은 확실하고 기본적인 것에 대하여 논증을 시작했다. 그러나 기초는 무너지고 갑자기 생각도 없어져버렸다. 마치 잡으려고 하자마자 날아가버리는 파리와 같았다.

그들은 헤아릴 수 없이 수많은 겨울 저녁을, 진열실의 난롯가에서 석탄을 바라보며 이야기를 나누면서 보냈다. 바람이 복도에서 휙휙 소리를 내며 유리창을 흔들고, 나무의 검은 형체가 흔들리고 있었다. 우울한 밤이어서, 그들의 생각은 더욱 심각해졌다.

부바르는 때때로 방 끝까지 갔다가 다시 돌아오곤 했다. 벽에 걸린 촛대와 냄비들이 비스듬한 그림자를 바닥에 드리우고 있었다. 옆모습을 보이고 있는 성 베드로 동상은 거대한 사냥 나팔 같은 코의 윤곽을 천장에 드러내고 있었다.

여러 가지 물건이 하도 많아서 그 사이를 겨우 왔다갔다할 수 있었는데, 부바르는 조심성이 없어서 가끔 동상에 부딪히곤 했다. 동상의 커다란 두 눈과 밑으로 늘어진 두꺼운 아랫입술과 술꾼과 같은 태도 때문에, 페퀴셰도 동상이 보기 싫었다. 오래전부터 그 동상을 처분하고 싶었지만, 무심결에 곧 다시 갖다놓곤 했다.

어느 날 저녁, 단자(單子)[30]에 대한 논쟁을 한창 벌이는 중에, 부바르는 성 베드로 동상의 엄지손가락에 발가락을 부딪쳤다. 그러자 그는 동상에 화풀이를 하면서 말했다.

"이 괴상한 녀석이 귀찮게 만드네. 밖으로 내던져버리자!"

계단으로 들고 나가기는 어려운 일이었다. 그들은 창문을 열고 동상을 창가로 천천히 기울였다. 페퀴셰가 무릎을 꿇고 동상의 발꿈치를 들어 올리는 동안, 부바르는 동상의 어깨를 눌렀다. 동상은 꿈쩍도 하지 않았다. 그들은 미늘창을 지렛대로 이용해서, 드디어 동상을 똑바로 눕히게 되었다. 그러자 동상은 위아래로 흔들리더니 삼중관을 앞으로 하여 허공으로 곤두박질쳤다. 둔탁한 소리가 울려 퍼졌다. 다음 날, 그들은 퇴비 구덩이로 쓰던 곳에서 동상이 산산조각 나 있는 것을 보았다.

한 시간 후에, 공증인이 좋은 소식을 가지고 왔다. 그 고장의 어떤 여자가 농장을 저당 잡히는 조건으로 천 에퀴를 내놓겠다는 것이다. 부바르와 페퀴셰는 기뻐했다.

"그런데요! 약정조항이 하나 있어요! 자기에게 에칼르 토지를 천오백 프랑에 팔라는 것입니다. 대부금은 오늘이라도 지불될 수 있어요. 돈은 내 사무실에 있습니다."

부바르와 페퀴셰는 둘 다 그 제안을 그냥 받아들이고 싶었다. 결국 부바르가 대답했다.

"젠장……좋아요!"

"결정되었습니다!"

마레스코가 말했다. 그리고 그는 그 여자가 바로 보르댕 부인이라고 알려주었다.

"그럴 줄 알았어!"

페퀴셰가 소리쳤다.

부바르는 자존심이 상해서 잠자코 있었다.

보르댕 부인이든 다른 사람이든 무슨 상관이랴! 중요한 것은 곤경에서 벗어나는 것이니까.

돈을 손에 넣자(에칼르 토지 대금은 나중에 받기로 했다), 그들은 곧 모든 고지서 대금을 지불하고 집으로 돌아왔다. 그때 시장 모퉁이에서 구이 영감을 만났다.

구이 영감은 불행한 사태를 알리려고 부바르와 페퀴셰의 집으로 가던 중이었다. 지난밤에 바람 때문에 마당에 있는 사과나무 스무 그루가 쓰러지고, 브랜디 증류소가 무너지고, 헛간의 지붕이 날아가버린 것이다. 그들은 손해를 따져보느라고 나머지 오후 시간을 허비하고, 다음 날은 목수와 석공과 기와공과 함께 보냈다. 수선하는 데에는 최소한 천팔백 프랑이 들 것이다.

저녁에 구이가 찾아왔다. 그는 방금 전에 마리안에게서 에칼르 토지의 매각에 대해서 이야기를 들은 터였다. 그 토지는 구이의 형편에서는 엄청난 산출고를 올리는 부분으로 거의 경작할 필요도 없었고 전 농장에서 제일 좋은 부분이다! 그러니까 소작료를 내려달라는 것이다.

부바르와 페퀴셰는 거절했다. 치안판사에게 소송을 의뢰했더니, 소작인에게 유리한 결론이 내려졌다. 이천 프랑으로 추산되는 면적의 에칼르 토지가 없으면 소작인은 매년 칠십 프랑의 피해를 볼 거라는 것이다. 그리고 법정에서도 분명히 소작인이 승소할 것이라고 했다.

부바르와 페퀴셰의 재산은 줄어들었다. 어떻게 할 것인가? 이제 어떻게 살아갈 것인가?

그들은 둘 다 실의에 빠져 식탁에 앉았다. 부엌에 있는 마르셀은 아무것도 알지 못했다. 이번에는 저녁 식사가 두 사람을 참을 수 없게 만들었다. 국은 설거지 한 더러운 물 같았고, 토끼 고기에서는 냄새가 났으며, 완두콩은 덜 익었고, 접시도 지저분했다. 마침내 디저트를 먹을 때, 부바르는 전부 다 머리에 던져 깨뜨려버리겠다고 마르셀을 위협하며 화를 냈다.

"우리 좀 초탈하자. 돈이 좀 없다든가, 어떤 여자의 계략이라든가, 하인의 잘못이라든가, 이 모든 것들이 다 뭐란 말인가? 자네는 물질에 너무 빠져 있어!"

페퀴셰가 말했다.

"하지만 물질 때문에 옹색해진다면?"

"나는 물질을 인정하지 않네!"

페퀴셰가 응수했다. 그는 최근에 버클리의 개론서를 읽었으므로 다음과 같이 덧붙였다.

"나는 넓이나 시간이나 공간, 또 실체라는 것을 부정하네! 왜냐하면 진정한 실체란 특성을 지각하는 정신이거든."

"그럼 좋아. 그러나 이 세상이 사라지면, 신의 존재에 대한 증거도 부족할 걸세."

부바르가 말했다.

페퀴셰는 요오드화칼륨 때문에 생긴 코감기에 걸려 있었지만 오랫동안 소리를 질렀다. 그리고 계속되는 열 때문에 흥분했다. 부바르는 불안해져서 의사를 불렀다.

보코르베유는 요오드화물을 섞은 오렌지 시럽을 처방하고, 조금 후에 진사(辰砂)로 목욕을 하라고 했다.

"그게 무슨 소용이오? 형태란 언젠가는 사라져버리는 것인데. 하지만 본질은 사라지지 않아요!"

페퀴셰가 말했다.

"아마 물질은 파괴될 수 없을 겁니다! 그렇지만……."

의사가 말했다.

"아니! 아니오! 파괴되지 않는 것은 존재라고요. 내 앞에 있는 육체, 의사 선생, 당신의 육체는 말이지요, 당신의 사람됨을 파악하는 것을 방해하고 있어요. 말하자면 하나의 의복, 아니 하나의 가면에 불과한 것이지요."

보코르베유는 페퀴셰가 미쳤다고 생각했다.

"안녕히 계시우! 당신 가면을 잘 보살펴주라고요!"

페퀴셰는 붙잡지 않았다. 그는 헤겔 철학 입문을 하나 가져다가 부바르에게 설명해주었다.

"이성적인 모든 것은 현실적인 것이야. 관념만이 바로 현실에서 오는 것이지. 정신의 법칙은 세계의 법칙이며, 인간의 이성은 신의 이성과 동일하다네."

부바르는 이해하는 체했다.

"그러므로 절대자는 주체인 동시에 객체이며, 모든 차이점들이 결합하게 되는 단위이지. 이와 같이 모순이 해결된다네. 어둠은 빛을 가능하게 하고, 추위는 더위와 함께 어우러져 기후를 만들어내며, 기관은 기관의 파괴에 의해서만 유지되지. 어디에나 분류하는 원칙이 있고, 결합시키는 원칙이 있는 법이야."

그들은 포도나무 언덕 위에 있었다. 신부가 성무일과서(聖務日課書)를 손에 들고 살울타리를 따라 걸어가고 있었다.

페퀴셰는 신부 앞에서 헤겔에 대한 설명을 끝내고, 신부가 그에 대해 뭐라고 말하는 지를 보고 싶어서 신부를 들어오게 했다.

신부가 그들 옆에 앉자, 페퀴셰는 기독교주의에 대한 화제를 꺼냈다.

"결국 어떠한 종교도 '자연은 관념의 한 순간에 불과하다'는 진리를 밝히지 못했지요!"

"관념의 한 순간이라고요?"

신부는 어리둥절해서 중얼거렸다.

"그렇고 말고요! 신은 가시적인 외양을 취함으로써 자연과의 동질적인 결합을 보여주었지요."

"자연과요? 오! 오!"

"죽음으로써 신은 죽음의 본질을 인정했고, 따라서 죽음은 신의 내부에 존재하며 신의 일부를 이루었고, 또 지금도 신의 일부를 이루고 있는 것입니다."

사제는 얼굴을 찌푸렸다.

"신을 모독하지 마시오! 신이 고통을 감내한 것은 인류의 구원을 위한 것이었소……."

"그건 잘못된 생각이오! 사람들은 개인에게 있어서는 분명히 죽음을 하나의 불행으로 생각하지만, 사물에 관해서는 다르지요. 정신과 물질을 분리시키지 마십시오!"

"하지만, 이것 보세요, 창조하기 전에는……."

"창조는 없었어요. 항상 존재하고 있었지요. 그렇지 않다면, 신적인 사고에다가 또 새로운 존재가 첨가되는데 그건 터무니없는 얘기지요."

신부는 일어났다. 다른 곳에 볼 일이 있다는 것이었다.

"신부를 공격하니까 기분이 좋은걸! 한 마디만 더 하겠네! 이 세상의 모든 존재는 삶에서 죽음으로, 또는 죽음에서 삶으로 이르는 끊임없는 통로에 불과하므로, 모든 것이 존재하는 게 아니라 아무것도 없는 것이야. 하지만 모든 게 생성되고 있지. 이해하겠나?"

페퀴셰가 말했다.

"그래! 이해하네, 아니 모르겠어!"

마침내 부바르는 관념론에 몹시 짜증이 났다.

"더는 못 참겠어! 그 유명한 코기토에 진저리가 나네. 사람들은 사물에 대한 관념을 사물 자체로 착각하고 있어. 잘 알지도 못하는 것을 전혀 이해하지 못하는 단어를 사용해서 설명하고 말이야! 실체니, 연장이니, 힘이니, 물질과 정신이니 하는 것들이 얼마나 추상적이고 터무니없는 것인가. 신에 대해서도, 신이 어떻게 생겼는지 알 수도 없을뿐더러 신이 존재하는지 아닌지도 알 수 없잖아! 옛날에는 신이 바람과 번개와 혁명을 일으켰지만, 이제는 신은 약해졌어. 게다가 나는 신이 유용한 존재라고 생각하지 않아."

"그럼 그 모든 것에서 도덕은 유용한가?"

"아! 딱한 일이지만 그것도 마찬가지야!"

사실 도덕에는 기초가 부족하다고 페퀴세는 생각했다.

그리고 그는 자기가 제기한 전제의 결론인 막다른 궁지에 몰려, 침묵을 지키고 있었다. 그것은 하나의 기습이며 진압과도 같았다.

부바르는 더 이상 물질도 믿지 않았다.

아무것도 존재하지 않는다는 확신도(그것이 아무리 비참할지라도) 역시 하나의 확신이다. 그런데 그러한 확신을 가질 수 있는 사람은 거의 없다. 이러한 우월성에 그들은 자만심을 느껴, 그 확신을 드러내 보이고 싶었다. 마침 그럴 기회가 생겼다.

어느 날 아침, 담배를 사러 가다가 그들은 랑글루아 집 앞에 사람들이 모여 있는 것을 보았다. 사람들은 팔레즈의 합승마차를 둘러싸고 있었는데, 그 지역을 배회하고 다니던 죄수 투아슈에 관해 이야기하고 있었다. 마부가 크루아 베르트에서 투아슈가 두 병사에게 잡혀 있는 것을 보았다고 하자, 샤비뇰 사람들은 안도의 한숨을 내쉬었다.

지르발과 육군 대장은 광장에 남아 있었다. 정보를 얻을 수 있을까 하여 치안판사가 왔다. 마르셀은 챙 없는 벨벳 모자를 쓰고 양가죽 슬리퍼를 신고 있었다.

랑글루아는 그들에게 가게로 들어오라고 했다. 가게가 더 편할 거라는 것이었다. 단골손님도 있었고 벨소리도 시끄러웠지만, 사람들은 투아슈의 대죄에 대한 논쟁을 계속했다.

"애석하게도 그는 나쁜 본능을 가졌던 겁니다. 그뿐이에요!"

부바르가 말했다.

"덕성으로 이겨내야지요."

공증인이 대답했다.

"하지만 만약 덕성을 가지고 있지 않다면?"

그리고 부바르는 자유의지를 단연코 부정했다.

"그렇지만 나는 내가 원하는 것을 할 수 있어요! 나는, 예를 들자면……다리를 자유로이 움직인다고요."

육군 대장이 말했다.

"천만에요! 그것은 당신이 다리를 움직이는 동기가 있기 때문이지요!"

육군 대장은 대답할 말을 찾았지만 허사였다. 그러나 지르발이 다음과 같은 말로 쏘아붙였다.

"공화주의자가 자유에 반대하는 말을 하다니! 그것 참 우습 군요!"

"우스운 이야기지요!"

랑글루아가 말했다.

부바르가 랑글루아에게 질문을 했다.

"당신이 가난한 사람들에게 재산을 나누어주지 않는 것은 무슨 까닭입니까?"

식료품 장수는 불안한 시선으로 자기 가게를 훑어보았다.

"아니! 무슨 어리석은 소리요! 내 재산인데!"

"만약 당신이 사도 바울이라면, 바울의 성품을 지녔을 테니까 다르게 행동할 거요. 하지만 당신은 당신의 품성을 따르고 있소. 그러니까 당신은 자유롭지 못한 거예요!"

"그건 억지요."

모두들 일제히 대답했다.

부바르는 까딱도 하지 않고 계산대 위에 있는 저울을 가리키며 다시 말했다.

"이 저울은 저울판이 비어 있으면 움직이지 않을 것입니다. 의지도 마찬가지지요. 똑같아 보이는 두 무게 사이에서 저울이 움직이는 것은 우리의 정신 활동을 상징하는 것이지요. 가장 강력한 동기가 우세하여 결정이 될 때까지 여러 가지 동기에 대해서 심사숙고하는 우리의 정신 활동 말입니다."

"그런 것은 투아슈와는 아무 상관이 없어요. 그놈이 굉장한 악당이 되는 것을 막을 수는 없다고요."

지르발이 말했다.

페퀴세가 나섰다.

"악은 홍수나 태풍과 마찬가지로 자연의 속성이지요."

공증인이 페퀴세의 말을 가로막더니, 단어 하나하나마다 발꿈치를 들어 올려가며 강조해 말했다.

"당신의 이론 체계는 철저하게 부도덕하군요. 그런 이론은 모든 방탕한 생활을 활개 치게 만들고, 범죄를 변호해주며, 죄인을 무죄로 만들어주는 것이오."

"물론이죠. 자기의 욕구를 따르는 불행한 사람도 이성에 귀를 기울이는 선량한 사람과 마찬가지로 자기의 권리가 있습니다."

부바르가 말했다.

"괴물 같은 놈들을 옹호하지 마시오!"

"왜 괴물 같은 놈입니까? 장님이나 바보나 살인자가 나타나면 우리는 무질서하다고 생각하지요. 마치 우리가 질서라는 것을 잘 알고 있고, 자연이 하나의 목적을 위해서만 작용하기라도 하는 것처럼 말입니다!"

"그럼 당신은 신의 섭리를 부인합니까?"

"네! 나는 신의 섭리를 인정하지 않습니다!"

"차라리 역사를 생각해보세요! 왕의 살인자들, 국민의 학살, 가문의 대립, 개개인의 고통을 생각해 보세요."

페퀴세가 소리쳤다. 부바르와 페퀴세는 서로의 말에 흥분되어 부바르가 다시 덧붙였다.

"그리고 그 신의 섭리는 작은 새들을 보호하는 동시에 가재의 다리를 다시 자라게 하지요. 아! 만약 당신이 모든 것을 조절하는 하나의 법칙이라는 뜻으로 신의 섭리를 말한다면 좋지만 말이오!"

"그렇지만 원칙이라는 게 있어요!"

공증인이 말했다.

"무슨 소리를 하는 거요! 콩디야크에 따르면, 과학은 원칙을 필요로 하지 않기 때문에 그만큼 더 훌륭한 것이라오! 원칙이라는 것은 습득된 지식을 단지 요약하게 만들 뿐이고, 분명히 바람직하지 않은 개념으로 우리를 이끄는 것이지요."

"당신들은 우리처럼 형이상학의 비밀을 파헤치고 탐색해보았나요?"

페퀴셰가 말을 이었다.

"정말이에요, 여러분, 정말이라고요!"

그러자 모여 있던 사람들이 흩어졌다.

그러나 쿨롱은 부바르와 페퀴셰를 한옆으로 데리고 가서, 아버지 같은 어조로 자기는 분명히 신자가 아니며 예수회 교도들을 미워하기까지 한다고 말했다. 그렇지만 자기는 두 사람만큼 지나치지는 않다는 것이다! 물론 그렇겠지! 부바르와 페퀴셰는 육군 대장 앞을 지나갔다. 그는 광장의 한 구석에서 파이프 담배에 불을 붙이며 중얼거리고 있었다.

"그렇지만 나는 내가 원하는 것을 한다고, 제기랄!"

부바르와 페퀴셰는 또 다른 기회에도 고약한 역설을 퍼부었다. 그들은 인간의 성실함, 여자들의 순결, 정부의 재능, 국민의 상식을 의심하고 결국 그 기반을 무너뜨렸다.

푸로는 깜짝 놀라서 그런 말을 계속하면 감옥에 집어넣겠다고 협박했다.

부바르와 페퀴셰가 명백히 더 우월하다는 사실에 자존심이 상했던 것이다. 그들은 비도덕적인 의견을 주장했기 때문에 비도덕적인 사람들이 되어버렸다. 그리고 중상모략이 조작되었다.

그러자 부바르와 페퀴셰의 마음속에는 가련한 능력, 즉 어리석음을 보고 더 이상 견딜 수 없어하는 능력이 생겨났다.

신문 기사라든가, 어떤 부르주아의 옆모습이라든가, 또는 우연히 듣게 되는 어리석은 생각과 같은 하찮은 것에도 그들은 우울해졌다.

마을 사람들이 이야기하던 것을 생각하자, 그리고 지구의 저쪽 반대편에도 역시 또 다른 쿨롱과 마레스코와 푸로와 같은 사람들이 존재하리라는 것을 생각하자, 그들은 마치 온 땅덩어리의 무게가 그들을 짓누르고 있는 것처럼 느껴졌다.

그들은 더 이상 외출도 하지 않고, 아무도 만나지 않았다.

어느 날 오후, 마르셀이 검은 색안경에 챙이 넓은 모자를 쓴 한 신사와 이야기를 나누는 소리가 안마당에서 들려왔다. 아카데미 회원 라르소뇌르였다. 라르소뇌르는 닫힌 문과 반쯤 열린 커튼을 놓치지 않고 살펴보았다. 그는 화해를 하려고 온 것이었다. 그러나 라르소뇌르는 하인에게 주인한테 가서 자

부바르와 페퀴셰 2

기가 그들을 상놈으로 생각한다고 전하라고 하고는, 화가 나서 가버렸다.

부바르와 페퀴셰는 그런 것에 개의치 않았다. 이 세상이 점점 중요성을 잃어가고 있었기 때문이다. 그들은 마치 꿈속에서처럼, 이 세상이 그들의 머릿속에서 눈꺼풀 위로 떨어지는 듯한 것을 느꼈다.

하기야 이 세상은 하나의 환상 혹은 악몽이 아닐까? 어쩌면 결국 행운과 불행은 균형을 이루고 있는 것이 아닐까? 그러나 한 개인의 불행이 인류에게 유익하다고 하여 개인에게 위로가 되지는 못한다.

"다른 사람들이 나와 무슨 상관이람!"

페퀴셰가 말했다.

그의 절망이 부바르를 몹시 슬프게 했다. 페퀴셰를 이 지경으로까지 몰고 간 것은 바로 부바르였다. 그리고 집이 황폐해지는 바람에 날마다 짜증이 나서 그들의 슬픔은 더욱 가중되었다.

원기를 회복하기 위해 그들은 논증을 하기도 하고 일도 해보았지만, 곧 더 심한 나태에 빠졌고 더욱 의기소침해졌다.

식사가 끝나면, 그들은 팔꿈치를 식탁에 대고 앉아 침울한 태도로 한탄을 늘어놓곤 했다. 그 때문에 마르셀은 눈을 크게 뜨고 있다가 부엌으로 돌아가서 혼자 잔뜩 먹어 치우곤 했다.

한여름에, 그들은 뒤무셸과 올랭프-쥘마 풀레라는 과부의 결혼 청첩장을 받았다.

뒤무셸에게 신의 축복이 있기를! 그리고 부바르와 페퀴셰는 행복했던 시절을 회상했다. 그들은 왜 더 이상 수확하는 사람들을 따라다니지 않는가? 도처에서 골동품을 찾느라고 농장에 들어가던 시절은 어디에 있는가? 증류소나 문학을 통해 맛보던 그 감미로운 시간들을 이제는 아무것에서도 느낄 수 없을 것이다. 그 시절과 그들 사이에는 심연이 가로놓여 있었다. 그런데 숙명적인 어떤 사건이 발생했다.

그들은 옛날처럼 산책을 하고 싶어서, 눈에 띄지 않을 만큼 멀리 나갔다. 하늘에는 작은 양떼구름이 덮여 있었고, 방울 모양의 귀리꽃이 바람에 흔들리고 있었으며, 풀밭을 따라 시냇물이 졸졸 흐르고 있었다. 그때 갑자기 고약한 냄새가 나서 그들은 발길을 멈추었다. 자갈 위 등심초 사이에 개의 시체가 있었다.

개는 사지가 바싹 말라 있었다. 주둥이를 실그러뜨리고 있어서 푸르스름한 입술 아래로 상아빛 송곳니가 드러났다. 배 부분은 흙빛 덩어리였는데, 그 위에서 벌레가 우글거리고 있어서 마치 팔딱팔딱 맥이 뛰고 있는 것 같았다. 벌레들은 참을 수 없는 냄새 속에서, 극심하고 무자비한 그 냄새 속에서 햇볕을 받으며 움직이고 있었다. 그리고 그 위에는 파리들이 붕붕거리고 있었다.

부바르는 이마를 찌푸리며 눈물을 글썽였다. 페퀴셰가 냉정하게 말했다.

"우리도 언젠가는 이렇게 될 거야!"

죽음에 대한 생각이 그들을 사로잡았다. 그들은 돌아오면서 죽음에 관한 이야기를 나누었다.

어쨌든 죽음은 존재하지 않는다. 사람들은 이슬 속으로, 미풍 속으로, 별 속으로 사라지는 것이다. 나무의 수액이나 보석의 광택이나 새의 깃털과 같은 어떤 것이 되는 것이다. 자연이 우리에게 빌려준 것을 자연에게 되돌려주는 것이다. 우리의 앞에 존재하는 무는 뒤에 자리 잡고 있는 무보다 결코 두려운 것이 아니다.

그들은 죽음을 깜깜한 밤이나 끝없는 구멍, 혹은 줄곧 기절해 있는 형태로 상상해보았다. 단조롭고 부조리하며 희망 없는 이 생활보다는 그 무엇이라도 더 나았다.

그들은 충족시키지 못한 욕망을 되새겨보았다. 부바르는 항상 말과 모든 여행 장비, 부르고뉴 지방의 특급 포도원, 그리고 화려한 저택에 친절하고 아름다운 여자들을 소유하고 싶었다. 페퀴셰는 철학적인 지식에 야심을 가지고 있었다. 그런데 가장 거창한 문제는, 다른 문제들을 포함하는 것으로서 단 일 분 안에 해결될 수 있는 것이다. 도대체 언제 그 순간이 찾아올 것인가?

"당장 결말을 짓는 게 더 낫지."

"좋을 대로."

부바르가 말했다.

그래서 그들은 자살에 대한 문제를 생각해보았다.

우리를 짓누르고 있는 짐을 벗어버리는 게 죄악인가? 아무

도 해치지 않는 행동을 하는 것이 죄악이란 말인가? 만약 그
것이 신을 모독하는 행위라면, 우리가 그럴 만한 능력을 가지
고 있겠는가? 사람들이 말하는 것처럼 비겁한 행위도 아니다.
그리고 사람들이 가장 존중하는 것을 자기에게 불리할 정도
로 우롱하는 오만함은 차라리 훌륭한 것이다.

　부바르와 페퀴셰는 자살하는 방법을 깊이 생각해보았다.

　독은 고통을 준다. 목을 베어 자살하는 것은 상당한 용기를
필요로 한다. 질식사는 실패하기 쉽다.

　드디어 페퀴셰는 체조용 굵은 밧줄 두 개를 가지고 지붕밑
방으로 올라갔다. 지붕의 횡목에 밧줄을 묶고, 잡아당기면 죄
어질 수 있도록 고리 매듭을 만들어 늘어뜨렸다. 그리고 그 밧
줄에 닿을 수 있도록 밑으로 의자 두 개를 밀어 넣었다.

　방법은 정해졌다.

　그들은 이 일이 마을에 어떤 반응을 불러일으킬 것인지, 또
그들의 장서와 서류와 수집품들은 어디로 갈 것인지 생각해
보았다. 죽음을 생각하자, 스스로가 측은하게 여겨졌다. 그렇
지만 그들은 그 계획을 중단하지 않았고, 그것에 대해 이야기
를 하다 보니 차츰 익숙해졌다.

　십이월 이십오일 저녁 열 시와 열한 시 사이, 그들은 서로
다르게 옷을 입고 진열실에서 생각에 잠겨 있었다. 부바르는
털조끼 위에 작업복을 입고 있었다. 페퀴셰는 석 달 전부터 절
약하느라고 줄곧 수도사의 가운을 입고 있었다.

　배가 무척 고파서(마르셀이 새벽부터 나가서 돌아오지 않

았기 때문이다), 부바르는 화주 한 병을, 페퀴셰는 차를 마시는 게 건강에 좋겠다고 생각했다.

페퀴셰는 주전자를 들어 올리다가 마룻바닥에 물을 엎질렀다.

"조심하지 않고!"

부바르가 소리쳤다.

맛이 너무 약한 것 같아서, 그는 두 숟가락을 더 넣어 맛을 강하게 하려고 했다.

"그러면 너무 진할걸."

페퀴셰가 말했다.

"천만에!"

둘이 각자 자기 쪽으로 상자를 잡아당기다가 쟁반을 떨어뜨려 잔 하나가 깨졌다. 도자기로 된 좋은 식기 세트에서 마지막으로 남은 것이었다.

부바르는 얼굴이 창백해졌다.

"계속해 봐! 엉망으로 만들어 보라고! 어려워할 것 없어!"

"정말, 굉장히 불행한 일이군그래!"

"물론! 불행이고 말고! 아버지에게서 물려받은 거란 말이야!"

"생부한테서 말이지."

페퀴셰가 비웃으며 덧붙였다.

"아! 자네 나를 모욕하고 있군!"

"천만에, 하지만 나 때문에 피곤하겠지! 사실대로 말해봐!"

그리고 페퀴셰는 분노, 아니 오히려 광기에 사로잡혔다. 부바르도 마찬가지였다. 한 사람은 배가 고파 짜증이 나서, 또 한 사람은 술기운 때문에, 둘 다 동시에 소리를 질렀다. 페퀴셰의 목에서는 그르렁거리는 소리밖에 나오지 않았다.

"이런 삶은 지옥이야. 차라리 죽는 게 낫겠어. 잘 있게."

페퀴셰는 촛대를 들고 돌아서서 문을 꽝 닫았다.

부바르는 어둠 속에서 겨우 문을 열고, 뒤따라 달려가서 지붕밑 방에 다다랐다.

촛불은 바닥에 있었다. 그리고 페퀴셰는 손에 밧줄을 들고 의자 위에 서 있었다.

부바르도 따라 하고 싶은 생각이 솟구쳤다.

"기다려!"

그는 다른 의자 위로 올라가다가 갑자기 멈추면서 말했다.

"그런데……우리 유서를 쓰지 않았잖아?"

"저런! 그렇군!"

그들은 오열로 가슴이 터질 것 같았다. 그들은 숨을 돌리려고 천창(天窓)으로 갔다.

공기는 차가웠다. 수많은 별들이 칠흑같이 깜깜한 밤하늘에서 반짝이고 있었다. 땅에 덮여 있는 눈의 하얀 빛이 저 멀리 안개 속으로 사라져갔다.

지면에 닿을락말락하게 작은 빛이 보였다. 점점 커지고 점점 가까워지면서 모두 성당 쪽으로 가고 있었다.

그들은 호기심에 이끌려 성당으로 갔다.

자정 미사였다. 그 빛은 사제들의 초롱에서 나오는 것이었다. 몇몇 사람들은 현관에서 망토를 털고 있었다.

뱀 모양의 관악기가 울리고, 향이 타오르고 있었다. 길게 중앙홀을 따라 걸려 있는 판유리에는 여러 가지 빛깔의 왕관이 세 개 그려져 있었다. 그리고 감실의 양쪽 끝에는 커다란 양초에서 붉은 불꽃이 타오르고 있었다. 사람들의 머리 위로, 여자들의 모자 위로, 성가대원들 너머로 황금색 제의를 입은 신부의 모습이 보였다. 신부의 날카로운 목소리에 성가대석과 중앙홀 사이의 연단을 메우고 있는 사람들이 우렁찬 목소리로 대답하자, 반원형 석재 위의 둥근 나무 지붕이 흔들렸다. 벽에는 십자가의 길을 나타내는 그림들이 걸려 있었다. 성가대 가운데의 제단 앞에는 어린 양 한 마리가 다리를 배에 붙이고 두 귀를 쫑긋 세운 채로 눕혀져 있었다.

훈훈한 기온 때문에 부바르와 페퀴셰는 야릇한 안락감을 느꼈다. 방금 전의 격한 생각들은 파도가 잠잠해지듯이 평온해졌다.

그들은 복음서와 사도신경을 듣고, 신부의 움직임을 주의 깊게 살펴보았다. 그러는 동안 노인들, 젊은이들, 누더기를 걸친 빈민들, 높은 모자를 쓴 농부의 아내들, 금발의 콧수염을 기른 건장한 청년들, 모두가 똑같은 환희에 심취해서 기도를 했다. 그리고 마구간의 짚더미 위에서 태양처럼 빛나는 아기 예수의 몸을 바라보았다. 부바르는 이성적인 사람이며 페퀴셰는 냉정한 사람인데도 불구하고, 그들은 다른 사람들의 믿음에 감동을 받았다.

　침묵이 흘렀다. 모두들 등을 굽히고 있었다. 종소리가 나자, 어린 양은 매매 울었다.

　신부가 성체를 두 팔로 높이 들어올렸다. 그러자 모든 사람들을 천사들의 왕의 발 아래로 초대하는 환희의 성가가 울려 퍼졌다. 부바르와 페퀴셰는 자기도 모르게 성가를 따라 불렀다. 그리고 그들은 마음속에서 새벽이 밝아오는 것을 느끼고 있었다.

IX

마르셀은 이튿날 세 시에 나타났다. 얼굴빛은 푸르스름했고, 눈은 붉게 충혈되어 있었으며, 이마에는 혹이 나 있었다. 바지는 찢어지고 술 냄새를 풍기며 더러운 몰골이었다.

그는 해마다 그러는 것처럼, 거기서 이십사 킬로미터 정도 떨어진 이쾨빌 근처의 친구 집에 크리스마스이브의 밤참을 먹으러 갔다. 여느 때보다 더욱 말을 더듬고 울먹이고 잘못을 뉘우치며, 마르셀은 마치 무슨 죄를 저지르기라도 한 것처럼 용서를 간청했다. 주인들은 용서해 주었다. 그들은 야릇한 평온함으로 인해 관대해져 있었다.

눈이 다 녹자, 부바르와 페퀴셰는 정원을 산책했다. 훈훈한 공기를 들이마시며 그들은 살아 있는 행복감을 맛보았다.

그들을 죽음의 길에서 돌려놓은 것은 단지 우연이었을까? 부바르는 감상에 젖어 있었고, 페퀴셰는 첫 영성체를 회상해

보았다. 그들은 자기들을 주관하는 권능과 신을 전적으로 인정하면서, 성서를 읽어볼 생각을 했다.

복음서는 그들의 정신세계를 넓혀주었고, 태양처럼 눈부시게 그들을 사로잡았다. 산 위에 서서 팔을 올린 채 밑에 있는 군중들에게 설교하는 예수의 모습, 또는 호숫가에서 그물을 끌어당기고 있는 사도들 가운데 있는 모습, 그리고 할렐루야의 함성 속에서 종려나무 잎으로 머리에 부채질을 하며 당나귀에 타고 있는 예수의 모습, 드디어 십자가 위에서 머리를 숙이고 이 세상에 영구히 핏방울을 떨어뜨리고 있는 예수의 모습을 볼 수 있었다. 부바르와 페퀴셰의 마음을 사로잡고 기쁨을 준 것은, 비천한 사람들을 사랑하고 가난한 자들을 옹호하며 억압받는 자들을 찬양하는 내용이었다. 하늘나라가 드러나 있는 그 책 속에는 신에 관한 것은 아무것도 없었다. 수많은 가르침 중에도 교리는 하나도 없었다. 순수한 마음 이외에는 아무것도 요구하지 않았다.

부바르와 페퀴셰는 이성적인 사람들이지만, 기적에 관해서도 놀라지 않았다. 어린 시절부터 알고 있었기 때문이다. 페퀴셰는 사도 요한의 숭고함에 매료되어, 《모방》[31]을 더 잘 이해해보기로 마음먹었다.

그 책에는 우화와 꽃과 새도 많이 나왔지만, 탄식과 스스로 가슴을 죄는 듯한 영혼의 소리도 있었다. 안개 낀 날씨에 수도원의 종탑과 묘지 사이에서 씌어진 듯한 페이지들을 넘기며, 부바르는 슬픔에 젖었다. 거기서는 죽을 수밖에 없는 우리의 삶은 너무나도 비참한 것이므로, 그것을 잊고 신에게 의지해야 한다고 나와 있었던 것이다. 두 사람은 매우 실망하여, 소박하게 뭔가를 사랑하고 정신적인 휴식을 취할 필요를 느꼈다.

그들은 〈전도서〉와 〈이사야〉와 〈예레미야〉를 읽기 시작했다.

그러나 《구약 성서》는 사자와 같은 목소리를 지닌 예언자들, 구름 속에서 포효하는 천둥소리, 지옥의 울부짖음, 그리고 마치 바람이 구름을 흩어지게 하듯이 왕국을 멸망시키는 신의 모습으로 인해 공포를 주었다.

그들은 일요일에 만과(晚課)[32] 시간을 알리는 종이 울리는 동안, 그것을 읽고 있었다.

하루는 미사에 다녀왔다. 그리고 다음에도 다시 갔다. 그것은 한 주일을 보낸 후의 기분전환과 같았다. 파베르주 백작 부부가 멀리서 그들에게 인사를 하자, 그것이 남의 시선을 끌었다. 치안판사가 눈을 깜빡거리며 말했다.

"좋아요! 잘 오셨어요."

이번에는 마을의 모든 부인들이 축성된 빵을 보내줬다.

죄프루아 신부는 부바르와 페퀴셰를 방문했고, 그들도 답례로 방문을 했다. 그리고 서로 자주 드나들었다. 신부는 종교에 대해서 아무 말도 하지 않았다.

부바르와 페퀴셰는 그 신중한 태도에 놀랐다. 그래서 페퀴셰는 무심한 태도로, 신앙을 얻기 위해서는 어떻게 해야 하느냐고 물어보았다.

"우선 종교 의례를 지키십시오."

한 사람은 희망에 부풀어서, 다른 한 사람은 반항적으로 종교 의례를 지키기 시작했다. 부바르는 자기는 결코 신자가 될 수 없으리라고 확신하고 있었기 때문이다. 한 달 동안 그는 모든 성무일과를 따랐지만, 페퀴셰와는 반대로 금육재(禁肉齋)를 지키려고 하지 않았다.

그것은 건강의 척도가 아닌가? 건강 관리가 얼마나 가치 있는지는 누구나 알고 있다! 관례에 관한 문제라고? 관례를 타도하라! 성당에 대한 복종의 표시라고? 그는 여전히 무시해버렸다! 요컨대 그 규율은 부조리하고 형식적이며 복음서의 정신에 위배되는 것이다.

다른 해의 성 금요일에는, 그들은 제르맨이 요리해주는 것을 먹곤 했다.

그러나 이번에는, 부바르가 비프스테이크를 달라고 했다. 그는 자리에 앉아 고기를 썰었다. 마르셀은 눈살을 찌푸리고 부바르를 바라보고 있었고, 페퀴셰는 엄숙하게 대구 조각의 껍질을 벗기고 있었다.

부바르는 한 손에는 포크를, 다른 한 손에는 나이프를 들고 있었다. 드디어 그는 결심을 하고, 한 숟가락을 입으로 가져갔다. 갑자기 그의 손이 떨리더니, 두툼한 얼굴이 창백해지고 머리가 뒤로 젖혀졌다.

"자네 어디 아픈가?"

"아니!……그런데……."

부바르는 고백했다. 교육을 받은 결과로(그 교육이 부바르

자신보다 더 강력했다), 죽게 될까 봐 무서워서 성 금요일에는 기름진 음식을 먹을 수 없다는 것이었다.

페퀴셰는 이와 같은 승리를 적절히 이용하여 자기 마음대로 생활했다.

어느 날 저녁, 그는 만면에 희색을 띠고 들어와서, 방금 고백 성사를 보았다고 말했다.

그들은 고백 성사의 중요성에 대해서 토론했다.

부바르는 대중 앞에서 행해지던 초대 교인들의 고백 성사는 인정했다. 요즘의 고백 성사는 너무 안이하다는 것이다. 그렇지만 그는, 자기 자신에 대한 그와 같은 반성이 진보의 한 요인이며 도덕성을 배양시켜준다는 사실을 부정하지는 않았다.

페퀴셰는 완벽해지고 싶어서 자기 자신의 죄를 찾아보았다. 자만심을 버린 지는 이미 오래다. 일하는 것을 좋아해서 게으름에 빠지지도 않았다. 음식에 대한 욕심으로 말하자면, 페퀴셰보다 더 절제를 잘 하는 사람은 없다. 그는 때때로 분노에 사로잡힌 적이 있었다. 그는 이제 더 이상 화를 내지 않겠다고 스스로 맹세했다.

그러고 나면 덕을 얻게 될 것이다. 우선 겸허, 즉 자기 스스로를 아무런 가치가 없으며 아주 작은 보상을 받을 자격도 없다고 생각하고, 자기 생각을 포기하고, 거리의 진흙처럼 사람들에게 짓밟혀도 좋을 만큼 자기 자신을 낮추는 겸허함을 얻게될 것이다. 페퀴셰는 이와 같은 성향과는 아직 거리가 멀었다.

또 다른 덕도 부족했다. 정숙함 말이다. 왜냐하면 그는 내심 멜리를 그리워하고 있었고, 루이 15세 시대의 옷을 입은 부인의 파스텔화를 보면 어깨와 등이 드러난 모습 때문에 거북해하곤 했기 때문이다.

그는 그 그림을 장 속에 넣었다. 그리고 자기 자신의 몸을 쳐다보게 될까봐 걱정할 정도로 지극히 조심하며 짧은 바지를 입고 잠을 잤다.

그는 음란한 것에 대하여 그토록 많이 주의를 기울였으나, 오히려 더 자극시키는 결과를 초래했다. 더 많은 나이의 사도 바오로와 성 보노제[33]와 성 히에로니무스[34]가 그랬던 것처럼, 페퀴셰는 주로 아침에 커다란 갈등을 겪어야했다. 즉시 그는 격렬하게 고해를 청하곤 했다. 고통은 하나의 속죄이고, 구제의 수단이며 예수 그리스도에 대하여 경의를 표하는 것이다. 모든 사랑에는 희생이 따른다. 육체의 희생보다 더 고통스러운 것이 무엇이겠는가!

금욕을 하기 위해서, 페퀴셰는 식사 후에 작은 잔으로 마시는 술을 생략하고, 코담배는 하루에 네 개로 줄였다. 그러고는 너무 추워서 줄곧 모자를 쓰고 있었다.

하루는 부바르가 포도나무를 다시 붙잡아 매느라고 집 근처 테라스 벽에 사다리를 놓다가 우연히 페퀴셰의 방 안을 들여다보게 되었다.

페퀴셰는 웃통을 벗고 옷을 채찍 삼아 천천히 어깨를 때리더니 차츰 흥분하여 속바지를 벗고 엉덩이를 때렸다. 그리고 숨을 헐떡이며 의자 위에서 넘어졌다.

부
바
르
와
페
퀴
셰

2

부바르는 보아서는 안 될 비밀이라도 알게 된 것처럼 정신이 혼란스러웠다.

얼마 전부터, 그는 유리창이 더 깨끗해졌고 수건에는 해진 곳도 없으며 음식 솜씨가 더 좋아진 것을 느끼고 있었다. 그것은 신부의 하녀인 렌의 간섭에 따른 변화였다.

쟁기를 끄는 하인처럼 힘이 세고 불손하지만 헌신적인 그 여자는, 성당의 물건과 부바르네 부엌의 물건을 뒤섞어 놓으면서 집안일에 참견하고 충고를 하기도 하고 안주인처럼 행세하고 있었다. 페퀴셰는 경험이 많은 그 여자를 전적으로 믿고 있었다.

한번은 렌이 중국 사람처럼 눈이 작고 코가 독수리 부리같이 생긴 살진 사람을 데려왔다. 성물을 파는 구트만 씨였다. 그는 헛간 밑에서 상자 속에 들어 있는 몇 가지 물건을 풀어 놓았다. 십자가, 여러 가지 크기의 메달과 묵주, 기도실에서 쓰이는 큰 촛대, 휴대용 제대, 금박 장식으로 번쩍번쩍하는 꽃다발, 파란색 판지로 만든 사크레쾨르 성당, 붉은 수염이 달린 성 요셉 상, 자기로 만든 그리스도 수난도 등이었다. 페퀴셰는 탐이 났다. 다만 가격 때문에 망설였다.

구트만은 돈을 요구하지 않았다. 그는 물물교환을 하자고 했다. 진열실로 올라가더니 그는 고철과 납으로 만든 물건들 대신에 자기가 가지고 있는 상품들을 내놓겠다고 했다.

부바르에게는 그 상품들이 보기 흉했다. 그러나 페퀴셰의 시선과 렌의 간청과 고물 장수의 감언이설에 못 이겨 결국 굴복하고 말았다. 구트만은 부바르가 매우 너그러운 사람이라고 생각하자, 거기에다가 미늘창까지도 요구했다. 미늘창을 다루는 시범을 보여주는 데 싫증이 난 부바르는 그것도 줘버렸다. 값어치를 모두 따져보니까, 부바르와 페퀴셰가 아직도 백 프랑을 더 내야했다. 삼 개월 기한의 어음으로 타결을 짓고, 그들은 좋은 거래를 했다고 만족해했다.

부바르와 페퀴셰는 구입한 물건들을 온 집 안에 배치했다. 진열실은 건초가 가득 들어 있는 구유와 코르크나무로 만든 성당으로 장식했다. 페퀴셰의 벽난로 위에는 밀랍으로 만든 세례 요한을 놓고, 복도에는 영광스러운 주교들의 초상화를 길게 쭉 걸어놓았다. 계단 밑에는, 작은 사슬이 달린 램프 아래에 푸른빛 망토를 입고 별로 된 관을 쓰고 있는 성모상을 놓았다. 마르셀은 이 화려한 물건들을 청소하면서 천국에도 이보다 더 아름다운 것은 없을 거라고 생각했다.

성 베드로 상이 깨진 것이 얼마나 애석한 일인가! 현관에 놓으면 아주 훌륭할 것을! 페퀴셰는 이따금 옛 퇴비 구덩이 앞에 서서 삼중관과 샌들과 귀의 조각을 보고는 한숨을 내쉬다가, 뜰을 가꾸는 일을 계속했다(이제는 종교적인 행동과 육체 노동을 함께 하고 있었기 때문이다). 그는 수도사의 옷을 입고 스스로를 성 브뤼노[35]에 비교하며 삽으로 땅을 팠다. 그러다가 그런 비유가 무례한 짓이 될 수도 있어서 그만두었다.

그러나 페퀴셰는 성직자와 같은 태도를 취하고 있었다. 아마도 신부를 자주 방문한 때문일 것이다. 그는 신부의 웃음과

부바르와 페퀴셰
2

목소리를 지니게 되었으며, 신부처럼 추운 듯이 두 손을 손목까지 소매 속으로 집어넣곤 했다. 그러던 어느 날, 그는 수탉이 우는 소리도 성가시게 느껴졌고, 장미도 귀찮아졌다. 그래서 더 이상 외출도 하지 않고, 사나운 눈초리로 들판을 바라보고 있었다.

부바르는 성모의 달[36] 행사에 가보았다. 성가를 부르는 아이들과 라일락 꽃다발과 푸른 잎사귀 장식을 보니, 그는 영원한 젊음과도 같은 것을 느꼈다. 그의 마음속에, 신은 둥지와 맑은 샘물과 자비로운 태양과 같은 형태로 나타났다. 그리하여 부바르에게는 페퀴셰의 신앙심이 비정상적이고 지루하게 느껴졌다.

"자네는 식사 중에 왜 괴로워하나?"

"우리는 괴로워하면서 음식을 먹어야 한다네. 인간이 음식을 먹음으로써 결백을 잃어버렸기 때문이지."

페퀴셰가 대답했다. 그것은 죄프루아 신부에게서 빌려온 열두 권의 책 중에 들어 있는 두 권으로 된《신학생의 개론서》에서 읽은 문장이었다. 그리고 페퀴셰는 살레트[37] 물을 마셨고, 문을 닫고 짧고 열렬한 기도에 몰두했으며, 성 프란체스코회에 가입하고 싶어했다.

그는 확고부동한 신념을 얻기 위해 성모 마리아에 대한 순례를 하기로 했다.

어느 지역을 택해야 할지 몰라 그는 난처했다. 푸르비에르의 성모상으로 할 것인가, 샤르트르의 성모상, 앙브랭의 성모상, 마르세유의 성모상 아니면 오레의 성모상으로 할 것인가? 좀 더 가까운 델리브랑드의 성모상이 적합하다고 생각되었다.

"자네도 같이 가지!"

"내가 바보인 줄 알아."

부바르가 말했다. 하지만 신자가 되어 돌아올 수도 있는 일이고, 그걸 거부하지는 않았으므로 결국 부바르는 호의로 승낙했다.

순례는 걸어서 해야 한다. 그러나 사십삼 킬로미터를 걷기는 힘들 것이다. 그리고 합승마차는 명상을 하는 데 적합하지 않기 때문에, 그들은 낡은 이륜마차를 빌렸다. 그들은 이륜마차로 열두 시간을 달려 여인숙 앞에 당도했다.

방에는 침대 두 개와 서랍장 두 개가 있었고, 서랍장 위에는 물병 두 개가 타원형의 작은 양푼에 담겨 있었다. 여관 주인이 그 방은 '성프란체스코파 카푸친회 수도사들의 방'이었다고 알려주었다. 공포정치 시대에 델리브랑드의 성모상을 그 방에 감추어놓고 신부님들이 남몰래 미사를 드렸다는 것이었다.

그 이야기를 듣고 페퀴셰는 기뻐했다. 그는 부엌 아래쪽에 있는, 성당에 대한 글을 큰 소리로 읽었다.

이 성당은 이 세기 초에 리지외의 첫 주교인 성 레뇨베르에 의해서, 혹은 칠 세기에 살았던 성 라뉴베르에 의해서, 혹은 십일 세기 중엽에 로베르 르 마니피크에 의해서 세워졌다.

덴마크 사람들과 노르만인들, 특히 신교도인들이 이 성당을 불살랐으며, 여러 시대에 걸쳐서 파괴했다.

본래의 성모상은 1112년경에, 발로 풀밭을 두드리며 동상이 있는 장소를 가리켜준 한 마리 양에 의해서 발견되었다. 그 장소에 보두앵 백작이 성소를 건립한 것이다.

그 성모상은 수많은 기적을 행했다. 사라센 사람들에게 포로가 된 바이외의 한 상인이 성모상에게 구원을 청했더니, 쇠사슬이 끊어져서 도망을 쳤다고 한다. 한 구두쇠는 곡식광에서 쥐떼를 발견하고 성모상에 도움을 청했더니, 쥐들이 사라졌다고 한다. 임종을 맞은 베르사유의 한 늙은 유물론자는, 그 동상에 갖다 댔던 메달을 만지자 참회했다. 또 이 성모상은 신을 모독한 벌로 말을 하지 못하게 된 아들린 공에게 다시 말할 수 있도록 해주기도 했다. 그리고 그 성모상이 보호해준 덕분에, 베크빌 부부는 결혼한 상태에서도 순결하게 살 수 있을 만한 정신력을 지닐 수 있었다.

그 중에서도 팔프레슨, 안 로리외, 마리 뒤슈맹, 프랑수아 뒤페, 그리고 오스빌에서 태어난 드 쥐미야크 부인의 불치병을 완치시켜준 기적을 으뜸으로 꼽을 수 있다.

루이 11세, 루이 13세, 가스통 도를레앙[38]의 두 딸들, 와이즈만 추기경, 안티오크[39]의 족장 사미르히, 만주의 교구장 베롤레 예하(猊下)와 같은 중요한 인물들도 이 성모상을 방문했다. 그리고 켈랑[40] 대주교는 탈레랑[41] 공작의 개종에 대하여 감사를 드리러 왔었다.

"이 성모상은 자네도 개종시킬 수 있을 거야!"

페퀴셰가 말했다.

이미 잠자리에 누워 있던 부바르는 투덜거리는 듯한 소리를 내더니, 완전히 잠들어버렸다.

다음 날 여섯 시에, 그들은 성당 안으로 들어갔다.

성당은 다른 모습으로 건축되어 있었다. 중앙홀은 천막과 판자로 가로막혀 있었다. 부바르는 로코코식 건물, 특히 코린트식 벽기둥이 있는 붉은 대리석 제단이 마음에 들지 않았다.

기적의 동상은 성가대 왼쪽 벽감(壁龕)[42]에 번쩍거리는 장식이 달린 옷으로 덮여 있었다. 성당지기가 부바르와 페퀴셰에게 줄 큰 양초를 가지고 왔다. 그는 난간을 굽어보고 있는 삼각 촛대에 초를 꽂아놓고 삼 프랑을 요구하고는 절을 하고 사라졌다.

부바르와 페퀴셰는 봉납물을 바라보았다.

표지판에 새겨진 글은 신자들의 감사를 나타내고 있었다. 파리 이공과 대학의 옛 학생이 바친 엑스 자 형을 이루고 있는 검 두개, 신부의 꽃다발, 군대 훈장, 은으로 만든 하트 모양, 그리고 바닥의 구석에 즐비한 작은 팽이를 보고 그들은 감탄했다.

제의실에서 한 신부가 성체기(聖體器)를 들고 나왔다.

신부는 제단 밑에 잠시 멈춰 있다가 세 개의 계단을 올라가더니, "기도할지어다", "입당송(入黨頌)", "주여 불쌍히 여기소서" 하고 말했다. 그러자 무릎을 꿇은 성가대 아이가 단숨에 암송했다.

미사 참석자들은 얼마 되지 않았다. 고작 열두서너 명의 나이든 여자들이었다. 그들의 묵주가 스치는 소리와 망치로 석판을 두드리는 소리가 들렸다. 페퀴셰는 기도대에 몸을 굽히고 아멘에 화답했다. 성체가 거양되는 동안, 그는 확고하고 영원한 신앙을 달라고 성모 마리아에게 간청했다.

부바르는 옆의 의자에 앉아 페퀴셰의 기도서를 가지고 성모 호칭 기도를 들여다보았다.

'티 없이 깨끗하시고, 티 없이 순결하시고, 거룩하시고, 사랑스러우시고, 전능하시고, 인자하신 어머니여, 상아탑이여, 황금 궁전이여, 새벽이여.'

이 과장된 경배의 말을 읽고, 부바르는 그토록 많은 찬사로 찬양을 받는 존재에게로 마음이 쏠렸다.

그는 성당의 그림에 그려진 모습처럼, 구름 더미 위에서, 발치에는 지품천사들이 있는 가운데 아기 예수를 가슴에 안고 있는 성모 마리아의 모습을 그려보았다. 이 땅의 모든 고통 받는 자가 애원하는 자비의 어머니이며, 그 아들 예수의 사랑이 극진하여 오로지 어머니의 품 안에서 쉬기를 갈망하므로 하늘에 올림을 받은 완벽한 여인의 모습으로 말이다.

미사가 끝나자, 부바르와 페퀴셰는 광장 옆의 벽에 붙어 있는 상점들을 따라 걸었다. 상점에서는 성화, 성수반, 황금실로 장식된 단지, 코코넛으로 만든 예수상, 상아 묵주들을 볼 수 있었다. 액자 유리에 햇빛이 비쳐서 눈이 부셨고, 조잡하고 보기 흉한 그림 솜씨가 더욱 두드러져 보였다. 부바르는 그러한 물건들이 보기 흉하다고 생각했지만, 후하게 인심을 써서 푸른 점토로 만든 작은 성모상을 하나 샀다. 페퀴셰는 기념품으로 로시리오 묵주에 만족했다.

상인들이 소리쳤다.

"자! 자! 오 프랑이요, 삼 프랑이요, 육십 상팀이요, 이 수요! 성모님을 거절하지 마세요!"

두 순례자는 아무것도 고르지 않고 거닐었다. 불쾌한 말소리가 높아졌다.

"저자들은 뭘 하는 거야?"

"어쩌면 터키 놈들인지도 몰라!"

"아니, 신교도일거야!"

키 큰 여자 아이가 페퀴셰의 프록코트를 잡아당겼다. 안경 낀 늙은이는 그의 어깨에 손을 올려놓았다. 모두들 동시에 떠들어댔다. 그리고 상점에서 나와 부바르와 페퀴셰를 둘러싸고, 한층 더 간청을 하기도 하고 욕설을 퍼붓기도 했다.

부바르는 더 이상 참을 수 없었다.

"저리들 가, 젠장!"

떼거리들이 흩어졌다.

그러나 한 뚱뚱한 여자는 광장에서 한동안 그들을 따라오다가 후회하게 될 거라고 소리 질렀다.

여인숙으로 돌아오면서 그들은 카페에서 구트만을 보았다. 그는 장사 때문에 그 지역에 왔던 것이다. 구트만은 부바르와 페퀴셰의 앞쪽 테이블에서 계산서를 들여다보고 있는 어떤 사람과 이야기를 하고 있었다.

그 사람은 가죽 모자에 폭이 아주 넓은 바지를 입고 있었으며, 혈색이 좋고 키가 호리호리했다. 머리카락은 금발이었고, 은퇴한 관리와 옛 뜨내기 배우의 분위기를 동시에 풍기고 있었다.

때때로 그 사람은 더 작은 소리로 말하는 구트만에게 욕설을 내뱉기도 하다가 곧 진정하고 다음 서류로 넘어갔다.

그 사람을 눈여겨보던 부바르는 잠시 후 그에게 다가갔다.

"바르브루 아닌가?"

"부바르!"

모자를 쓴 남자가 소리쳤다. 그리고 그들은 서로 얼싸안았다.

바르브루는 지난 이십 년 동안 갖가지 운명을 겪어왔다. 신문사 주간, 보험회사 직원, 굴 양식장 관리인 ——바르브루는 나중에 다 이야기해 주겠다고 했다 ——, 그리고 마침내 처음의 직업으로 돌아와서 한 보르도 포도주 상점의 장사를 위해 돌아다니고 있었다. 교구를 드나들던 구트만은 성직자들에게 포도주를 팔아주었다.

"잠깐만 기다려, 곧 갈게!"

바르브루는 다시 계산을 해보더니, 의자에서 펄쩍 뛰었다.

"뭐요, 이천이라고요?"

"물론이죠!"

"아! 이건 너무 심하잖아요!"

"그럴까요?"

"내가 에랑베르를 직접 만났다고요. 계산서에는 사천으로 기재되어 있었소. 거짓말 말아요!"

바르브루는 화가 나서 대답했다.

고물 장수는 태연함을 잃지 않았다.

"그럼, 그걸로 당신 빚을 갚은 것으로 하지요! 그리고요?"

바르브루는 일어섰다. 처음에는 얼굴빛이 창백하더니 보랏빛으로 변했다. 부바르와 페퀴셰는 그가 구트만의 목을 조르려는 줄 알았다.

바르브루는 다시 앉아서 팔짱을 꼈다.

"당신은 파렴치한 불한당이요, 인정하시오!"

"욕설은 그만두시지요, 바르브루 씨. 증인이 있으니 조심하시오!"

"당신을 고소하겠소!"

"그만 하시우!"

구트만은 지갑을 닫고 모자 끄트머리를 치켜 올리며 다시 말했다.

"다시 만날 영광을!"

그리고 그는 밖으로 나갔다.

바르브루는 진상을 설명했다. 고리(高利)의 술책 때문에 두 배가 된 천 프랑의 채권에 대하여, 그는 구트만에게 삼천 프랑어치의 포도주를 주었다. 그것은 그의 빚을 청산하고도 천 프랑의 이익이 남는 액수였다. 그러나 오히려 그는 삼천 프랑의 빚을 지게 되었다. 그는 주인들에게 해고 당하고 고소 당할 것이다!

"비열한 놈! 사기꾼! 더러운 유태인 놈! 그런 놈이 사제관에서 저녁을 먹다니! 하기야 사제와 관계 있는 것들은 모두!……."

바르브루는 신부들에 대해 험하게 욕을 해대며 테이블을 하도 세게 두드리는 바람에 동상이 떨어질 뻔했다.

"침착하게!"

부바르가 말했다.

"저런! 이게 뭐야?"

바르브루는 작은 성모상의 포장을 풀었다.

"순례자의 골동품 아냐! 당신 거요?"

부바르는 대답하는 대신 애매하게 미소를 지었다.

"내 거요!"

페퀴셰가 대답했다.

"당신들은 나를 슬프게 하는군. 하지만 그 점에 대해서는 내가 당신들을 책임지고 교육시켜 주겠소. 걱정 마시오!"

바르브루가 대답했다. 그리고 달관할 수밖에 없었고 또 슬퍼하는 것은 아무 소용 없는 일이었으므로, 그는 부바르와 페퀴셰에게 점심을 대접했다.

세 사람은 모두 식탁에 앉았다.

바르브루는 친절했고, 지난 시절을 회상하며 여종업원의 허리를 끌어안기도 하고 부바르의 배를 재어보려고도 했다. 그는 조만간 부바르와 페퀴셰의 집에 찾아가겠다고 하며 웃기는 책을 한 권 갖다 주겠다고 했다.

바르브루가 방문한다는 생각은 그들을 별로 즐겁게 해주지 못했다. 그들은 빠른 속도로 달리는 마차 안에서 한 시간 동안 바르브루의 방문에 관해 이야기를 했다. 그리고 나서 페퀴세는 눈을 감았다. 부바르도 침묵을 지키고 있었다. 그는 마음속으로 종교에 기울어져 있었다.

마레스코가 간밤에 중요한 문제로 찾아왔었다고 한다. 마르셀은 자세한 내용은 더 알지 못했다.

공증인은 사흘 후에야 그들을 만날 수 있었다. 그는 곧바로 상황을 설명했다. 보르댕 부인이 칠천오백 프랑의 배당금으로 부바르한테서 농장을 사겠다고 제안했다는 것이다.

그 여자는 젊은 시절부터 그 농장을 탐내왔으며, 농장의 자세한 내용과 손익을 잘 알고 있었다. 그리고 그 욕심은 그녀를 괴롭히는 암처럼 되어버렸다. 노르망디 토박이인 이 부인은 자본의 안전을 위해서라기보다도 자기 소유의 땅을 밟는 행복감 때문에 특히 재산에 집착하곤 했다. 그러한 희망에 부풀어서 그녀는 조사를 하고, 매일같이 감시하고, 오랫동안 절약을 했으며, 부바르의 회답을 초조하게 기다리고 있었다.

부바르는 난처했다. 훗날 페퀴세를 무일푼으로 만들고 싶지 않았기 때문이다. 하지만 기회를 잡아야 한다. 이 기회는 성지순례의 효과가 나타난 것이다. 하느님은 두 번째로 그들에게 유리하게 일을 만드셨다.

부바르와 페퀴세는 다음과 같은 조건을 제시했다. 칠천오백 프랑이 아니라 육천 프랑의 배당금을, 두 사람 중 나중까지 살아남는 사람에게 지불해 달라는 것이었다. 마레스코는 한 사람의 건강이 약하다는 것을 강조했다. 그리고 다른 한 사람은 체질상 뇌일혈에 걸리기 쉽다고 했다. 보르댕 부인은 흥분하여 계약서에 날인했다.

누군가가 자기의 죽음을 바랄 지도 모른다고 생각하니 부바르는 우울해졌다. 이러한 생각으로 말미암아 그는 심각한 문제와 신과 영원성에 대해 사고하게 되었다.

사흘 후, 죄프루아 신부는 해마다 한 번씩 동료들에게 식사를 대접하는 행사에 부바르와 페퀴셰를 초대했다.

저녁 식사는 오후 두 시경에 시작되어서 저녁 열한 시에 끝났다. 사람들은 배술을 마시고 우스갯소리를 떠들어댔다. 프뤼노 신부는 즉석에서 이합체(離合體)의 시[43]를 읊었고, 부공 씨는 카드 요술을 보여주었다. 젊은 보좌신부 세르페는 우아한 연가를 노래했다. 부바르는 이와 같은 분위기에 기분전환이 되어서, 이튿날은 그다지 우울해하지 않았다.

신부는 부바르를 자주 만나러 왔다. 그는 종교를 우아한 모습으로 소개했다. 게다가 무엇을 우려하겠는가? 부바르는 곧 성당에 나가기로 했다. 페퀴셰도 함께 성사에 참여할 것이다.

중요한 날이 되었다.

성당에는 첫 영성체 때문에 사람들이 많았다. 중산층 사람들은 의자에 앉아 있었고, 서민들은 뒤쪽이나 문 건너편의 성가대석과 중앙홀 사이에 서 있었다.

곧이어 일어나게 될 일은 불가해한 것이라고 부바르는 생각하고 있었다. 그러나 어떤 것들은 이성만으로는 이해할 수 없는 법이다. 위대한 사람들도 그것을 인정한 바 있다. 그 사람들과 마찬가지로 행동하는 게 나으리라. 일종의 마비 상태에서 부바르는 제단과 향로와 촛대를 바라보았다. 아무것도 먹지 않았기 때문에 머릿속은 텅 비어 있었다. 그리고 야릇한 무력감을 느끼고 있었다.

페퀴셰는 예수 그리스도의 수난을 생각하며 사랑의 충동으로 흥분하고 있었다. 그는 예수 그리스도에게 자신의 영혼과 다른 사람들의 영혼, 황홀함, 열정, 성인들의 계시, 모든 존재와 전 우주를 바칠 것이다. 그는 열성을 다해 기도하는데도 불구하고, 미사의 여러 의식이 다소 길게 느껴졌다.

드디어 어린 소년들이 제단의 첫 번째 계단에 무릎을 꿇었다. 그들은 예복을 입은 탓에 마치 검은 띠처럼 보였고, 금발이나 갈색 머리가 불규칙하게 튀어나와 있었다. 그 다음에는 화관을 쓰고 미사포를 늘어뜨린 어린 소녀들의 차례였다. 멀리서 보면 성가대 안쪽에 하얀 구름이 일렬로 늘어선 것 같았다.

다음에는 어른들의 차례였다.

제단의 좌측에서는 페퀴셰가 첫 번째였다. 그러나 페퀴셰는 너무 흥분한 나머지 머리를 좌우로 흔들었다. 신부는 그의 입 안에 겨우 성체를 넣어 주었고, 그는 눈길을 돌리며 성체를 받았다.

부바르는, 반대로, 입을 너무 크게 벌려서 혓바닥이 입술 위로 깃발처럼 늘어졌다. 그는 일어나다가 팔꿈치로 보르댕 부인을 건드렸다. 두 사람의 눈이 마주쳤다. 보르댕 부인이 미소를 띠자, 그는 왠지 모르게 얼굴이 빨개졌다.

보르댕 부인 다음으로는, 파베르주 양, 백작 부인, 그들의 수행인과 샤비뇰 사람들이 누군지 모르는 한 신사가 함께 영성체를 했다.

마지막으로 영성체를 한 두 사람은 플라크방과 학교 선생인 프티였다. 그때 갑자기 고르귀가 나타났다.

고르귀는 이제 턱수염이 없었다. 그는 매우 모범적인 태도로, 팔을 십자가 모양으로 가슴에 대고 자리에 앉았다.

신부는 어린 소년들에게 설교를 했다. 나중에라도 예수를 배반한 유다처럼 행동하지 않도록 조심하고, 항상 순수함을 잃지 말라는 내용이었다. 페퀴셰는 자기가 순수함을 잃어버린 것을 애석해했다. 사람들이 의자에서 움직이고, 엄마들이 서둘러 아이들에게 입을 맞추었다.

본당 주민들은 출구에서 축하 인사를 나누었다. 몇몇 사람들은 눈물을 흘리기도 했다. 파베르주 부인은 마차를 기다리면서 부바르와 페퀴셰에게 사윗감을 소개했다.

"마위로 남작입니다. 기술자지요."

백작이 부바르와 페퀴셰를 만나지 못해서 유감인데, 다음 주에 돌아올 거라고 했다.

"잊지 마세요!"

사륜마차가 도착하자 백작네 여자들이 떠났다. 그리고 사람들도 흩어졌다.

부바르와 페퀴셰는 마당의 풀밭에서 소포 꾸러미를 보았다. 집이 잠겨 있어서, 우체부가 담 너머로 던져놓은 것이었다. 그것은 바르브루가 보내주기로 약속한 책이었다. 예전에 사범학교 학생이던 루이 에르비외가 쓴 《기독교에 대한 검토》라는 책이었다. 페퀴셰는 책을 밀쳐 놓았다. 부바르도 읽고 싶지 않았다.

부바르는 영성체를 함으로써 변화될 것이라는 이야기를 여러 번 들었다. 그래서 여러 날 동안, 그의 의식 속에서 어떤 개화와 같은 일이 일어나는지를 살펴보았다. 그러나 늘 그대로였다. 그는 너무 놀란 나머지 괴로움에 휩싸였다.

이럴 수가! 하느님의 몸이 우리 몸속에 들어왔는데, 아무 일도 일어나지 않다니! 우주를 지배하는 관념으로 우리의 정신을 밝히지 못하는 것이다. 최고의 권능이 우리를 무능력하게 내버려두고 있다.

죄프루아 신부는 부바르를 안심시키면서, 곰프 신부의 《교리문답서》를 읽어보라고 했다.

반대로 페퀴셰의 신앙심은 깊어졌다. 그는 빵과 포도주의 두 형색으로 성체를 배령하고 싶어했고, 복도를 걸어가면서 시편을 낭송하고, 샤비뇰 사람들을 붙들고 토론하며 개종시키려고 했다. 보코르베유는 맞대놓고 비웃었고, 지르발은 어깨를 으쓱했다. 육군 대장은 페퀴셰를 타르튀프[44]라고 불렀다. 페퀴셰는 사람들이 너무 지나치다고 생각했다.

모든 일들을 하나하나의 상징으로 생각하는 것은 훌륭한

습관 중의 하나이다. 천둥이 치면 최후의 심판을 상상하고, 구름 한 점 없는 하늘을 보면 신의 축복을 받은 사람들의 거실을 생각하고, 걸음을 걸을 때에는 죽음에 한 발 한 발 다가간다고 스스로 생각하라. 페퀴셰는 이 방법을 지켰다. 옷을 입을 때, 그는 성자가 걸치고 있는 육체의 껍질을 생각했다. 시계가 똑딱거리는 소리를 들으면 심장의 고동을 생각했고, 핀에 찔린 자국을 보고는 십자가에 박힌 못을 생각했다. 그러나 몇 시간 동안 무릎을 꿇고 있거나 단식을 늘리고 아무리 상상력을 쥐어짜도 아무 소용이 없었다. 자기 자신을 초월할 수 없었고, 완전한 명상에 도달하는 것은 불가능했다!

그는 신비주의 작가들의 도움을 빌렸다. 성녀 테레즈, 장 드 라 크루아, 루이 드 그르나드, 스퀴폴리, 그리고 좀 더 현대인으로는 샤이요라는 사람이 있었다. 그러나 기대하던 숭고한 사상 대신에, 그는 진부한 것들, 매우 조잡한 문체, 감동을 주지 않는 이미지, 그리고 보석 상점에서 빌려온 듯한 비유만을 찾아볼 수 있었다.

그렇지만 죄를 씻는 행위에는 수동적인 것과 능동적인 것이 있다는 것, 내적 환시(幻視)와 외적 환시, 기도의 네 가지 종류, 사랑에 있어서 아홉 가지 뛰어난 점, 겸허함의 여섯 단계와 영혼의 상처는 영적인 비상(飛翔)과 다르지 않다는 것을 배웠다.

몇 가지 문제에서 그는 혼란에 빠졌다.

육체가 저주받은 것이라면, 어째서 육체를 존재하게 해준

은혜에 대하여 신에게 감사해야 하는가? 두려움과 희망이 구원을 받는 데 반드시 필요하다고 하는데, 그 둘 사이에서 어떻게 처신해야 하나? 은총의 징조는 어디에 있나? 등이다!

죄프루아 신부의 대답은 간단했다.

"고심하지 마시오! 뭐든 너무 깊이 파고들면, 위험한 비탈길을 달리게 되는 법이라오."

부바르는 곰므의 《신앙을 확고히 하기 위한 교리 문답서》가 너무 지겨워서, 루이 에르비외의 책을 읽었다. 그것은 정부에서 금지한 현대적인 성서 주해의 요약판이었다. 바르브루는 공화주의자라서 그 책을 샀던 것이다.

그 책은 부바르의 마음에 의혹을 불러일으켰다. 우선 원죄에 대한 의혹이 생겼다.

"만약 신이 죄짓기 쉬운 인간을 창조했다면, 인간을 벌주어서는 안 되지요. 악은 인간이 타락하기 이전에 존재하고 있었어요. 이미 화산과 사나운 짐승도 있었으니까 말입니다! 이제 이 교리 때문에 내가 생각하고 있는 정의라는 개념이 뒤죽박죽되어버렸어요!"

"할 수 없지요. 그것은 증거를 제시하지 않고도 모든 사람들이 일치를 본 진리 중의 하나입니다. 우리 자신도 아버지의 죄를 자식에게까지 미치게 하고 있잖아요. 결국 관습과 법률에 의해 신의 뜻이 증명되는 것입니다. 자연 속에서 신의 뜻을 다시 찾는 것이지요."

신부가 말했다.

부바르는 머리를 흔들었다. 그는 또한 지옥에 대해서도 의심을 했다.

"벌이라는 것은 죄인의 개선을 목적으로 해야 하는데, 영원한 형벌이라면 죄인을 개선할 수가 없잖아요! 그리고 얼마나 많은 사람들이 그 형벌을 받고 있습니까! 생각해보세요. 모든 고대인들, 유태교도들, 회교도들, 우상숭배자들, 이교도들 그리고 세례 받지 못하고 죽은 아이들, 그 아이들도 신의 창조물인데 말입니다! 그럼 무슨 목적으로 창조했단 말입니까? 그 아이들이 저지른 것도 아닌 잘못으로 벌주기 위해서입니까!"

"성 아우구스티누스의 의견도 그러합니다. 성 풀겐티우스는 천벌 속에 태아까지도 끌어들이고 있어요. 사실 교회에서는 그 점에 대해서 아무것도 판정을 내린 것이 없습니다. 그러나 한 가지 주목할 사실이 있지요. 영벌에 처하는 것은 신이 아니에요. 죄인 스스로가 자기 자신을 영벌에 처하는 것이지요. 신이 영원한 존재이므로 그에 대한 죄도 영원한 것이고, 따라서 벌도 영원할 수밖에 없습니다. 그것뿐입니까?"

신부가 대답했다.

"삼위일체에 대해서 설명해주세요."

부바르가 말했다.

"기꺼이 해드리지요! 비유를 해봅시다. 삼각형의 세 각, 아니 존재와 지능과 의지를 포함하는 우리의 정신과 같지요. 인간에게 있어서 능력이라 부르는 것이 신에 있어서는 위격(位格)입니다. 이것은 인간의 지혜로는 이해할 수 없는 신비지요."

"그러나 삼각형의 세 각은, 그 하나하나가 삼각형은 아닙니다. 인간 정신의 세 가지 능력도 세 개의 정신을 이루는 것은 아니지요. 그런데 신부님이 말하는 삼위일체의 위격들은 세 가지 신입니다."

"신을 모독하는 말이오!"

"그럼 하나의 위격, 하나의 신, 세 가지 방법으로 나뉜 하나의 실체만 있을 뿐이군요!"

"이해하려고 들지 말고 경배합시다."

"좋아요!"

부바르가 말했다. 그는 불경한 자로 낙인찍히고 백작의 가족에게 나쁜 인상을 줄까 봐 겁이 났던 것이다.

이제 부바르와 페퀴셰는 일주일에 세 번 백작의 성에 가곤 했다. 겨울이어서 다섯 시경에 가면 차를 마시며 몸을 녹였다. 백작의 몸가짐에서는 옛날 궁정의 멋이 풍겼고, 온화하고 뚱뚱한 백작 부인은 모든 일에 대해 대단한 분별력을 보여주었다. 그들의 딸 욜랑드 양은 전형적인 젊은 아가씨로서, 장식용의 귀여운 천사 같았다. 그리고 수행원 노아리스 부인은 코가 뾰족하여 페퀴셰와 흡사했다.

부바르와 페퀴셰가 백작의 거실에 처음으로 들어갔을 때, 노아리스 부인은 누군가를 변호하고 있었다.

"확실히 그는 변했어요! 그의 선물이 입증해주고 있잖아요."

그 누군가는 고르귀였다. 고르귀가 미래의 부부에게 고딕식 기도대를 선사했다는 것이다. 사람들이 그 기도대를 가져왔다. 거기에는 두 집안의 가문(家紋)이 두드러진 색깔로 칠해져 있었다. 마위로 남작은 만족한 듯했다. 노아리스 부인이 남작에게 말했다.

"제가 보호해준 사람을 기억해주셔야 해요!"

그러고 나서 그 여자는 두 아이를 데려왔다. 열두 살쯤 된 사내아이와 열 살쯤 되어 보이는 여동생이었다. 누더기 같은 옷이 다 해어져서, 추위 때문에 빨갛게 된 팔다리가 드러나 보였다. 한 아이는 낡은 슬리퍼를 신고 있었고, 또 한 아이는 나막신 한 짝밖에 신고 있지 않았다. 이마는 머리카락에 가려서 보이지도 않았다. 아이들은 두려움에 사로잡힌 어린 늑대들처럼 이글거리는 눈빛으로 주위를 둘러보고 있었다.

노아리스 부인은 아침에 큰길에서 그 아이들을 만났다고 이야기했다. 플라크방도 아이들에 대해서 자세한 내용을 전혀 알지 못했다.

아이들에게 이름을 물어보았다.

"빅토르, 빅토린."

"아버지는 어디 계시니?"

"감옥에요."

"그 전에는 뭘 하셨는데?"

"아무것도 안 했어요."

"고향은?"

"생 피에르."

"어느 생 피에르 말이냐?"

두 아이들은 대답을 할 때마다 코를 훌쩍이면서 말했다.

"몰라요, 몰라요."

엄마는 죽었고, 아이들은 구걸을 하고 다닌다고 했다.

노아리스 부인은 그 아이들을 그냥 내버려두는 것이 얼마나 위험한 일인지를 설명했다. 그 여자는 백작 부인을 감동시켰고, 백작의 명예심을 자극했다. 백작의 딸도 노아리스 부인을 옹호했다. 결국 그 여자는 자기 주장을 끝까지 밀고나가 관철시켰다. 밀렵 감시인의 아내가 그 아이들을 돌봐주기로 한 것이다. 나중에는 일자리도 마련해줄 것이다. 아이들은 읽을 줄도 쓸 줄도 몰랐기 때문에, 교리교육을 준비시키기 위해 노아리스 부인이 직접 가르치기로 했다.

죄프루아 신부가 백작의 성에 오자, 사람들이 두 아이들을 데려왔다. 신부는 아이들에게 질문을 하고 나서, 청중을 의식해서 거드름을 피우며 강연을 했다.

한 번은 죄프루아가 《구약성서》의 족장들에 대해서 이야기했다. 부바르는 죄프루아와 페퀴셰와 함께 돌아오는 길에, 그 족장들을 강력하게 비난했다.

야곱은 뛰어난 사기꾼이고, 다윗은 살인자이며, 솔로몬은 난봉꾼이라고 했다.

신부는 더 심오한 의미를 생각해야 한다고 대답했다. 아브라함의 희생은 예수 수난을 형상화한 것이며, 야곱은 요셉이나 구리뱀이나 모세처럼 메시아의 또 다른 형상이라는 것이다.

"신부님은 모세가 〈모세 오경〉[45]을 썼다고 믿습니까?"

부바르가 말했다.

"그럼요! 물론이죠!"

"하지만 〈모세 오경〉에는 모세의 죽음이 적혀 있어요! 심지어 여호수아[46]에 대한 평가 기록도 있고요. 그리고 재판관에 대한 부분에서는, 그 당시에는 아직까지 이스라엘에 왕이 없었다고 말하고 있지요. 따라서 〈모세 오경〉은 왕이 지배하던 시절에 씌어진 것이라고요. 그리고 예언자들도 정말 놀랍더군요."

"이제는 예언자들을 부인하려고 하는군요!"

"천만에요! 하지만 열에 들뜬 그들의 영혼은 여러 가지 형태로 여호와를 받아들였지요. 불의 형상이라든가, 가시덤불의 형상, 노인의 형상, 또는 비둘기의 형상으로 말입니다. 그런데 그들은 늘 하나의 징후를 찾은 것이지, 신의 계시라는 확신을 가지고 있던 것은 아니었습니다."

"아니! 도대체 그런 것들을 어떻게 알아냈지요?……"

"스피노자에게서요!"

이 말에 신부는 펄쩍 뛰었다.

"스피노자를 읽어 보셨습니까?"

"신이여, 지켜주시옵소서!"

"그렇지만, 과학은!……"

"기독교인이 아니고서는 학자도 될 수 없는 법입니다."

과학이라는 말에 죄프루아는 빈정거렸다.

"과학이 곡식이라도 자라게 합니까, 당신이 말하는 그 과학이 말이오! 우리가 뭘 알겠습니까?"

신부가 말했다. 하지만 그는 세상이 우리를 위해서 창조되었다는 것과 천사들 위로 대천사가 있다는 것을 알고 있다고 했다. 또 인간의 몸이 삼십대였을 때와 같은 상태로 부활한다는 것도 알고 있었다.

성직자다운 안정된 신부의 태도에 화가 난 부바르는, 루이에르비외에 대한 의심이 생겨서 바를로에게 편지를 썼다. 그리고 좀 더 지식이 많은 페퀴셰는 죄프루아에게 성서에 대해 설명을 해달라고 했다.

〈창세기〉의 육 일은 거대한 여섯 시대를 말하는 것이다. 유태인들이 이집트인들에게서 귀중한 단지를 훔친 것은, 지적인 풍요와 예술의 비밀을 훔친 것으로 이해해야 한다. 〈이사야〉는 충분히 연구되지 않았다. 라틴어로 '누두스'는 허리까지 옷을 벗은 것을 의미한다. 따라서 베르길리우스가 일하기 위해서는 옷을 벗으라고 충고하고 있는데, 이 작가가 수치심에 어긋나는 교훈을 제시한 것은 아니다! 책을 먹어치우는 에스겔[47]은 아무것도 이상할 게 없다. 우리도 신문과 소책자를 먹어치운다[48]는 표현을 쓰지 않는가?

그런데 만약 비유가 사실로 나타나는 것을 도처에서 보게 된다면? 신부는 그러한 사실들이 실재한다고 주장했다.

페퀴셰에게는 그러한 사실들을 이해하는 방식이 불성실하게 생각되었다. 그래서 그는 더 깊이 연구를 해서, 성서의 모순을 메모해왔다.

〈출애굽기〉는 사람들이 사막에서 사십 년 동안이나 희생한 것을 보여준다. 그런데 〈아모스〉와 〈예레미야〉에 따르면 어떠한 희생도 하지 않았다고 한다. 〈역대기〉와 〈에스라〉는 민족에 대한 인구 조사가 일치하지 않는다. 〈신명기〉에서는 모세가 주님의 얼굴을 마주보고 있다. 그런데 〈출애굽기〉에 따르면, 모세가 결코 주님을 볼 수 없다고 되어 있다. 도대체 계시가 어디 있단 말인가?

"그걸 인정하려면 더 많은 동기가 있어야 해요. 사기꾼들은 공모가 필요하지만, 참된 사람들은 그런 것에 유의하지 않지요. 곤궁에 처하면 교회를 의지합시다. 교회는 늘 잘못을 범하지 않습니다."

좌프루아가 웃으면서 말했다.

잘못을 범하지 않는 성질은 누구에게 속하는 것인가?

바젤과 콘스탄츠 공의회에서는 공의회는 잘못을 범하지 않는 것으로 간주했다. 그러나 때때로 공의회마다 달라서, 아타나즈[49]에게 유리한 증인도 있고 아리우스[50]에게 유리한 증인도 있었다. 피렌체와 라테라노 공의회에서는 잘못을 범하지 않는 성질을 교황에게 부여한다. 그러나 아드리안 6세[51]는 교황도 인간으로서 잘못을 저지를 수 있다고 고백하고 있다.

억지 소리다! 그 모든 것들이 교리의 확고부동함과는 아무 상관이 없다.

그러나 루이 에르비외의 저서에는 교리의 변화가 지적되어 있다. 옛날에는 세례가 어른에게만 주어졌다. 종부성사는 9세기에 이르러서야 칠성사 중의 하나가 되었고, 성체 안에 그리스도가 현존한다는 것은 8세기에 공포되었다. 연옥은 15세기에 알려졌고, 성모의 무염시태[52]는 최근에야 알려진 것이다.

결국 페퀴셰는 예수에 대해서도 일반적으로 생각하고 있는 정도밖에는 더 알 수 없었다. 세 복음서[53]에서는 예수는 한 인간이었다. 그런데 사도 요한의 한 구절에서는 신과 동등하게 나타난다. 또 다른 구절에서는 예수가 신의 종임을 인정하고 있다.

신부는 아브가르 왕[54]의 편지, 빌라도[55]의 행위, '그 내용이 믿을 만한' 무녀(巫女)들의 증언을 들어 응수했다. 그는 골 지방에서 성모님을, 중국에서 구세주의 징조를, 도처에서 삼위일체를, 라마교 교주의 모자와 이집트 신들의 주먹에서 십자가를 다시 찾았다고 했다. 그는 심지어 나일 강의 수위표를 나타내는 그림을 보여주기까지 했다. 그런데 페퀴셰에게는 그것이 마치 음경처럼 보였다.

죄프루아는 그의 친구 프뤼노에게 은밀히 부탁해서, 여러 책에서 증거를 찾았다. 박식한 논쟁이 시작된 것이다. 자존심에 상처를 입은 페퀴셰는 탁월한 신화 연구가가 되었다.

페퀴셰는 성모를 이시스 신[56]에, 성찬식을 고대 페르시아인들의 오마[57]에, 바쿠스 신을 모세에, 노아의 방주를 크시수트로스[58]의 배에 비유했다. 이와 같은 유사점으로 미루어보아 모든 종교가 동일하다는 것이 입증된다고 페퀴셰는 생각했다.

그러나 신은 오로지 하나이므로 여러 종교는 있을 수 없는 일이다. 신부는 증명할 방법이 없자, "그건 신비입니다!"라고 소리쳤다.

그 말은 무엇을 의미하는가? 무식한 소치란 말인가? 좋다. 그러나 설사 그 말이 무엇인가를 지칭한다고 하더라도, 그 유일한 표현 속에 모순이 내포되어 있다면 그것은 어리석은 말장난에 불과하다. 페퀴셰는 계속해서 죄프루아 신부를 따라다녔다. 정원으로 불쑥 찾아가기도 하고, 고백실에서 기다리기도 하고, 제의실에서 귀찮게 따라다니기도 했다.

신부는 페퀴셰에게서 도망칠 궁리를 하곤 했다.

하루는 신부가 어떤 사람에게 종부 성사를 주기 위해 사스토로 떠나는데, 페퀴셰가 길에서 그를 가로막았다. 대화를 피할 수 없었다.

팔월 말경의 저녁 나절이었다. 진홍빛 하늘이 어두워지고 있었다. 산꼭대기에서는 소용돌이가 치며, 기슭 쪽으로 짙은 구름이 뒤덮여 있었다.

페퀴셰는 우선 대단치 않은 것들에 대해 이야기하다가, 순교자라는 단어를 넌지시 비치며 말했다.

"순교자가 몇 명쯤 된다고 생각하십니까?"

"최소한 이천만 명은 되지요."

"오리게네스[59]는 그 숫자가 그리 대단한 게 아니라고 합니다."

"오리게네스는 정말이지 믿을 수 없는 사람이에요!"

한 줄기 거센 바람이 불어, 도랑의 풀과 지평선 끝까지 두

줄로 늘어서 있는 느릅나무를 기울게 했다.

페퀴셰가 다시 말했다.

"고대 그리스 로마인들에게 항거하다가 죽은 골 지방의 많은 주교들도 순교자로 분류하고 있는데, 그건 문제가 다르지요."

"황제들을 옹호하려는 거요!"

페퀴셰에 따르면, 황제들은 중상모략을 당했다.

"테베[60] 군단의 이야기는 우화예요. 마찬가지로 나는 생포로즈와 그의 일곱 아들, 펠리시테[61]와 일곱 명의 딸들, 일흔의 노인인데도 불구하고 폭행을 당했다는 악쿠라[62]의 일곱 처녀들, 성녀 우르줄라[63]의 만천명의 시녀들도 인정하지 않습니다. 그 시녀들 중에 운데스밀라[64]라는 이름을 가진 시녀가 있었는데, 그 이름을 숫자로 착각한 거죠. 그리고 또 알렉산드리아의 열 명의 순교자들도 인정하지 않고요!"

"그렇지만!⋯⋯그렇지만 그들은 믿을 만한 작가들의 책 속에 나와 있습니다."

빗방울이 떨어졌다. 신부는 우산을 폈다. 페퀴셰는 우산 밑으로 들어가서, 기독교인들은 유태교도와 회교도와 신교도와 자유사상가들에 대해서 옛날 로마인들이 저지른 것보다 더 많은 순교자들을 만들어냈다고 감히 주장했다.

"하지만 네로로부터 갈레리우스 황제[65]에 이르기까지 열 번의 박해가 있었어요!"

신부가 소리쳤다.

"그럼, 알비 종파[66]에 대한 학살은 뭡니까! 생 바르텔르미의 학살[67]은요! 그리고 낭트 칙령의 폐지는요!"

"물론 그 잔학 행위는 통탄할 일입니다. 하지만 그 사람들을 성 스테파누스, 성 로렌소,[68] 키프리아누스,[69] 폴리카르프,[70] 그리고 수많은 선교사들과 비교하지는 않으시겠지요."

"아니오! 후파티아,[71] 제롬 드 프라그,[72] 얀 후스,[73] 브루노,[74] 바니니,[75] 안 뒤부르[76]와 같은 사람들을 생각해보시오!"

비가 더 많이 쏟아졌다. 빗줄기가 하도 세차게 떨어지는 바람에, 작고 하얀 로켓탄처럼 바닥에서 튀었다. 페퀴셰와 죄프루아는 서로 바짝 붙어서 천천히 걷고 있었다. 신부가 말했다.

"끔찍한 고문을 한 후에는, 그들을 가마솥에 던져버렸지요!"

"종교재판소에서도 똑같이 고문이 행해졌습니다. 화형도 잘 시켰고요."

"훌륭한 귀부인들을 사창가에 보내기도 했지요!"

"루이 14세의 다루기 힘든 여자들이 품위 있다고 생각하십니까?"

"그리고 기독교인들은 나라에 반항하는 행위는 하나도 하지 않았다는 것을 유념해두시오!"

"그건 신교도들도 마찬가지라고요!"

허공에서 빗줄기가 바람에 휩쓸려 나부꼈다. 빗줄기는 나뭇잎에 부딪치고 길가에서 철철 흘러내렸다. 진흙빛 하늘은 수확이 끝나서 텅 빈 들판과 분간을 할 수 없었다. 집 한 채도 보이지 않았다. 저 멀리 목동의 오두막만 보였다.

페퀴셰의 볼품없는 외투는 완전히 비에 젖었다. 등마루를 타고 물이 흘러내려 장화 속으로 들어갔다. 귀에도 물이 들어갔고, 아모로스식 챙 달린 모자를 썼지만 눈에도 물이 들어갔다. 신부는 법의 끝자락을 손으로 잡고 있어서 다리가 드러나 보였다. 삼각모의 끝부분에서는 성당의 하수관에서처럼 물이 흘러내려 어깨 위로 떨어졌다.

그들은 멈춰 설 수밖에 없었다. 그들은 비바람을 등지고 서로 마주보며 배를 맞대고 서 있었다. 두 사람이 양손으로 붙잡고 있는데도 우산이 흔들리고 있었다.

죄프루아 신부는 가톨릭을 옹호하는 것을 중단하지 않았다.

"가톨릭교도들이 당신이 말하는 신교도들을 성 시메온처럼 십자가에 못 박았습니까, 아니면 성 이그나스에게 한 것처럼 두 마리 사자에게 잡아먹히게 했습니까?"

"하지만 남편과 헤어진 많은 부인들, 어머니 품에서 떼어놓은 많은 아이들을 한 번 생각해보시죠! 그리고 눈길을 넘어서 절벽 가운데로 유배된 불쌍한 사람들을 말입니다! 그들을 감옥에 가두었다가 죽으면 시체를 사립짝에 실어 말로 끌고 갔지요."

신부는 비웃었다.

"미안하지만 당신이 말하는 것은 하나도 믿을 수가 없군요! 우리의 순교자들은 더 믿을 만합니다. 성녀 블랑딘은 그물에 넣어져서 성난 암소에게 던져졌고, 성녀 쥘리트는 매 맞아 죽었지요. 성 타라크, 성 프로부스, 성 앙드로니크에게는 망치로

이빨을 부러뜨리고, 쇠빗으로 옆구리를 찢어 놓았으며, 빨갛
게 달군 못으로 손을 뚫어놓고 머리 껍질을 벗겼다고요!"

"과장하지 마세요. 순교자들의 죽음은 그 시기에 표현이 과
장된 것입니다!"

페퀴셰가 말했다.

"과장된 표현이라고요?"

"그렇고 말고요! 이번에는 제가 이야기를 하지요. 아일랜드
에서는 기독교인들이 임신한 여자의 배를 가르고 태아를 꺼
냈습니다!"

"그럴 리가 없습니다."

"그리고 그 태아들을 돼지한테 주었지요!"

"설마!"

"벨기에서는 산 채로 매장하기도 했어요."

"설마 그럴 수가."

"그들의 이름도 적혀 있는걸요!"

"그렇지만 그들을 순교자라고 부를 수는 없어요. 순교자란
교회 밖에서는 있을 수 없으니까요."

신부는 화가 나서 우산을 흔들면서 반박했다.

"한 마디만 더 하죠. 순교자의 가치가 교리에 따라 좌우된
다면, 어떻게 순교자가 있다는 사실로 교리의 우수성을 증명
할 수 있습니까?"

빗줄기가 잠잠해졌다. 마을에 이르기까지 그들은 더 이상
아무 말도 하지 않았다.

사제관 문턱에 이르자 신부가 말했다.

"당신이 불쌍하군요! 정말이지, 불쌍합니다!"

페퀴셰는 곧 부바르에게 그 논쟁에 대해서 이야기했다. 페퀴셰는 그 논쟁으로 말미암아 반종교적인 악의를 가지게 되었다. 그리하여 한 시간 뒤에는 가시덤불로 피워놓은 불 앞에 앉아《메슬리에 신부》를 읽고 있었다.

그는 심하게 부인한 것이 마음에 걸렸다. 어쩌면 영웅일지도 모르는 사람들을 무시한 것을 자책하면서, 그는《전기》에서 가장 유명한 순교자들의 이야기를 훑어보았다.

순교자들이 투기장으로 들어갈 때, 군중들은 열렬한 함성을 질렀다! 그리고 사자와 표범이 너무 순하게 있을 때에는, 손짓을 하고 소리를 지르며 자극시켜서 행동하게 만들었다. 순교자들은 피투성이가 된 채로 일어서서 하늘을 바라보며 미소 짓는 모습을 보여주었다. 성녀 페르페튀는 고통스러워하는 듯이 보이지 않으려고 머리를 다시 묶기도 했다. 페퀴셰는 생각에 잠겼다. 창문은 열려 있었고, 수많은 별들이 반짝이는 평온한 밤이었다. 틀림없이 순교자들의 영혼에서 우리가 생각할 수도 없는 어떤 것, 기쁨이나 신성한 경련과 같은 현상이 일어난 게 아니었을까? 페퀴셰는 너무 많이 생각한 나머지, 자기도 그런 현상을 이해할 수 있으며 순교자들처럼 행동했을 거라고 말했다.

"자네가?"

"물론."

"농담 말게! 그런가, 안 그런가?"

"모르겠어."

페퀴셰는 초에 불을 붙였다. 그리고 알코브[77]에 있는 십자가를 바라보며 말했다.

"얼마나 많은 불쌍한 사람들이 저 십자가에 의지했을까!"

그리고 잠시 침묵을 지키다가 다시 말했다.

"십자가는 왜곡된 것이야! 로마의 잘못이야. 바티칸의 정책이라고!"

그러나 부바르는 그 웅장함 때문에 교회를 찬양했고, 중세의 추기경이 되어 보고 싶다고 했다.

"추기경의 자줏빛 제의를 입으면 내 얼굴이 아주 훌륭해 보일거야. 그렇지!"

석탄 앞에 놓은 페퀴셰의 모자는 아직도 젖어 있었다. 페퀴셰는 모자를 평평하게 잡아 늘이다가 안에서 뭔가 만져지는 것을 느꼈다. 성 요셉의 메달이 떨어졌다. 그것이 왜 거기에 있는지 이해할 수 없어서, 그들은 어리둥절했다.

노아리스 부인은 페퀴셰가 어떤 변화나 행복 같은 것을 체험했는지 알고 싶어서, 노골적으로 질문을 하곤 했었다. 한 번은 페퀴셰가 당구를 치는 동안 그의 모자 속에 메달을 집어넣고 꿰매버렸던 것이다.

그 여자는 분명히 페퀴셰를 사랑하고 있었다. 그녀는 과부였으므로 그들은 결혼을 할 수도 있었다. 그리고 페퀴셰는 그의 삶에서 행복이 될지도 모르는 그 사랑을 의심하지 않았다.

페퀴셰가 부바르보다 더 종교적이었는데도, 노아리스 부인은 기독교로 개종하는 데 탁월한 도움을 주는 성 요셉상을 페퀴셰에게 주었다.

묵주의 모든 것과 묵주를 통해서 얻는 면죄, 성유물의 효과, 성수의 은혜를 노아리스 부인만큼 잘 알고 있는 사람은 아무도 없었다. 그 여자의 시계는 성 베드로의 사슬과 비슷한 사슬끈으로 묶여 있었다. 그녀의 장신구 중에는 빛나는 금 구슬이 있었는데, 그것은 알루아뉴 성당에서 보관하고 있는 예수의 눈물을 본떠서 만든 것이었다. 새끼손가락에 낀 반지에는 아르스 신부[78]의 머리카락이 들어 있었다. 그리고 그녀는 환자들을 위해서 약초를 모으고 있었기 때문에, 그녀의 방은 마치 제의실이나 약국의 조제실 같았다.

노아리스 부인은 편지를 쓰고, 가난한 사람들을 방문하고, 내연 관계를 해결해주고, 사크레쾨르 성당의 사진을 널리 나누어주는 데 시간을 보냈다. 어떤 신사가 그녀에게 '순교자 반죽'을 보내준 모양이었다. 그것은 부활절의 밀랍과 지하묘지에서 가져온 인간의 유골을 섞어서 만든 것인데, 회복할 가망이 없을 경우에 국소약이나 환약으로 사용한다고 했다. 노아리스 부인은 페퀴셰에게 그 반죽을 주겠다고 약속했다.

페퀴셰는 그와 같은 물질주의에 기분이 상한 것 같았다.

저녁에, 백작의 성에서 하인이 소책자를 잔뜩 가지고 왔다. 나폴레옹 황제의 독실한 말, 여인숙에서 신부가 한 훌륭한 말, 신앙심 없는 사람들에게 닥친 끔찍한 죽음에 관한 책이었다.

노아리스 부인은 수많은 기적의 일화와 함께 그것을 전부 외우고 있었다.

그 여자는 터무니없는 기적을 이야기했다. 마치 신이 그저 세상 사람들을 놀래주려고 행한 것처럼 목적 없는 기적이었다. 그녀의 할머니가 말린 자두를 헝겊에 싸서 장 속에 넣어두었는데, 일 년 뒤에 장을 열어보니 헝겊 위에 열세 개의 자두가 십자가 모양을 이루고 있더라는 것이었다.

"이 현상을 설명해보세요."

다른 때에는 착하고 쾌활한 성격의 여자가 황소 같은 고집을 부리며 이야기하고 난 후, 그렇게 덧붙였다.

그렇지만 한 번은 노아리스 부인이 평소의 성격을 잃어버리고 말았다. 대혁명 기간 동안 성체를 숨겨놓았던 정과 그릇이 저절로 자기 혼자서 금빛으로 물들었다는 프질라[79]의 기적을 부바르가 부인했기 때문이다.

어쩌면 습기 때문에 바닥이 약간 노란색으로 되었던 것이 아닐까?

"천만에요! 분명히 그렇지 않아요! 성체와 접촉했기 때문에 황금빛으로 된 거라고요."

그리고 노아리스 부인은 주교들의 증언을 증거로 내세웠다.

"그건 방패 모양, 그러니까……페르피냥 교구에 대한 하나의 수호신과 같은 거라고 주교들이 말하고 있어요. 차라리 쾨프루아 신부에게 물어보세요!"

부바르는 더 이상 참을 수 없었다. 그는 루이 에르비외의 책을 다시 한번 훑어보고 나서 페퀴셰를 데리고 갔다.

신부는 막 저녁 식사를 끝내고 있었다. 렌은 부바르와 페퀴셰에게 앉을 자리를 마련해주고, 신부가 손짓을 하자 작은 잔 두 개를 가져와서 로솔리오 술을 따라주었다.

부바르는 찾아온 이유를 설명했다.

신부는 솔직하게 대답하지 않았다. 신에게는 모든 것이 가능하고, 기적은 종교의 증거라고 했다.

"그렇지만 자연의 법칙이 있는걸요."

"그건 아무 소용이 없습니다. 신은 수정하거나 교훈을 주기 위해서 자연의 법칙을 깨뜨리기도 하지요."

"신이 법칙을 깨뜨리는지 어떻게 아십니까? 사람들은 자연이 제 관례를 따르는 동안은 신을 생각하지 않다가, 기이한 현상에서 신의 손길을 느끼지요."

부바르가 반격했다.

"그럴 수 있지요. 그리고 어떤 사건이 증인들에 의해서 확인되면……."

"증인들은 모든 것을 덮어놓고 믿습니다. 그래서 거짓 기적이 있는 거지요!"

신부의 얼굴이 붉어졌다.

"물론……때때로 거짓 기적도 있지요."

"어떻게 진짜 기적과 거짓 기적을 구분합니까? 그리고 증거로 제시된 진짜 기적도 증거를 필요로 한다면 무슨 소용이 있습니까?"

렌이 끼어들어서, 마치 신부처럼 설교를 하면서 복종해야 한다고 말했다.

"삶은 순간적인 것이지만, 죽음은 영원한 것이에요!"

"한마디로, 옛날의 기적이라고 해서 오늘날의 기적보다 더 잘 증명할 수 있는 것은 아니라고요. 또 이교도의 기적도 기독교의 기적과 비슷한 이유로 주장될 수 있지요."

부바르가 로솔리오를 꿀꺽꿀꺽 마시며 말했다.

신부는 식탁 위에 있는 포크를 집어던졌다.

"그것 또한 거짓이오! 기적은 교회 밖에서는 있을 수 없어요!"

'저런, 순교자에 대한 것과 똑같은 논법이군. 교리는 사실에 의거하고 있고, 사실은 교리에 의거하고 있군그래' 라고 페퀴셰는 생각했다.

죄프루아는 물 한 잔을 마시고 나서 다시 말했다.

"기적을 부정함으로써 당신들은 기적을 믿게 되는 것이오. 열두 명의 사도들이 기독교로 개종시킨 이 세상, 이것이야말로 훌륭한 기적이 아닐까요?"

페퀴셰는 다르게 설명했다.

"천만에요! 일신교는 헤브라이 사람에게서 유래된 것이고, 삼위일체는 인도 사람에게서 나온 것이지요. 로고스는 플라톤의 말이고, 성모는 아시아에서 유래한 것입니다."

그런 것은 아무래도 상관없는 일이다! 죄프루아 신부는 초자연적인 것에 집착했고, 어떤 전조나 변모가 될 수 있는 최소

한의 이유가 기독교에 존재한다는 것만을 주장했다. 모든 민족에게서도 전조와 변모가 나타날지라도 말이다. 신부는 빈정거리며 종교를 멸시하는 18세기의 태도는 참을 수 있었지만, 예의를 갖춘 현대적인 비난에는 더 화가 났다.

"궤변을 부리는 회의론자보다는 신을 모독하는 무신론자가 차라리 낫겠소!"

신부는 쫓아버리기라도 하려는 듯이 도전적인 태도로 부바르와 페퀴셰를 바라보았다.

페퀴셰는 우울해져서 돌아왔다. 그는 신앙과 이성이 일치를 이루기를 바랐다.

부바르는 페퀴셰에게 루이 에르비외의 구절을 읽어보라고 했다.

'신앙과 이성을 가로막고 있는 심연을 알려면, 그 원리를 대립시켜보라.'

'이성에서는 전체가 부분을 포함한다고 말하는데, 신앙은 실체화로 응수한다. 사도들과 일치를 이루는 예수는 그의 손 안에 육체를 지니고 있고 입 안에 머리를 지니고 있다.'

'이성에서는 다른 사람의 죄에 책임이 없다고 말하는데, 신앙은 원죄로 응수한다.'

'이성은 셋은 셋이라고 하는데, 신앙은 셋이 곧 하나라고 선언한다.'

그들은 더 이상 신부를 찾아가지 않았다.

당시는 이탈리아 전쟁 중이었다. 사람들은 로마 교황을 몹시 걱정했고, 엠마누엘레[80]를 비난했다. 심지어 노아리스 부인은 엠마누엘레가 죽었으면 좋겠다고 했다.

부바르와 페퀴셰는 소극적으로만 항의했다. 그들은 거실 문을 닫아걸고 왔다갔다하며 큰 거울에 몸을 비춰보기도 하고, 하인의 붉은 조끼가 푸른 풀밭과 대조를 이루고 있는 산책길을 창문으로 바라보기도 하면서 어떤 기쁨을 느꼈다. 풍요로운 주위 환경으로 말미암아 그들은 마을에서 퍼지고 있는 이야기에 대하여 관대한 마음을 갖게 되었던 것이다.

백작은 부바르와 페퀴셰에게 드 메스트르의 저서를 모두 빌려주었다. 그는 가까운 사람들을 불러 모아 그 저서의 기본적인 이론을 설명했다. 위렐, 신부, 치안 판사, 공증인, 그리고 가끔씩 백작의 성에서 스물네 시간을 머물기도 하는 사윗감 남작도 있었다.

백작이 말했다.

"고약한 것은 1789년 대혁명의 정신입니다! 처음에는 신을 부정하고, 다음에는 정치 형태를 논하고, 그러고는 자유가 나타났지요. 욕설과 반항과 쾌락, 아니 그보다 약탈의 자유 말입니다. 그래서 종교와 정권에서는 방종한 사람들과 이교도들을 추방해야 합니다. 물론 박해한다고 떠들어대겠지요! 마치 형리들이 죄인을 학대한다고 하는 것처럼 말입니다. 요약해서 말하자면, 신 없이는 국가도 없습니다! 법률은 하늘에서부터 온 것이라야만 존중될 수 있기 때문이지요. 지금은 이탈리아 사람들이 문제가 아니라, 누가 우세한지를 아는 것이 중요합니다. 대혁명인가 아니면 교황인가, 사탄인가 아니면 예수 그리스도인가 하는 것이지요!"

죄프루아 신부는 간단한 말로, 위렐은 미소로, 치안 판사는 머리를 가볍게 흔드는 것으로 동의를 표했다. 부바르와 페퀴세는 천장을 바라보고 있었고, 노아리스 부인과 백작 부인과 욜랑드는 빈민들을 돌보고 있었다. 그리고 마위로 남작은 약혼녀 곁에서 신문을 훑어보고 있었다.

각자 문제점을 생각하느라고 침묵이 흘렀다. 나폴레옹 3세는 더 이상 구세주가 아니었다. 심지어 그는 튈르리 궁전에서 일요일에도 석공들에게 일을 시킴으로써 유감스러운 본보기를 보여주기까지 했다.

"허용하지 말았어야 해요."

백작이 흔히 하는 말이었다. 그는 기독교 신자이며 집안의 가장이라는 자격으로, 사회경제, 예술, 문학, 역사, 과학 이론 그 모든 것에 대해서 결정을 내렸다. 그 점에서는, 백작이 그의 집안을 엄격하게 다스린 것처럼 정부도 엄격성을 지녔더라면 좋았을 것이다. 오로지 정권만이 과학의 위험을 심판할수 있다. 과학이 너무 널리 퍼지면 국민에게 불길한 욕망을 불러일으키는 법이다. 이 가련한 국민들은, 군주와 주교들이 왕의 전제 정치를 견제하고 있었을 때가 더 행복했다. 이제는 실업가들이 국민을 착취하고 있다. 국민들은 노예 상태로 전락할 것이다!

모두들 구제도를 그리워했다. 위렐은 품성이 천해서, 쿨롱은 무지해서, 마레스코는 예술가로서 구제도를 그리워하고 있었다.

일단 집에 돌아오자, 부바르는 라 메트리,[81] 올바크[82]와 같은 저자들의 책에 다시 빠졌다. 그리고 페퀴셰도 정부의 한 수단이 되어버린 종교에서 멀어졌다. 마위로 남작은 '백작네 여자들'의 마음에 들기 위해서 성체를 배령했고, 하인들 때문에 할 수 없이 종교의례를 지켰다.

수학자이며 피아노에 맞춰 왈츠를 추는 음악 애호가이고 퇴프페르[83]를 좋아하는 마위로 남작은, 고상하고 회의적인 태도로 봉건제도의 악습이나 편견이 심한 종교재판소나 예수회 수도사들에 대한 이야기를 하여 유명해졌다. 그리고 그는 귀족이나 파리 이공과 대학 출신이 아닌 사람들을 경멸하고 있었음에도 불구하고 진보를 찬양했다.

마찬가지로 부바르와 페퀴셰는 죄프루아 신부도 싫어했다. 신부는 마법을 믿고 있었고, 우상을 조롱했으며, 모든 관용어는 헤브라이어에서 파생된 것이라고 단언했다. 신부의 이야기에는 예상하지 못할 것이 없었다. 늘 궁지에 몰린 사슴 이야기, 달콤한 꿀과 압생트, 황금과 납, 향수, 유골 단지, 그리고 기도교적인 정신은 죄 앞에서 "통행금지!"를 외쳐야 하는 군인과 마찬가지라는 이야기였다.

신부의 강연을 피하기 위해서, 부바르와 페퀴셰는 될 수 있는 한 늦게 백작의 성에 갔다.

그런데 하루는, 백작의 성에서 신부를 만나고 말았다.

신부는 한 시간 전부터 두 학생을 기다리고 있었다. 갑자기 노아리스 부인이 들어왔다.

"여자 아이가 없어졌어요. 빅토르는 데려왔어요. 아! 한심한 녀석."

노아리스 부인은 주머니 속에서 사흘 전에 잃어버린 은 주사위 하나를 꺼내고는 숨이 막힐 듯이 흐느꼈다.

"그게 전부가 아니에요! 그게 전부가 아니라고요! 내가 야단치는 동안, 이 녀석이 내게 등을 돌렸다고요!"

그리고 백작과 백작 부인이 뭐라 말하기도 전에 다시 말했다.

"하지만, 제 잘못이에요. 저를 용서해 주세요!"

노아리스 부인은 두 고아가 지금 감옥에 있는 투아슈의 아이들이라는 사실을 숨겼던 것이다.

어떻게 할 것인가?

만약 백작이 아이들을 내쫓아버린다면, 아이들은 갈 곳도 없고 또 백작이 베푼 자선의 행동은 변덕으로 보일 것이다.

죄프루아 신부는 놀라지 않았다. 인간이란 천성적으로 타락한 존재여서 개선시키기 위해서 벌을 주어야 한다고 했다.

부바르는 반대했다. 부드럽게 대해주는 것이 더 나을 거라고 했다.

그러나 백작은, 국민들과 마찬가지로 아이들은 엄격하게 다루어야 한다고 또 한 번 말했다. 두 아이들은 죄악으로 가득차 있고, 여자 아이는 거짓말쟁이이며 사내아이는 난폭하다는 것이다. 어쨌든 도둑질은 용서하겠지만, 불손한 행동은 절대 용서할 수 없는 일이라고 했다. 교육은 존경심을 가르치는 것이기 때문이다.

그래서 사내아이를 밀렵 감시인 소렐에게 데려다주어 즉시 볼기를 때리게 하기로 했다.

마위로 남작이 소렐에게 할 이야기가 있다며 스스로 심부름을 떠맡았다. 남작은 부속실에서 총을 한 자루 꺼내더니, 마당 한 가운데에서 머리를 숙이고 있는 빅토르를 불렀다.

"따라와."

남작이 말했다.

밀렵 감시인의 집으로 가는 길은 샤비뇰에서 별로 멀지 않았기 때문에, 죄프루아 신부와 부바르와 페퀴세가 따라갔다.

백작의 성에서 백 발자국쯤 떨어진 곳에 이르자, 남작은 숲을 따라가는 동안에는 조용히 해달라고 그들에게 부탁했다.

커다란 바위 덩어리들이 서 있는 강가까지는 내리막길이었다. 강에는 석양빛을 받아 금빛 반점이 생겼다. 앞쪽의 푸른 언덕에는 어둠이 덮여 있었다. 바람이 한 차례 강하게 불었다.

토끼들이 굴에서 나와 풀을 뜯어먹고 있었다.

총소리가 나더니 이어서 두 발, 세 발이 울렸다. 토끼들이 급하게 뛰어서 달아났다. 빅토르는 토끼를 잡으려고 그 위로 달려들었다. 그리고 땀에 젖어 숨을 헐떡였다.

"옷을 잘 손질해라."

남작이 말했다.

누더기 같은 빅토르의 옷에 피가 묻어 있었다.

피를 보자, 부바르는 기분이 언짢았다. 그는 피를 흘리게 하는 행위를 인정할 수 없었다.

"상황에 따라서는 때로 필요한 일이지요. 죄인의 피를 바칠 수 없다면, 다른 사람의 피가 필요합니다. 이것이 바로 그리스도에 의한 인류의 속죄가 우리에게 가르쳐주고 있는 진리죠."

죄프루아 신부가 대꾸했다.

부바르는 예수의 희생에도 불구하고 거의 모든 사람들이 지옥에 떨어졌으니까 그 속죄는 아무 쓸모가 없다고 했다.

"그렇지만 날마다 예수님은 성찬식에서 희생을 되풀이하십니다."

"기적은 말로 이루어지지요. 아무리 사제가 무능해도 말입니다!"

페퀴셰가 말했다.

"거기에 바로 신비가 있는 거예요!"

그러는 동안 빅토르는 총을 뚫어지게 바라보다가 만지려고 했다.

"손 저리 치워!"

그리고 마위로 남작은 숲속의 오솔길로 접어들었다.

신부의 한쪽 옆에는 페퀴셰가, 다른 쪽에는 부바르가 있었다. 신부가 말했다.

"조심하세요. 아이들에 대해서 지켜야 할 의무가 있다는 걸 아시겠지요."

부바르는 물론 창조주 앞에서는 겸허함을 느끼지만 신을

인간화시키는 것에 대해서는 화가 난다고 힘주어 말했다. 사람들은 신의 복수를 두려워하고, 신의 영광을 위해서 일한다. 신은 모든 덕성을 지니고 있고, 팔과 눈과 정책과 주민도 가지고 있다.

"하늘에 계신 우리 아버지, 그건 대체 무슨 뜻입니까?"

"이 세상은 점점 커져서 이제는 더 이상 지구가 중심이 아닙니다. 지구는 그와 유사한 수많은 것들 속에서 돌고 있지요. 지구보다 더 큰 것들도 많은데, 이 작은 지구가 신으로부터 얻은 보다 고귀한 이상형이라니요."

페퀴셰가 덧붙여 말했다. 그러므로 종교는 변화해야 한다. 항상 명상에 잠겨 노래하면서 지옥에 떨어진 사람들의 고통을 위에서 바라보는 축복받은 사람들의 천국은 다소 유치하다. 이제 기독교가 하나의 사과에 불과한 지구를 기본으로 삼고 있다는 생각을 할 때가 된 것이다!

신부는 화를 냈다.

"차라리 신의 계시를 부정하지 그래요. 그게 더 간단할 겁니다."

"신이 말을 했다고 어떻게 생각할 수 있습니까?"

부바르가 말했다.

"신이 말하지 않았다는 것을 증명해보시오."

죄프루아가 말했다.

"하나만 더 물어봅시다. 신이 말했다는 것을 누가 확인시켜주었습니까?"

"교회요!"

"훌륭한 증인이로군요!"

마위로 남작은 이와 같은 토론이 지겨워서 걸어가면서 말했다.

"신부님 말씀을 들으세요! 신부님이 당신들보다 더 잘 알고 계시니까요!"

부바르와 페퀴셰는 다른 길로 가자고 서로 손짓을 했다. 그래서 크루아 베르트에 이르러 말했다.

"자, 안녕히 가십시오."

"안녕히 가세요."

남작이 말했다.

이 모든 이야기가 파베르주에게 전해질 것이다. 어쩌면 친분 관계가 단절될지도 모른다. 할 수 없지! 부바르와 페퀴셰는 귀족에게서 무시당하고 있다고 느끼던 터였다. 한 번도 저녁 식사에 초대받지 못했기 때문이다. 그리고 끊임없이 충고를 해대는 노아리스 부인한테도 싫증이 나 있었다.

그렇지만 드 메스트르의 책을 그냥 가지고 있을 수는 없는 일이다. 그래서 보름 후에, 그들은 자기들이 환대받지 못할 거라고 생각하면서 백작의 성으로 갔다.

그들은 집 안으로 안내를 받았다.

모든 가족이 안방에 있었다. 위렐도 있었고, 이례적으로 푸로도 있었다.

벌을 받아도 빅토르는 좀처럼 나아지지 않았다. 빅토르는 여전히 교리 배우기를 거부하고 있었고, 빅토린은 상스러운 말을 퍼부었다. 결국 남자 아이는 소년원으로, 여자 아이는 수녀원으로 가야 했다. 푸로가 그 교섭을 맡고 있었다. 푸로가 돌아가려고 할 때, 백작 부인이 다시 불렀다.

면사무소에서 거행할 결혼식의 날짜를 정하기 위해 죄프루아 신부를 기다리고 있다는 것이었다. 면장 앞에서 올리는 민법상의 결혼식을 무시한다는 것을 보여주기 위해서, 바로 이어서 교회에서 결혼식을 거행하려는 것이었다.

푸로는 애써 민법상의 결혼식을 옹호했다. 백작과 위렐은 그것을 비난했다. 면사무소의 기능이 성직자의 지위와 비교되다니! 남작이 결혼을 하더라도 결혼한 것으로 간주되지 않았다. 단지 삼색기 앞에서 결혼을 해야만 인정받는 것이다.

죄프루아 신부가 들어오면서 말했다.

"브라보. 결혼이란 예수께서 정해주신 것이니까⋯⋯."

페퀴셰가 말을 가로 막았다.

"어떤 복음서에 있지요? 사도 시대에는 결혼을 아주 경시하여, 테르툴리아누스[84]는 결혼을 간음과 동일시하고 있는데요."

"아! 천만에요!"

"그렇다니까요! 그리고 그건 성사(聖事)가 아니에요! 성사에는 어떤 표식이 필요하지요. 결혼에 어떤 표식이 있는지 말씀해보세요!"

신부가 결혼은 신과 교회의 결합을 상징하는 것이라고 대답해도 소용이 없었다.

"당신은 기독교를 이해하지 못하고 있습니다! 법률에는 ……."

"법률에 기독교의 흔적이 남아 있지요. 기독교가 없었다면, 법률은 일부다처제를 허용했을지도 모릅니다!"

파베르주 백작이 말했다.

그러자 어떤 목소리가 대답했다.

"그게 어디가 나쁜가요?"

커튼 속에 반쯤 몸을 감추고 있던 부바르였다.

"옛날 족장들이나 모르몬교도나 회교도들처럼 여러 명의 아내를 두어도 성실한 사람일 수 있지요!"

"천만에! 성실성이란 주어진 의무를 다하는 데 있습니다. 우리는 신을 찬양해야 합니다. 그러니까 기독교인이 아닌 사람은 성실한 사람이 아닙니다!"

신부가 소리쳤다.

"다른 사람들도 성실하긴 마찬가지지요."

부바르가 말했다.

백작은 그 대꾸가 종교에 일격을 가했다고 생각하여 종교에 대해 찬사를 늘어놓았다. 종교는 노예들을 해방시켰다는 것이다.

부바르는 그 반대의 사실을 입증해주는 예들을 인용했다.

성 바오로는 노예들에게 예수에게 복종하듯이 주인에게 복종하라고 명령하고 있다. 성 암브로시우스는 노예제도를 신의 선물이라고 일컫는다. 〈레위기〉와 〈출애굽기〉의 공의회에서는 노예제도를 승인한 바 있다. 보쉬에는 노예제도를 사람들의 권리로 분류하고 있다. 부비에 주교는 노예제도를 인정하고 있다.

백작은 기독교가 그에 못지않게 문명을 발달시켰다고 반박했다.

"가난을 초래하는 게으름이 미덕이라지요!"

"하지만 복음서에는 도덕이 있지 않습니까?"

"아! 아! 그런 도덕은 없습니다! 복음서에서는 최후의 일꾼이 최초의 일꾼과 똑같이 보상받지요. 가진 자에게 나누어주고, 갖지 않은 자에게서 거두어 갑니다. 따귀를 맞으면 같이 때리지 말고 또 도둑을 맞아도 그냥 내버려두라는 교훈에 대해서 말하자면, 그런 교훈 때문에 뻔뻔한 놈들이나 비겁한 놈들이나 불한당들이 판을 치게 되는 겁니다."

페퀴셰가 자기는 불교도 좋아한다고 말했을 때, 그 모임의 분노는 절정에 달했다.

신부가 웃음을 터뜨렸다.

"하! 하! 하! 불교라고요."

노아리스 부인은 팔을 들어 올리며 말했다.

"불교!"

"뭐라고, 불교라고요?"

백작이 되풀이했다.

"불교를 아시오?"

페퀴셰가 신부에게 묻자, 신부는 당황했다.

"그럼 불교를 연구해보시지요! 불교는 기독교보다 훨씬 전에, 그리고 기독교보다 더 훌륭하게, 이 땅 위의 것들이 허무하다는 것을 알고 있었어요. 불교의 종교의례는 엄숙하고, 신자들의 숫자도 기독교도보다 더 많습니다. 또한 비슈누[85]는 강생을 한 번이 아니라, 아홉 번 했다고요! 그러니 한 번 판단해보시지요!"

"그건 여행자들의 거짓말이에요."

노아리스 부인이 말했다.

"프리메이슨 단원[86]들이 주장하는 거지요."

신부가 덧붙였다. 그리고 모두들 동시에 떠들어댔다.

"자, 계속해보세요!" "아주 훌륭하군요!" "내게는 우스꽝스럽게 보이는데요." "설마."

페퀴셰는 너무 흥분하는 바람에 불교도가 되겠다고 선언해버렸다!

"당신은 기독교인들을 모욕하고 있어요!"

남작이 말했다.

노아리스 부인은 안락의자에 털썩 주저앉았다. 백작 부인과 욜랑드는 침묵을 지키고 있었고, 백작은 눈망울을 굴리고 있었다. 위렐은 지시를 기다리고 있었다. 신부는 자제하느라고 성무일과서를 읽고 있었다.

신부의 그러한 행동을 보고 파베르주 백작은 흥분을 가라앉혔다. 그는 부바르와 페퀴셰를 바라보며 말했다.

"복음서를 비난하기에 앞서, 자기 삶에 잘못이 있을 때는 확실한 속죄를……."

"속죄라고요?"

"잘못이라고요?"

"이제 그만 해두시오! 당신들은 내 말을 들어야 해요!"

그리고 백작은 푸로에게 말했다.

"소렐에게 알려놓았어요! 가보세요!"

부바르와 페퀴셰는 인사도 하지 않고 나와버렸다.

큰길 끝에 이르러, 그들 셋은 모두 유감의 말을 내뱉었다.

"나를 하인처럼 다룬단 말이에요."

푸로가 불평하자, 부바르와 페퀴셰는 치질 사건을 기억하고 있었음에도 불구하고 그의 말에 동의했다. 그리고 푸로도 그들에게 호감을 보였다.

도로를 보수하는 인부들이 들판에서 일하고 있었다. 인부들을 지휘하는 남자가 다가왔다. 고르귀였다. 그들은 이야기를 시작했다. 고르귀는 1848년 투표에서 가결된 대로 길을 자갈로 포장하는 작업을 감독하고 있었다. 그 자리는 기술자인 마위로 남작이 마련해준 것이라고 했다.

"그 사람은 틀림없이 파베르주 양과 결혼할 겁니다! 당신들은 지금 그 집에서 나오는 거지요?"

"이게 마지막이지요!"

페퀴셰가 퉁명스럽게 말했다.

고르귀는 천연덕스러운 표정을 지었다.

"불화가 있었어요? 저런, 저런!"

만약 그들이 뒤돌아섰을 때 고르귀의 표정을 볼 수 있었다면, 고르귀가 그 이유를 알아채고 있다는 것을 깨달았을 것이다.

조금 더 가다가, 그들은 철망 울타리 앞에 멈춰 섰다. 울타리 안에는 개집과 빨간 기와집이 한 채 있었다.

빅토린이 문간에 있었다. 개가 짖어대자 밀렵 감시인의 아내가 나타났다.

푸로가 온 이유를 알고, 그 여자는 빅토르를 큰 소리로 불렀다.

모든 것이 미리 준비되어 있었다. 아이들의 옷가지는 두 장의 수건에 싸여 핀으로 찔러져 있었다.

"잘 가라. 이 벌레 같은 애들이 없어져서 속이 다 시원하네!"

밀렵 감시인의 아내가 아이들에게 말했다.

죄수 아버지한테서 태어난 것이 그 아이들의 잘못이란 말인가! 오히려 아이들은 아주 온순해 보였고, 자기들을 어디로 데려가는지 불안해하지도 않았다.

부바르와 페퀴셰는 앞서서 걷고 있는 아이들을 바라보았다.

빅토린은 종이 상자를 들고 가는 여성복 상인처럼 팔에 머플러를 걸치고, 알아들을 수 없는 말로 노래를 흥얼거리고 있었다. 그리고 가끔 뒤를 돌아다보았다. 페퀴셰는 빅토린의 금발 곱슬머리와 귀여운 모습을 보면서 그런 딸아이를 갖지 못한 것이 후회스러웠다. 다른 환경에서 자란다면 그 아이는 매력적인 아가씨로 클 것이다. 그 아이가 자라나는 것을 바라보고, 새처럼 지저귀는 소리를 날마다 들으며, 껴안아주고 싶을 때는 껴안아주기도 한다면 얼마나 행복할까. 그러자 가슴속에서부터 측은한 마음이 치밀어 올라 눈시울을 적시고 그의 가슴을 짓눌렀다.

빅토르는 군인처럼 등에 짐을 지고 있었다. 그 애는 휘파람을 불고, 밭고랑에 있는 까마귀한테 돌을 던지기도 하고, 가는 막대를 꺾으려고 나무 밑으로 가기도 했다. 푸로가 빅토르를 다시 불렀다. 부바르는 빅토르의 손을 잡았다. 그는 자기 손안에서 건장하고 힘센 아이의 손가락이 느껴지는 것이 즐거웠다. 이 가엾은 아이는 단지 자유롭게 자라나기를 바랄 뿐이었다. 들판에서 자라는 한 송이 꽃처럼! 이 아이를 집 안에 가두어 공부를 시키고 벌을 주고 많은 어리석은 짓을 가하는 것은 아이를 더 나쁘게 만들 뿐이다! 부바르는 연민이 북받쳐 오르는 것을 느꼈다. 그것은 운명에 대한 분노요, 억압에서 벗어나고픈 하나의 열망이었다.

"뛰어 가! 즐겁게 놀아 봐! 마음껏 즐기라고!"

부바르가 말했다.

아이는 앞질러 달려갔다.

빅토르 남매는 여인숙에서 묵을 것이다. 그리고 새벽에 팔레즈에서 사람이 와서 빅토르를 데려다가 보부르의 감화원으로 보낼 것이다. 빅토린은 그랑 캉에 있는 고아원의 수녀가 데려갈 것이다.

푸로는 자세한 내용을 이야기해주고 나서, 다시 자기 생각에 빠졌다. 그러나 부바르는 두 아이들을 기르는 데 돈이 얼마나 들지 알고 싶었다.

"까짓것!……한 삼백 프랑쯤이면 될걸요! 백작은 나한테 선물로 이십오 프랑을 주었어요! 순 노랑이라고요!"

푸로는 자기의 삼색기가 무시받은 일을 가슴에 담은 채, 조용히 발걸음을 재촉했다.

부바르가 중얼거렸다.

"그 아이들 때문에 마음이 아프군. 내가 그 애들을 맡아야겠어!"

"나도 동감이야."

페퀴셰가 말했다. 그들에게 똑같은 생각이 떠오른 것이다.

다른 장애 요인은 없을까?

"전혀 없어요!"

푸로가 대답했다. 게다가 그는 면장으로서, 적합하다고 생각되는 사람에게 버려진 아이들을 의뢰할 권리가 있었다. 한참을 망설인 후에 푸로가 말했다.

"좋아요! 데려가세요! 그러면 백작도 약이 오를 거요."

부바르와 페퀴셰는 빅토르와 빅토린을 데려왔다.

집으로 들어서면서 그들은 계단 밑의 성모상 아래에서 마르셀이 무릎을 꿇고 열성적으로 기도하고 있는 모습을 보았다. 머리를 뒤로 젖힌 채, 눈을 반쯤 감고 언청이 입을 벌리고 있는 그의 모습은 황홀경에 빠진 고행자처럼 보였다.

"사람 같지도 않군그래!"

부바르가 말했다.

"왜 그래? 만약 자네 눈에 보인다면, 자네도 부러워할 만한 어떤 것에 참여하고 있는지도 모르지 않나? 추론의 대상보다는 추론하는 방법이 더 가치가 있는 법이야. 신앙이야 아무려면 어떤가! 중요한 것은 믿는다는 사실이지."

부바르의 지적에 대하여, 페퀴셰는 이런 식으로 이의를 제기했다.

X

부바르와 페퀴셰는 교육에 관한 저서를 몇 권 구해서 자신들의 방법을 결정했다. 형이상학적인 모든 관념은 제거시켜야 한다. 실험적인 방법을 따르면 본성이 발달하게 된다. 두 아이들은 틀림없이 배운 것을 잊어버릴 테니까 조금도 서두를 필요가 없다.

아이들은 튼튼한 체질이었지만, 페퀴셰는 스파르타식으로 아이들을 더 강하게 만들고 싶었다. 배고픔과 갈증과 혹독한 추위에 길들이고, 심지어 감기를 예방하기 위해서 구멍 난 신발을 신기자고 했다. 부바르는 반대했다.

복도 끝의 어두운 방이 아이들의 침실이었다. 그 방에 있는 가구는 엑스자 형 틀에 가죽 띠를 엮어 만든 침대 두 개, 양푼 두 개, 물병 하나였다. 머리 위로는 둥근 창이 열려 있었고, 석고 벽을 따라 거미들이 기어 다녔다.

때때로 아이들은 서로 싸우는 오두막집 안의 모습을 떠올렸다. 어느 날 밤, 아버지가 손이 피투성이가 된 채로 돌아왔다. 잠시 후 헌병들이 들이닥쳤고, 그 이후로 아이들은 숲에서 살았다. 나막신 만드는 사람들이 엄마를 껴안기도 했다. 엄마가 죽자, 아이들은 짐수레에 실려 갔다. 그들은 사람들한테 매를 많이 맞고 버려졌다. 그리고 전원 감시인과 노아리스 부인과 소렐을 만났고, 왜 다른 집으로 오게 되었는지 알려고도 하지 않은 채 행복해하고 있었다. 그래서 여덟 달 후에 수업이 다시 시작되자, 아이들은 무척 놀라고 괴로워했다.

부바르는 빅토린을, 페퀴셰는 빅토르를 맡았다.

빅토르는 알파벳을 구별하기는 했지만, 음절을 만들지 못했다. 그는 알아들을 수 없을 만큼 빨리 말하다가 갑자기 멈추고는 바보처럼 되어버리곤 했다. 빅토린은 질문을 많이 했다. 오케스트라orchestre에서 ch는 q로 발음되는데, 왜 고고학 archéologie에서는 k로 발음되는가? 어떤 때에는 모음 두 개를 합쳐야 하고, 또 어떤 때에는 분리시켜야 한다. 그러한 모든 것이 정확하지 않다고 빅토린은 화를 냈다.

부바르와 페퀴셰는 똑같은 시간에 각자 자기 방에서 가르쳤다. 칸막이가 얇아서 네 사람의 목소리, 즉 플루트 같은 목소리, 깊고 우렁찬 목소리, 날카로운 두 목소리가 한데 섞여 지독히도 시끄러웠다. 시끄러운 소동도 없애고 경쟁심도 자극시키기 위해서, 그들은 아이들을 진열실에서 함께 공부시키기로 했다. 글씨 쓰기가 시작되었다.

두 아이들은 테이블 양끝에 앉아 견본을 보고 베꼈다. 그런데 자세가 나빠서 바로잡다보니 공책이 떨어지고 펜에 금이 가고 잉크가 엎질러졌다.

며칠 간 빅토린은 오 분 동안은 잘 하다가 나중에는 마구 갈겨썼다. 그러고는 낙담해서 멍하니 천장을 바라보았다. 빅토르는 책상 가운데 엎드려서 곧바로 잠이 들어버렸다.

어쩌면 이 아이들에게는 고통스러운 일이 아닐까? 지나친 긴장은 어린아이들의 뇌에 손상을 입힌다.

"그만두자."

부바르가 말했다.

외우게 하는 것보다 어리석은 짓은 없다. 그러나 기억력은 훈련시키지 않으면 감퇴할 것이다. 그래서 부바르와 페퀴셰는 라퐁텐의 기본적인 우화를 기계적으로 되풀이시켜서 숙달되게 했다. 아이들은 돈을 긁어모으는 개미와 양을 잡아먹는 늑대와 모든 몫을 차지하는 사자를 칭찬했다.

아이들은 더 대담해져서 정원을 망가뜨렸다. 하지만 어떤 오락거리를 아이들에게 제공할 것인가?

장 자크 루소는 《에밀》에서, 눈치 채지 못하게 도와주면서 학생에게 직접 장난감을 만들도록 하라고 충고하고 있다. 그러나 부바르는 바퀴를 만드는 데 실패하고, 페퀴셰는 공을 만드는 일에 실패했다.

그들은 오리기나 오목 거울로 된 화경(火鏡)과 같이 유익한 놀이를 하기로 했다. 페퀴셰는 아이들에게 현미경을 보여주었다. 부바르는 촛불을 켜놓고 벽에다가 손가락 그림자로 토끼나 돼지를 만들었다. 그러나 아이들은 싫증을 냈다.

교육학의 저자들은 전원 속의 점심 식사나 선상 파티가 최고의 즐거움을 준다고 한다. 하지만 솔직히 그게 실현성이 있는 일인가? 페늘롱은 때때로 '단순한 대화'를 권장한다. 그러나 단 한 마디의 대화도 생각해볼 수 없는 일이다!

부바르와 페퀴셰는 다시 수업을 시작했다. 다면체의 공 모양을 이용하는 방법, 줄을 그어 삭제하는 방법, 책상 위에 글자를 만드는 방법 등 모든 방법을 동원했지만, 다 실패하고 말았다. 그들은 한 가지 계략을 생각해냈다.

빅토르는 식욕이 많은 편이기 때문에, 음식 이름을 알려주었더니 《프랑스 요리책》에서 유창하게 요리 이름을 읽었다. 빅토린은 멋 부리기를 좋아했으므로 옷을 갖기 위해서 재봉사에게 편지를 쓰면 옷 한 벌을 주겠다고 했다. 석 주 만에 빅토린은 기적에 가까운 일을 해냈다. 아이들의 단점을 이용하는 것은 나쁜 방법이지만, 어쨌든 성공했다.

아이들은 이제 읽고 쓸 줄 알게 되었는데, 무엇을 가르쳐야 하나? 또 다른 걱정거리였다. 여자 아이들은 남자 아이들처럼 많이 알 필요가 없다. 하지만 무슨 상관이랴! 사람들은 아이들의 지식을 광신적인 어리석음에 따라 제한함으로써, 대개는 그들을 진짜 짐승 같은 존재로 키우게 된다.

아이들에게 언어를 가르치는 것이 적합할까? '에스파냐어와 이탈리아어는 해로운 책을 읽는 데 쓰일 뿐이다'라고 시뉴

드 캉브레는 주장한다. 그들은 그와 같은 이유가 어처구니없다고 생각했다. 그러나 빅토린이 그 말대로 행동하게 될지도 모르는 일이고, 또 그보다는 영어가 더 보편적으로 쓰이고 있다. 페퀴셰는 영어의 규칙을 연구해서 th를 발음하는 방법을 진지하게 설명했다.

"이렇게 해 봐. 자, the, the, the!"

그러나 아이에게 교육을 시키기 전에, 먼저 그 아이의 적성을 알아야 할 것이다. 적성은 골상학으로 알아볼 수 있다. 부바르와 페퀴셰는 골상학에 몰두했다. 그리고 그들 자신에 대하여 골상학의 주장을 확인해보고 싶었다. 부바르는 친절하고 상상력이 풍부하며 존경심이 있고 사랑의 열정, 즉 속칭 에로티시즘의 두개골을 가지고 있는 것으로 나타났다.

페퀴셰의 측두골(側頭骨)에서는 철학적인 기질이 있고 열성과 꾀가 많은 것으로 나타났다.

그것은 정말 그들의 성격이었다.

그들을 더욱 놀라게 한 것은, 서로에게서 우정을 중시하는 경향이 발견된다는 것이었다. 그 사실을 알고 너무 기뻐서 그들은 서로 다정하게 끌어안았다.

다음에는 마르셀에게 실험을 했다.

마르셀의 가장 큰 결점은 식욕이 너무 왕성하다는 것이었다. 그것은 부바르와 페퀴셰도 이미 알고 있는 사실이었다. 그러나 그들은 귀 위쪽의 눈 높이에서 음식 섭취를 자극하는 기관을 확인하고 불안해했다. 나이를 더 먹으면 마르셀은, 날마다 팔 파운드의 빵을 먹고 한 번은 포타주를 열두 그릇이나 먹어치운 일이 있으며 또 한 번은 커피를 육십 잔이나 마신 일이 있다는 부녀자 감화원의 여자처럼 될지도 모르기 때문이다. 그들은 그러한 식욕을 충족시켜 줄 수 없을 것이다.

두 아이들의 두개골에서는 이렇다 할 만한 것이 아무것도 없었다. 혹시 그들의 실험 방법이 서툴렀던 것은 아닐까? 아주 간단한 방법으로 그들은 실험을 전개시켰다. 장날, 두 사람은 광장에 있는 농부들 틈으로 슬그머니 파고들어갔다. 혼잡한 것도 개의치 않고 귀리 포대와 치즈 바구니, 송아지, 말 사이로 들어갔다. 그리고 아버지와 함께 온 어린아이를 보면, 학문상의 이유에서 그러니까 두개골을 만져보게 해 달라고 부탁했다.

대부분의 사람들은 대답조차 하지 않았다. 어떤 사람들은 머리 버짐에 바르는 연고를 팔려고 하는 줄 알고 화를 내며 거절했다. 몇몇 사람들은 아무 생각 없이 조용한 교회 현관 밑으로 따라왔다.

어느 날 아침, 부바르와 페퀴세가 실험을 시작하고 있을 때 갑자기 신부가 나타났다. 신부는 그들의 행동을 보고, 골상학은 유물론과 숙명론을 초래하는 것이라고 비난했다. 도둑이나 살인자나 간통을 한 자들도 자기들의 죄를 두개골 탓으로 돌리기만 하면 되기 때문이다.

부바르는 기관이란 어떤 행동을 할 수 있는 경향을 나타내는 것이지 반드시 그런 행동을 하게 하는 것은 아니라고 반박했다. 어떤 사람이 죄의 씨앗을 가지고 있다고 해도, 그것이 곧 그가 사악한 사람이 된다는 것을 증명하는 것은 아니다.

"가톨릭 정통파들은 정말 놀랍군요. 선천적인 본유 관념을 주장하면서 성향은 거부하다니, 웬 모순입니까!"

그러나 죄프루아 신부에 따르면, 골상학은 신의 전능을 부인하는 것이었다. 신성한 장소에서, 더구나 제단을 앞에 두고 골상학을 시행하는 것은 건전치 못한 일이었다.

"돌아가시오! 안 됩니다! 돌아가요."

그래서 부바르와 페퀴셰는 가노의 이발소에 자리를 잡았다. 사람들이 망설이는 것을 설득하느라고, 턱수염이 난 아이나 곱슬머리의 부모에게 진수성찬을 대접하기까지 했다.

어느 날 오후 의사가 머리를 깎으러 왔다. 그는 의자에 앉으면서, 거울에 비친 두 골상학자가 어린애의 머리 위에서 손가락을 움직이는 모습을 보았다.

"당신들은 그 어리석은 짓을 하고 있습니까?"

의사가 말했다.

"왜 어리석은 짓입니까?"

보코르베유는 멸시의 미소를 지으며, 뇌에는 여러 가지 기관이 존재하지 않는다고 단언했다. 어떤 사람은 다른 사람이 소화시키지 못하는 음식을 소화시키기도 한다. 그럼 위에는 맛을 느끼는 숫자와 같은 수의 위가 있다고 가정해야 하는가?

그렇지만 어떤 활동은 다른 활동에 의해 피로가 풀리기도 하고, 지적인 노력을 한 가지 한다고 해서 모든 기능이 긴장되는 것은 아니다. 그러니까 모든 기능은 각각 구별되는 자기 중추를 가지고 있다.

"해부학자들은 그런 사실을 발견한 적이 없는데요."

보코르베유가 말했다.

"그건 해부 방법이 나빴기 때문이지요."

페퀴셰가 대꾸했다.

"뭐라고요?"

"그럼요! 해부학자들은 부분과 부분의 관계를 고려하지 않고 토막 내기 때문이지요."

그는 책 속에서 읽은 문장을 기억해냈다.

"무슨 어리석은 소리! 두개골은 뇌를 본떠서 이루어지는 것이 아닙니다. 즉 겉모양이 내용에 따라 결정되는 것이 아니라고요. 그건 갈[37]이 잘못 생각한 거지요. 당신들이 이 가게에서 무작위로 세 사람을 택하여 그의 이론이 옳다는 것을 증명해 보세요."

의사가 소리쳤다.

처음 선택된 사람은 크고 파란 눈을 가진, 농부의 아내였다. 페퀴셰는 그 여자를 관찰하면서 말했다.

"기억력이 좋으시군요."

그 여자의 남편이 그 사실을 시인하고, 이번에는 자기가 스스로 실험의 대상이 되었다.

"아! 당신은 고집이 여간 센 게 아니군요."

다른 사람들에 따르면, 이 세상에서 그 사람 같은 고집불통은 없었다.

세 번째 실험은 할머니와 같이 온 한 개구쟁이에게 행해졌다.

페퀴셰는 그 아이가 틀림없이 음악을 좋아할 거라고 말했다.

"그래요! 애야, 이분들께 보여드려라!"

할머니가 말했다.

어린애는 겉옷에서 구금(口琴)을 꺼내서 불기 시작했다. 꽝
하고 큰 소리가 났다. 의사가 문을 난폭하게 닫고 나가버린 것
이다.

부바르와 페퀴셰는 더 이상 자기 자신을 의심하지 않고, 두
아이들을 불러서 두개골 분석을 다시 시작했다.

빅토린의 두개골은 대체로 평평했는데, 그것은 침착함을
나타낸다. 그러나 빅토르의 두개골은 실로 한심했다! 노정골
(顱頂骨)의 유양돌기(乳樣突起) 부분에 아주 큰 돌기가 하나
있었는데, 그것은 파괴와 살인의 기관을 나타내는 것이다. 그
리고 그 아래의 불룩 나온 부분은 탐욕과 절도의 표시였다. 부
바르와 페퀴셰는 그 때문에 일주일 내내 우울했다.

하지만 단어가 진정으로 의미하는 바를 깨달아야 한다. 흔
히 호전성이라고 하는 것은 죽음에 대한 경시를 내포하고 있
다. 그래서 살인을 저지른다면, 마찬가지로 한편으로는 인명
구조를 할 수도 있는 일이다. 획득본능은 소매치기의 재주와
동시에 상인으로서의 열성을 포함하고 있다. 불손함은 비판
정신과 비슷한 것이고, 술책은 용의주도함과 마찬가지다. 본
능이란 항상 나쁜 면과 좋은 면, 두 가지로 나뉘는 법이다. 좋

은 면을 발전시킴으로써 나쁜 면을 소멸시킬 수 있을 것이다. 그런 방법으로, 아이는 깡패가 되는 대신 장군으로 자랄 것이다. 비겁한 사람은 신중한 것뿐이고, 구두쇠는 절약을 잘 하는 것뿐이며, 돈을 낭비하는 사람은 인심이 후한 것일 뿐이다.

부바르와 페퀴셰는 멋진 꿈에 사로잡혔다. 빅토르와 빅토린을 잘 교육시키면, 지식의 연마와 성격의 순화 그리고 고상한 인품 양성을 목적으로 하는 기관을 설립하리라. 그들은 벌써 가입 신청과 건물 공사에 대하여 이야기하고 있었다.

가노의 이발소에서 거둔 성공으로 말미암아 그들은 유명해졌다. 사람들이 찾아와서 행운의 기회를 말해달라고 했다.

온갖 종류의 두개골을 가진 사람들이 나타났다. 공 모양, 배 모양, 설탕 덩이 모양, 네모난 모양, 높이 솟은 두개골, 좁은 두개골, 평평한 두개골, 턱뼈가 소처럼 생긴 사람, 외형이 새처럼 생긴 사람, 눈이 돼지처럼 생긴 사람. 많은 사람들이 찾아와서 이발사의 일을 방해하곤 했다. 향수가 들어 있는 유리장을 팔꿈치로 치기도 하고, 빗을 어질러 놓고, 세면대도 깨뜨렸다. 그래서 이발사는 사람들을 모두 밖으로 내쫓고, 부바르와 페퀴셰에게도 제발 나가달라고 부탁했다. 그들은 두개골 진찰에도 다소 싫증이 나 있던 터라, 최후통첩을 아무 불평 없이 받아들였다.

다음 날, 부바르와 페퀴셰는 육군 대장의 뜰 앞을 지나가다가, 쿨롱, 전원 감시인, 성가대 어린이 복장을 하고 있는 그의 막내아들 제피랭이 육군 대장 지르발과 함께 이야기를 하고 있는 것을 보았다. 제피랭의 옷은 새것이었는데, 제의실에서 입기 전에 미리 입고 걸어보고 있었다. 사람들이 칭찬을 해 주었다.

플라크방은 어떤 결과가 나올지 궁금해하면서, 부바르와 페퀴셰에게 자기 아들의 두개골을 만져봐 달라고 부탁했다.

아이는 이마의 피부가 앞으로 나온 것처럼 보였다. 끝이 연골 모양의 가느다란 코는 꼭 다문 입술 위로 비스듬히 내려와 있었다. 턱은 뾰족했고, 오른쪽 어깨가 너무 올라가 있었으며 겁먹은 눈초리를 하고 있었다.

"모자를 벗어봐라."

아이의 아버지가 말했다.

부바르는 노르스름한 머리카락 속으로 손을 집어넣었다. 다음에는 페퀴셰의 차례였다. 그리고 그들은 낮은 목소리로 각자 관찰한 것에 대한 이야기를 주고받았다.

"삶을 좋아하는 성향이 나타납니다. 아! 아! 남의 모든 의견에 동의하는 경향이 있군요! 성실성은 없어요! 정욕은 하나도 없고요!"

"그래요?"

전원 감시인이 말했다.

페퀴셰는 담뱃갑을 열고 코담배 한 대를 들이마셨다.

"좋은 것은 하나도 없군요! 그렇죠?"

"정말이지, 신통치 않아요."

부바르가 대답했다.

플라크방은 모욕감에 얼굴이 빨개졌다.

"그렇지만 내 아이는 내 의지대로 될 겁니다."

"오! 오!"

"난 이 아이 아버지라고요, 제기랄! 나한테는 권리가 있어요!……."

"어느 정도는 그렇죠."

페퀴셰가 대답했다.

지르발이 끼어들었다.

"아버지의 권한은 이론의 여지가 없는 것입니다."

"하지만 만약 그 아버지가 어리석은 자라면?"

"상관없어요. 그래도 아버지의 권력은 절대적인 것이에요."

육군 대장이 말했다.

"아이들의 이익 문제에 있어서 말이지요."

쿨롱이 덧붙였다.

부바르와 페퀴셰에 따르면, 아이들은 낳아준 부모에 대해서 아무런 의무가 없는 반면에 부모들은 음식과 교육과 세심한 배려 등 모든 면에서 아이들에게 의무가 있다!

사람들은 이 부도덕한 의견에 이의를 부르짖었다. 플라크방은 마치 모욕이라도 당한 듯이 기분이 상했다.

"그래서 그 애들이 그렇게 훌륭하군요. 당신들이 길에서 주운 그 아이들 말이오! 그 애들은 크게 되겠어요! 조심하세요."

"뭘 조심하란 말이오?"

페퀴셰가 날카롭게 말했다.

"아! 난 당신들이 두렵지 않아요!"

"나도 마찬가지올시다."

쿨롱이 끼어들어 전원 감시인을 진정시키고, 돌려보냈다.

잠시 동안 침묵이 흘렀다. 그러고는 사람들을 붙잡고 놓아주지 않는 육군 대장의 달리아를 화제로 삼았지만, 달리아를 하나씩하나씩 구경하지는 않았다.

부바르와 페퀴셰는 집으로 돌아오다가, 백 보쯤 앞에서 플라크방을 보았다. 그 옆에서 제피랭은 따귀를 맞지 않으려고 팔꿈치를 들어 올리고 있었다.

부바르와 페퀴셰가 방금 들은 이야기는 표현만 다를 뿐 백작의 생각과 같은 내용이었다. 그러나 빅토르와 빅토린은 자유가 구속보다 얼마나 더 우월한 것인지를 입증하는 본보기가 될 것이다. 하지만 약간의 규율은 필요했다.

페퀴셰는 여러 가지 사실을 알리기 위한 게시판을 진열실에 못 박아 걸었다. 이제 저녁에 학생의 행동을 평가한 일지를 써서 다음 날 다시 읽도록 할 것이다. 모든 것은 종소리에 맞춰 끝낼 것이다. 뒤퐁 드 느무르[88]처럼, 처음에는 아버지 같이 온정이 넘치는 명령을, 나중에는 군대식의 명령을 사용할 것이다. 그리고 반말 사용을 금지했다.

부바르는 빅토린에게 셈을 가르치려고 애썼다. 때때로 부바르가 틀리면, 그들은 서로 웃었다. 빅토린은 부바르 목의 수염이 나지 않은 곳에 입을 맞추며 나가 놀게 해 달라고 부탁했다. 그러면 그는 빅토린이 밖으로 나가는 것을 막지 못했다.

수업 시간이 되어, 페퀴셰는 종을 치고 창문을 내다보며 군대식 명령으로 소리쳐보았지만 아무 소용이 없었다. 빅토르는 오지 않았다. 빅토르의 긴 양말은 늘 발목 위로 늘어져 있었고, 심지어 식사 중에도 손가락으로 코를 후비거나 거침없이 방귀를 뀌기도 했다. 브루셰[89]는 그것에 대해서 질책을 하지 말라고 한다. '자기 보존 본능의 유혹에는 복종할 수밖에 없기' 때문이다.

빅토린과 빅토르는 지독하게 잘못된 언어를 구사했다. '무아 오시'[90] 대신에 '메 이투', '부아르'[91] 대신에 '베르', '엘'[92] 대신에 '알'이라고 말하고 또 '드방티오'나 '리오'와 같은 말을 했다. 그러나 아이들에게 문법을 이해시킬 수도 없는 노릇이고 또 정확한 말을 듣다보면 자연히 알게 될 것이기 때문에, 부바르와 페퀴셰는 거북할 정도로까지 주의해서 발음을 했다.

두 사람은 지리에 대하여 서로 다른 의견을 가지고 있었다. 부바르는 최소 행정 단위인 면에서부터 시작하는 것이 당연하다고 생각했고, 페퀴셰는 전 세계에서부터 시작하는 것이 더 당연하다고 생각했다.

페퀴셰는 물뿌리개와 모래를 가지고, 큰 강과 섬과 만(灣)이 어떤 것인지 보여주려고 했다. 세 개의 대륙을 보여주느라고 화단 세 개를 망가뜨리기까지 했다. 그러나 빅토르의 머릿속에는 동서남북이 파악되지 않았다.

일월의 어느 날 밤, 페퀴셰는 빅토르를 훤히 트인 들판으로 데리고 갔다. 그는 걸어가면서 천문학을 찬양했다. 뱃사람들은 항해 중에 천문학을 이용하고 있고, 크리스토퍼 콜럼버스는 천문학이 없었다면 신대륙을 발견하지 못했을 것이다. 우리는 코페르니쿠스, 갈릴레오, 뉴턴에게 감사해야 한다.

지독히 추운 날씨였는데, 검푸른 하늘 위에는 수많은 별들이 반짝이고 있었다.

페퀴셰는 하늘을 올려다보았다. 아니? 큰곰자리가 없다. 지난번에 보았을 때, 큰곰자리는 다른 쪽을 향하고 있었다. 드디어 그는 큰곰자리를 찾아내고, 항상 북쪽에 있어서 사람들에게 방향을 알려주는 북극성을 가리켰다. 다음 날, 그는 거실한 가운데에 의자를 갖다놓고 그 둘레를 돌기 시작했다.

"이 의자는 태양이고, 나는 지구라고 상상해 봐라! 지구는 이렇게 움직이고 있단다."

빅토르는 깜짝 놀라서 페퀴셰를 바라보았다.

페퀴셰는 오렌지 하나를 집어 막대기에 끼워서 양극을 표시하고, 석탄으로 오렌지에 줄을 그어 적도를 표시했다. 그러고 나서 오렌지를 촛불 주위에서 움직이면서, 표면의 모든 지점이 동시에 빛을 받지 않고 그 때문에 기후의 차이가 나타나는 것을 관찰하게 했다. 또 계절의 차이를 나타내기 위해서 그는 오렌지를 기울였다. 지구는 똑바로 서 있는 것이 아니며 그로 말미암아 춘분과 추분, 동지와 하지가 생기기 때문이다.

빅토르는 아무것도 이해하지 못했다. 지구는 긴 바늘 위에서 회전하고 있고 적도는 지구 주변을 둘러싸고 있는 고리라고 생각했다.

페퀴셰는 지도를 가지고 유럽을 설명해주었다. 그러나 빅토르는 지도 위의 수많은 선과 색깔에 얼이 빠져서, 더 이상 이름을 찾아내지 못했다. 연못과 산은 왕국의 경계와 일치하지 않았다. 정치적인 분류가 물리적인 분류를 뒤죽박죽으로 만들었다.

　어쩌면 이 모든 것은 역사를 공부함으로써 명확해질지도 모른다. 역사 공부는 마을에서부터 시작해서 구, 도, 국가로 나아가는 것이 더 편리할 것이다. 그러나 샤비뇰에는 연보가 없어서, 세계 역사로 만족해야 했다.

　너무 많은 사항을 다루면 혼잡하니까, 역사 중에서 진귀한 것만 파악해야 한다.

　그리스 역사에서는 '우리는 야밤에 싸울 것이다', 아리스테이데스[93])를 추방한 경쟁자와 의사에 대한 알렉산더의 신임을 꼽을 수 있다. 로마 역사에는 카피톨리움[94])의 거위, 스카이볼라[95])의 삼각의자, 레굴루스[96])의 이륜마차가 있다. 과티모진[97])의 부유한 생활은 아메리카 역사에서 무시할 수 없는 것이다. 프랑스에 관해서는, 수아송[98])의 단지, 성 루이[99])의 떡갈나무, 잔 다르크의 죽음, 앙리 4세의 닭찜[100])이 포함되어 있다. 너무 많아서 선택이 곤란할 따름이다. '오베른 소속인 날 구해줘!'[101]) 와 그 복수하려는 자의 실패는 제외하고도 말이다.

　빅토르는 인물과 시대와 나라를 혼동했다.

　그렇지만 페퀴셰는 빅토르에게 자세한 검토를 시키지 않아서, 수많은 사건들은 그야말로 미로처럼 복잡하게 얽혀버렸다.

페퀴셰는 갑자기 방향을 바꾸어 프랑스 왕의 목록을 가르쳤다. 빅토르는 연대를 몰라서 왕의 이름을 잊어버렸다. 그러나 만약 뒤무셸의 기억술로도 부족하다면, 빅토르에게 무슨 소용이 있겠는가! 그래서 내린 결론은 역사란 많은 책을 읽음으로써만 배울 수 있다는 것이다. 그들은 이제 독서를 할 것이다.

그림은 여러 가지 상황에서 유익하다. 페퀴셰는 대담하게도 직접 그림을 가르치기로 했다. 사생화를 말이다! 즉시 풍경화부터 시작했다. 바이외의 서점에 도화지, 고무, 판지 두 개, 연필과 회화용 정착액을 주문했다. 작품이 완성되면 유리 액자에 넣어서 진열실을 장식할 것이다.

페퀴셰는 새벽부터 일어나서 빵조각을 주머니에 넣고 빅토르와 함께 길로 나섰다. 적당한 장소를 찾느라고 오랜 시간을 허비했다. 페퀴셰는 멀리 보이는 경치나 구름을 발밑에 있는 풍경과 동시에 재현해보고 싶었다. 그러나 항상 원경(遠景)이 전면을 차지하는 바람에, 강은 하늘에서 굴러 떨어지고 목동은 양 떼 위를 걸어 다니는 것 같았으며 잠자고 있는 개는 마치 달려가고 있는 것 같이 보였다. 결국 페퀴셰는 자신이 직접 그림을 그리는 것을 포기해버렸다.

'데생은 선, 양감, 섬세한 명암이라는 세 가지 요소로 이루어지는데, 거기에다가 강력한 필치를 더 첨가시킬 수 있다. 그러나 이 강력한 필치는 숙련된 사람만이 나타낼 수 있는 것이다' 라는 이론을 읽은 것이 생각나서, 페퀴셰는 선을 수정해주고, 양감이 나타나도록 도와주기도 하고, 섬세한 명암을 주의 깊게 살펴보았다. 그리고 강력한 필치를 나타낼 수 있는 기회가 오기를 기다리고 있었다. 그러나 그러한 기회는 결코 오지 않았다. 그만큼 빅토르가 그린 풍경은 알아볼 수 없었기 때문이다.

빅토르만큼이나 게으른 빅토린은 곱셈 구구표를 앞에 놓고 하품을 해댔다. 렌이 빅토린에게 바느질을 가르쳐주었다. 헝겊에 바느질을 하느라고 추켜올리는 빅토린의 손가락이 하도 예뻐서, 부바르는 산수 수업으로 빅토린을 괴롭힐 엄두가 나지 않았다. 그렇게 며칠을 보내다가 어느 날, 다시 산수 수업을 시작했다.

산수와 바느질은 가사에 틀림없이 필요한 것이다. 그러나 여자 아이들을 오로지 미래의 남편을 위해서만 키우는 것은 잔인한 일이라고 페퀴셰가 반박했다. 여자 아이들이 모두 반드시 결혼을 하게 되는 것은 아니다. 나중에 독신으로 살기를 원한다면, 여자 아이들에게도 많은 것을 가르쳐야 한다.

가장 평범한 물건을 가지고 과학을 가르쳐줄 수도 있다. 예를 들면, 포도주의 구성 성분 같은 것 말이다. 그래서 설명을 해주고, 빅토르와 빅토린으로 하여금 반복하게 했다. 마찬가지 방법으로 양념이나 가구나 조명에 대해서도 가르쳤다. 그러나 아이들은 빛은 곧 램프라고 생각했기 때문에, 보석의 반짝임이나 초의 불꽃이나 달빛은 빛과 아무런 공통점이 없는 것으로 생각했다.

하루는 빅토린이 나무가 어째서 불에 타는지 물어보았다.

부바르와 페퀴셰는 연소 이론을 몰라서, 당황하여 서로 바라보았다.

한 번은 부바르가 식사 시간 내내 영양소에 대하여 이야기했다. 섬유소, 카세인, 지방, 글루텐이라는 말에 두 아이들은 어리둥절해했다.

페퀴셰는 피가 어떻게 재생되는지를 설명했는데, 순환을 이야기하다가 조리를 잃고 말았다.

딜레마는 간단하지가 않았다. 사실에서부터 출발을 하면 가장 간단한 사실도 너무 복잡한 추론을 요구하게 되고, 또 우선 원칙을 먼저 세워놓으면 절대적인 것이나 어떤 신념에서부터 시작하게 되기 때문이었다.

어떻게 해결할 것인가? 이론과 경험이라는 두 가지 교육을 결합시켜야 하나? 하지만 하나의 목적에 대하여 두 가지 수단을 적용하는 것은 방법이라고 할 수는 없지 않은가? 아! 낭패로다!

자연과학의 기초를 가르치기 위해, 그들은 과학적인 사고를 몇 가지 시도해보았다.

그들은 당나귀와 말과 소를 보여주면서 말했다.

"자, 봐라. 이건 네발짐승이란다. 새는 깃털이 있고, 파충류에는 딱딱한 비늘이 있고, 나비는 곤충류에 속한다."

그들은 포충망으로 나비를 잡았다. 페퀴셰는 조심스럽게 곤충을 붙잡고, 아이들에게 네 장의 날개, 여섯 개의 다리, 두 개의 더듬이와 꽃꿀을 빨아들이는 골관(骨管)을 관찰하게 했다.

그는 도랑에서 약초를 따서 이름을 말해주기도 하고, 또는 위신을 세우느라고 잘 모르는 이름을 만들어내기도 했다. 하기야 식물학에서 명칭은 그다지 중요한 것이 아니다.

페퀴셰는 '모든 식물에는 잎과 꽃받침, 씨방을 감싸고 있는 꽃부리 혹은 종자를 지니고 있는 종자의 껍질이 있다'라고 하는 원칙을 칠판에 썼다.

그리고 아이들에게 들판에서 되는 대로 식물을 채집해오라고 했다.

빅토르는 노란 꽃이 피는 미나리아재비속에 속하는 풀을 가져왔다. 빅토린은 벼과 식물을 한 뭉치 가져왔다. 페퀴셰는 거기에서 종자의 껍질을 찾아보았지만 허사였다.

그의 지식을 신뢰하고 있지 않던 부바르는 서재를 온통 뒤져서, 《귀부인들이 두려워하는 것》이라는 책 속에서 장미꽃 그림 하나를 찾아냈다. 그 장미꽃은 씨방이 꽃부리 안에 있지 않고, 꽃잎 밑에 있었다.

"그건 예외야."

페퀴셰가 말했다.

그들은 꽃받침이 없는 꼭두서닛과의 어떤 식물을 발견했다.

따라서 페퀴셰가 제시한 원칙은 잘못된 것이다.

그들의 정원에 있는 월하향[102]은 모두 꽃받침이 없었다.

"경솔했어! 백합과 식물에는 대부분 꽃받침이 없는걸."

그러나 그들은 우연히 셰라르드[103](식물의 묘사)를 보았는데, 그것은 꽃받침이 있었다.

아니, 이런! 예외조차 진실된 것이 아니라면, 뭘 믿는단 말인가?

하루는 산책을 하다가, 공작이 울부짖는 소리를 듣고 담 너머로 농장을 들여다보았다. 처음에는 그들은 자기들의 농장을 알아볼 수 없었다. 헛간은 슬레이트 지붕으로 되어 있었고, 울타리도 새것이었으며, 길에는 자갈이 깔려 있었다. 구이 영감이 나타났다.

"설마! 당신들이에요?"

지난 삼 년 동안 많은 사건이 있었고, 부인도 죽었다고 했다. 그렇지만 구이는 계속 꿋꿋하게 버티고 있었다.

"잠깐 들어오세요."

사월 초순이어서, 꽃이 만개한 사과나무가 하얗고 장밋빛 나는 뭉치를 세 채의 오두막집 사이로 늘어뜨리고 있었다. 푸른 하늘에는 구름 한 점 없었다. 팽팽하게 당겨진 줄에는 식탁보와 이불보와 수건이 나무집게로 고정되어 수직으로 널려 있었다. 구이 영감이 부바르와 페퀴셰가 지나갈 수 있도록 빨래를 들어 올리자, 모자를 쓰지 않은 채 소매 없는 짧은 윗도리를 입고 있는 보르댕 부인이 나타났다. 마리안이 양팔에 가득 걸친 빨래 꾸러미를 그 여자에게 주고 있었다.

"괜찮습니다! 편히 계세요! 나도 좀 앉아야겠어요. 몹시 지쳤거든요."

소작인은 모두에게 뭘 좀 마시지 않겠느냐고 했다.

"지금은 싫어요. 너무 더워서요!"

보르댕 부인이 말했다.

페퀴셰는 구이의 제안을 받아들여, 구이 영감과 마리안과 빅토르와 함께 지하 저장실 쪽으로 사라졌다.

부바르는 보르댕 부인 옆의 땅바닥에 앉았다. 그는 어김없이 배당금을 받고 있었으며, 그에 대해 불평을 할 필요도 없었고 더 이상 그녀를 원망하지도 않았다.

강렬한 햇빛이 보르댕 부인의 옆얼굴을 비추고 있었다. 검은 머리카락 하나가 길게 늘어져 있었고, 목 언저리에는 땀에 젖은 곱슬머리가 따스해 보이는 피부에 달라붙어 있었다. 그녀가 숨을 쉴 때마다, 두 젖가슴이 올라가곤 했다. 잔디 냄새가 그녀의 풍만한 육체에서 풍겨 나오는 향기와 뒤섞였다. 그러자 부바르에게는 욕정이 되살아나 그를 기쁨으로 출렁이게 했다. 그는 보르댕 부인의 소유지에 대해 찬사를 늘어놓았다.

보르댕 부인은 몹시 기뻐하며 자기의 계획을 이야기했다. 마당을 넓히기 위해서, 가장자리의 높은 지대를 낮출 것이라고 했다.

그때 빅토린이 비탈길을 기어 올라가서, 앵초와 수선화와 제비꽃을 꺾고 있었다. 그 아이는 발치에서 풀을 뜯고 있는 늙은 말도 무서워하지 않았다.

"귀여운 아이지요?"

부바르가 말했다.

"그래요! 귀여워요, 어린 소녀는!"

그리고 보르댕 부인은 일생의 오랜 슬픔을 내뱉듯이 한숨을 내쉬었다.

"당신도 저런 아이를 가질 수 있었을 텐데."

보르댕 부인은 머리를 숙였다.

"당신한테 달려 있었다고요!"

"뭐라고요?"

부바르가 줄곧 바라보자, 보르댕 부인은 그가 갑자기 달려들어 키스를 퍼부을 것처럼 느껴져서 얼굴을 붉혔다. 그러나 곧 손수건으로 부채질을 하며 말했다.

"당신은 절호의 기회를 놓치셨단 말이에요!"

"난 모르겠는데요."

부바르는 앉은 채로 다가갔다.

보르댕 부인은 한참 동안 부바르를 내려다보더니, 축축한 눈망울로 미소를 머금으며 말했다.

"그건 당신 잘못이에요!"

빨아 넌 이불보가 침대의 커튼처럼 그들을 감싸주고 있었다.

그는 팔꿈치 쪽으로 몸을 굽혀 보르댕 부인의 무릎에 얼굴을 갖다 댔다.

"왜요? 응? 왜?"

보르댕 부인은 아무 말도 하지 않았고, 또 어떤 맹세를 하더라도 대가가 요구되지 않는 상황이었으므로 부바르는 변명하려고 애썼다. 그는 자기가 무분별했으며 오만했다고 시인했다.

"미안해요! 옛날처럼 지냅시다!……좋죠?……"

부바르가 손을 잡자, 그 여자는 그대로 손을 맡기고 있었다.

부
바
르
와

페
퀴
셰

2

돌연 거센 바람이 불어 이불보를 걷어 올리자, 암컷과 수컷 두 마리의 공작이 보였다. 암컷은 다리를 굽힌 채 엉덩이를 들어 올리고 꼼짝도 않고 있었다. 수컷은 꼬리를 부채처럼 펼치고 암컷의 주위를 돌면서 목을 세우고 소리를 지르다가, 암컷 위로 올라타고는 깃털을 접으면서 요람처럼 암컷을 덮어버렸다. 그리고 두 마리의 커다란 새는 몸을 흔들며 한 번 떨었다.

부바르는 보르댕 부인의 손바닥에서 그 전율을 느꼈다. 보르댕 부인은 재빨리 손을 뺐다. 그들 앞에서 어린 빅토르가 입을 크게 벌린 채 바라보며 놀라서 굳은 듯이 서 있었기 때문이다. 조금 떨어진 곳에는, 빅토린이 엎드려서 등 위로 햇볕을 듬뿍 받으며 엎드려서 자기가 꺾어놓은 꽃의 향기를 맡고 있었다.

공작 때문에 놀란 늙은 말이 뒷발로 차는 바람에 빨랫줄이 하나 끊어졌다. 늙은 말은 끊어진 줄에 발이 묶여서 빨래를 질질 끌며 안마당을 뛰어다녔다.

보르댕 부인의 비명 소리에 마리안이 달려왔다. 구이 영감은 말에게 "이놈의 늙은 말! 망할 자식! 나쁜 놈"이라고 욕설을 해대며, 배를 발로 차고 채찍 손잡이로 귀를 때렸다.

부바르는 동물을 학대하는 것을 보고 분개했다.

"내게는 그만한 권리가 있어요! 내 말이니까요."

소작인이 대답했다.

그건 이유가 되지 못한다.

페퀴셰가 다가오면서 동물한테도 역시 권리가 있다고 덧붙였다. 만약 우리의 영혼이 존재한다면, 동물에게도 우리처럼 영혼이 있으니까 말이다.

"당신은 반종교적인 사람이군요."

보르댕 부인이 소리쳤다. 그 여자는 세 가지 일 때문에 몹시 화가 나 있었다. 빨래를 다시 해야 했고, 자기의 신앙이 모욕을 당했으며, 방금 전에 의심쩍은 자세로 있던 것을 들키지 않았을까 두려웠던 것이다.

"나는 당신이 더 강한 여자인 줄 알았는데요."

부바르가 말했다.

"나는 악동들은 좋아하지 않아요."

보르댕 부인이 단호하게 대답했다. 구이는 말이 상처를 입어 콧구멍에서 피를 흘리는 것을 아이들 탓으로 돌렸다. 그는 아주 작은 소리로 투덜댔다.

"재수 없는 작자들 같으니라고! 하필 말뚝에 말을 매어놓으려고 할 때 올 게 뭐람."

부바르와 페퀴셰는 어깨를 으쓱하고 집으로 돌아갔다.

빅토르는 그들이 왜 구이에게 화를 냈는지 물어보았다.

"그 사람이 폭력을 썼으니까. 그건 나쁜 거란다."

"그게 왜 나빠요?"

아이들은 정의라는 것에 대해 아무런 관념도 없는 걸까? 어쩌면 그럴지도 모른다.

그날 저녁, 페퀴셰는 부바르를 오른편에, 아이들을 맞은편에 앉혀놓고는, 손 밑에 노트를 몇 권 펼쳐놓고 도덕 강의를 시작했다.

도덕은 우리의 행동을 제어하는 것을 가르쳐주는 학문이다.

우리의 행동에는 쾌락과 이익이라는 두 가지 동기가 있다. 그리고 세 번째 동기는 더욱 거역할 수 없는 것인데, 의무라고 하는 것이다.

의무는 두 가지 종류로 나뉜다. 첫째는 우리 자신에 대한 의무로서, 우리 몸을 보살피고 모든 모욕으로부터 우리를 보호하는 것이다. 아이들은 이것을 완전히 이해했다. 둘째 의무는 타인에 대한 것으로서 항상 정당해야 하고, 착하고 어질어야 하며, 인간은 모두 한 가족이기 때문에 심지어 형제처럼 대해야 한다. 때때로 우리의 마음에 드는 것이 다른 사람에게는 해가 되는 수도 있다. 따라서 이익과 선은 다른 것이다. 선은 그 자체가 다른 어떤 것으로도 동일시될 수 없기 때문이다. 아이들은 이해하지 못했다. 이어서 페퀴셰는 의무에 따르는 처벌을 덧붙여 말했다.

부바르는 페퀴셰가 이야기한 어떤 것에서도 선에 대한 정의를 찾아볼 수 없다고 했다.

"자네는 어떻게 정의 내리기를 원하나? 그건 그냥 느끼는 것이야."

그러면 도덕 수업은 도덕적인 사람들한테만 적합할 것이다. 결국 페퀴셰의 강의는 중단되었다.

그들은 아이들에게 덕성을 고취시켜주는 일화를 읽혔다. 빅토르는 그러한 일화에 진력을 냈다.

상상력을 부추기려고, 페퀴셰는 빅토르 방의 벽에다 행실이 좋은 사람의 생애와 나쁜 사람의 생애를 보여주는 그림을 걸어주었다. 행실이 좋은 사람 아돌프는 자기 엄마에게 키스를 하고, 독일어를 공부하며, 장님을 도와주고, 나중에는 파리이공과 대학에 들어가게 된다. 행실이 나쁜 사람 외젠은 아버지에게 거역하는 것에서부터 시작해서, 다방에서 싸움을 하고, 마누라를 때리며, 취해서 곤드레만드레가 되어 쓰러지고, 장롱을 부수기도 했다. 그리고 마지막 그림은 외젠이 감옥에 있는 것인데, 한 신사가 어린 아들을 데리고 와서 그를 가리키며 "봐라, 아들아, 행실이 나쁜 것은 이렇게 위험한 것이란다"라고 말하고 있었다.

그러나 빅토르와 빅토린에게는 미래가 존재하지 않는다. 설교를 하고 '노동은 고귀한 것이며 부자들도 때로는 불행하다'는 격언을 아무리 수없이 들려주어도 소용이 없었다. 아이들은 전혀 존경받지 못하는 노동자들을 알고 있었고, 또 사는 게 즐거워 보이던 백작의 성도 기억하고 있었다. 게다가 뉘우치고 괴로워하는 모습이 너무 과장되게 묘사되어서, 아이들은 거짓이라고 생각하고 더 이상 믿지 않았다.

훌륭한 사람들, 특히 벨전스나 프랭클린이나 자카르[104]와 같이 실질적인 도움을 주는 사람들을 칭찬하면서, 명예심과 여론에 대한 생각 또는 영웅심으로 아이들을 지도해보려고 시도했다. 그러나 빅토르는 그 위인들을 닮고자 하는 욕구를 전혀 보이지 않았다.

빅토르가 어느 날 틀리지 않고 덧셈을 하자, 부바르는 웃옷에 십자가 모양의 리본을 달아 주었다. 빅토르는 리본을 달고 으스대며 걸어 다녔다. 그러나 앙리 4세의 죽음을 잊어버려서 페퀴셰가 당나귀 모자를 씌워주었더니, 빅토르는 아주 사납게 고함을 치기 시작했다. 하도 오랫동안 고함을 치는 바람에, 판지로 만든 당나귀 귀를 벗겨줄 수밖에 없었다.

빅토르와 마찬가지로 빅토린도 칭찬에는 즐거워했고, 비난에는 무관심했다.

아이들을 좀 더 다정다감하게 만들려고, 검은 고양이 한 마리를 주고 돌보게 했다. 그리고 적선을 하라고 이삼 수를 주기도 했다. 아이들은 그와 같이 거드름을 피우는 것은 가증스러운 짓이라고 생각하고, 그 돈을 자기들이 가졌다.

두 교육자들이 바라는 대로, 아이들은 부바르를 '아저씨'라고 부르고 페퀴셰를 '좋은 친구'라고 불렀다. 그러나 아이들은 반말을 썼고, 대개 수업 시간의 반은 논쟁을 벌이느라고 보냈다.

빅토린은 마르셀의 호의를 이용해서 마구 함부로 행동했다. 마르셀의 등에 올라타기도 하고, 머리카락을 잡아당기기도 했다. 또 그의 언청이 입을 놀려주느라고, 마르셀처럼 코맹맹이 소리로 말하기도 했다. 이 가엾은 친구는 어린 빅토린을 사랑하고 있었기 때문에 감히 불평을 할 생각도 하지 못했다. 어느 날 저녁, 째지는 듯한 마르셀의 쉰 목소리가 들려왔다. 부바르와 페퀴셰는 부엌으로 내려가보았다. 두 아이들은 벽

난로를 들여다보고 있었고, 마르셀은 두 손을 맞잡은 채 소리치고 있었다.

"어서 꺼내! 너무 심하잖아! 너무 심해!"

마치 폭탄이 터지듯이, 솥뚜껑이 튀어 나왔다. 잿빛 덩어리 하나가 천장에까지 튀어 오르더니, 끔찍한 비명을 지르며 미친 듯이 뱅뱅 돌았다.

털도 없고 꼬리가 마치 가는 끈처럼 되어버린 바싹 마른 고양이의 모습이 보였다. 머리에서 커다란 두 눈이 튀어나와 있었다. 두 눈은 속이 빈 것처럼 희뿌연 빛깔이었지만, 그래도 여전히 바라보고 있었다.

보기 흉한 몰골의 고양이는 계속 울부짖다가 아궁이 속으로 뛰어들더니, 잿더미 속에 쓰러져서 움직이지 않았다.

이런 잔인한 짓을 저지른 사람은 빅토르였다. 부바르와 페퀴셰는 경악과 공포로 얼굴이 창백해져서 뒤로 물러섰다. 그들이 꾸짖자, 빅토르는 전원 감시인이 자기 아들에 대하여, 그리고 소작인이 자기 말에 대하여 한 말과 똑같이 대답했다.

"왜요? 이건 내 건데요!"

조금도 주저 없이, 본능을 충족시키고 난 평온함 속에서 천연덕스럽게 말하는 것이었다.

솥의 끓는 물이 바닥에 엎질러져 있었고, 타일 바닥에는 냄비와 집게와 촛대가 어지러이 널려 있었다. 마르셀은 한동안 부엌을 청소했다. 두 주인은 불쌍한 고양이를 정원의 파고다 밑에 묻어주었다.

부바르와 페퀴셰는 빅토르에 대해 오랫동안 이야기를 나눴다. 아버지의 피가 나타난 것이다. 어떻게 할 것인가? 빅토르를 파베르주 백작에게 되돌려 보내거나 다른 사람에게 맡기는 것은, 자기들의 무능함을 고백하는 일이 될 것이다. 어쩌면 조금 좋아질지도 모른다.

아무래도 좋다! 희망은 거의 없었고, 애정도 더 이상 없었다! 당신의 생각을 알고 싶어하는 사춘기 소년을 곁에 두고, 그 아이의 발전을 지켜보며 나중에는 형제처럼 지내게 된다면 얼마나 기쁜 일인가! 그러나 빅토르에게는 지성도 없었고 또한 따뜻한 마음도 없었다! 페퀴셰는 오그린 무릎을 두 손으로 감싸고 앉아 한숨을 쉬었다.

"빅토린도 더 나을 게 없어."

부바르가 말했다.

부바르는 감수성이 예민하고, 쾌활하며, 우아한 젊음으로 집안을 장식해주는 열다섯 살가량의 소녀를 상상했었다. 그는 마치 방금 딸을 잃은 아버지처럼 눈물을 흘렸다.

그리고 그는 빅토르를 관대하게 보아주려고 애쓰며, '어린아이는 책임이 없으며, 도덕적일 수도 있고 비도덕적일 수도 있다'는 루소의 의견을 인용했다.

그렇지만 페퀴셰에 따르면, 두 아이들은 분별이 생기는 나이가 되었다는 것이다. 그들은 아이들을 바로잡아줄 방법을 연구했다.

벌이 효과를 보려면, 잘못과 그 잘못에 따르는 자연스런 결

과에 알맞게 벌을 주어야한다고 벤담[105]은 말하고 있다. 어린
아이가 유리창을 깨면, 추워서 고생하도록 유리창을 다시 끼
우지 말아야 한다. 배고프지도 않으면서 음식을 더 달라고 할
때에는 더 주어라. 소화불량에 걸려 곧 후회하게 될 것이다.
게으른 아이는 일을 하지 않게 내버려두어라. 제풀에 싫증이
나서 일을 다시 하게 될 것이다.

그러나 빅토르는 체질상 혹독한 추위도 견딜 수 있었기 때
문에 추위로 고통 받지는 않을 것이다. 그리고 게으름은 빅토
르의 기질에 잘 맞을 것이다.

부바르와 페퀴셰는 정반대의 방법을 택해서 치료를 위한
벌을 주기로 했다. 벌로 일을 시키니까 빅토르는 더 게을러졌
다. 그리고 잼을 주지 않으니까 식탐이 한층 심해졌다.

혹시 빈정거리는 방법은 성공할지도 모른다. 한번은 빅토
르가 더러운 손으로 점심을 먹으러 오자 부바르가 예쁜 녀석
이니, 멋쟁이니, 노란 장갑이니 하고 부르면서 놀려주었다. 빅
토르는 머리를 숙이고 듣다가 갑자기 파랗게 질려서 접시를
부바르의 머리를 향해 집어던졌다. 그리고 접시가 빗나가자
사납게 부바르에게 달려들었다. 세 사람이 매달려서야 겨우
떼어놓을 수 있었다. 빅토르는 바닥을 뒹굴며 물어뜯으려고
했다. 페퀴셰가 한옆에서 빅토르에게 물병의 물을 뿌리자 잠
잠해졌다. 그러나 빅토르는 사흘 동안 목이 쉬었다. 그 방법은
좋지 않았다.

부바르와 페퀴셰는 다른 방법을 사용했다. 빅토르가 조금

이라도 화를 낼 기미가 보이면, 환자로 취급하고 침대에 눕혀 놓았다. 그랬더니 빅토르는 만족해서 노래를 불렀다.

하루는 빅토르가 서재에서 오래된 코코넛을 끄집어내어 쪼 개기 시작했다. 그때 페퀴셰가 들어왔다.

"내 코코넛!"

그것은 뒤무셸의 기념품이었다! 페퀴셰가 파리에서부터 샤 비뇰까지 가져온 것이었다. 페퀴셰는 화가 나서 팔을 높이 쳐 들었다. 빅토르는 웃기 시작했다. 페퀴셰는 더 이상 참을 수가 없어서, 따귀를 한 대 때려주고 방에서 내쫓아버렸다. 그러고 는 흥분해서 몸을 부르르 떨며 부바르에게 가서 한탄했다.

부바르는 페퀴셰를 비난했다.

"자네는 그 코코넛 때문에 너무 바보같이 구는군! 매는 아 이들을 멍청하게 만들고, 공포는 아이들을 무력하게 만드는 법이라네. 자네 스스로 품위를 떨어뜨리는 짓이라고!"

페퀴셰는 신체적인 체벌은 때때로 필수불가결하다고 반박 했다. 페스탈로치도 체벌을 사용했고, 유명한 멜란히톤은 체 벌이 없었다면 자기는 아무것도 배우지 못했을 것이라고 고 백하고 있다.

그러나 너무 심한 벌을 받아서 자살까지 한 아이들도 있었 고, 그에 대한 예도 상세히 보고되어 있다.

빅토르는 방문을 잠그고 들어박혔다. 부바르가 문 밖에서 이야기를 하다가, 문을 열면 자두 파이를 주겠다고 약속하고 말았다. 그때부터 빅토르는 더 나빠졌다.

뒤팡루[106])가 권장하는 방법이 하나 남아 있었다. 그것은 '무서운 눈초리'를 사용하는 것이다. 부바르와 페퀴셰는 얼굴에 무서운 표정을 나타내려고 노력했지만, 아무 효과가 없었다.

"이제 종교에 의존해보는 것밖에는 다른 도리가 없어."

부바르가 말했다.

페퀴셰는 반대했다. 그들은 그들의 계획에서 종교는 제외시켜놓았었다.

그러나 논리적인 추론으로 모든 욕구를 만족시킬 수는 없다. 인간의 마음이나 상상력은 다른 것을 필요로 하기 때문이다. 초자연적인 것은 많은 사람들에게 있어서 꼭 필요한 것이므로, 그들은 아이들을 교리 교육에 보내기로 결정했다.

렌이 아이들을 데려다주겠다고 했다. 그 여자가 부바르와 페퀴셰의 집안으로 다시 돌아온 것이다. 렌은 여러 가지 다정한 방법으로 다른 사람에게 사랑받도록 처신할 줄 알았다. 빅토린은 대번에 변화를 보였다. 신중하고 부드러워졌으며, 성모상 앞에서 무릎을 꿇기도 하고, 아브라함의 희생을 찬양하기도 하고, 신교도의 이름 하나에도 경멸하듯이 비웃었다.

빅토린은 단식을 하라는 지시를 받았다고 말했다. 부바르와 페퀴셰가 알아본 결과, 그것은 사실이 아니었다. 성체 대축일에는 빅토린은 화단의 노랑장대[107])를 모조리 가져다가 임시 제단을 장식했다. 빅토린은 뻔뻔스럽게 자기가 꽃을 꺾지 않았다고 부인했다. 또 한 번은 헌금을 하겠다고 부바르한테서 이십 수를 가져갔다.

그들은 결국 도덕과 종교는 별개의 문제라는 결론을 내렸다. 종교란 다른 기본적인 것이 부족할 때에는 그다지 중요한 것이 못 된다.

어느 날 저녁, 저녁 식사를 하고 있을 때 마레스코가 들어오자 빅토르가 재빨리 도망쳤다.

공증인은 자리에 앉는 것도 사양하고 찾아온 이유를 이야기했다. 투아슈의 아들이 자기 아들을 죽도록 때려주었다는 것이다.

빅토르는 그 혈통도 알려져 있었고 불쾌하게 굴어서, 다른 아이들이 죄수라고 불렀다. 그 때문에 방금 전에 빅토르가 아르놀드 마레스코를 마구 때려주었던 것이다. 아르놀드의 얼굴에는 맞은 자국이 남아 있다고 했다.

"애 엄마는 몹시 가슴 아파하고 있어요. 애 옷은 누더기가 되어버렸고 건강도 해쳤는데, 어쩌면 좋습니까?"

공증인은 혹독하게 벌을 줄 것과 또다시 싸우지 않도록 빅토르를 교리 교육에 보내지 말아달라고 했다.

부바르와 페퀴셰는 그의 거만한 말투에 기분이 상했으나 그가 원하는 대로 하겠다고 약속하고 물러섰다.

빅토르의 행동은 명예심에서 나온 것이었을까, 아니면 복수심에서 나온 것이었을까? 어쨌든 비겁하지는 않았다.

그러나 빅토르의 난폭함은 몹시 걱정이 되었다. 음악은 품성을 부드럽게 만들어주므로, 페퀴셰는 빅토르에게 계명으로 노래하는 것을 가르치기로 했다.

빅토르는 악보를 유창하게 읽지도 못했고, 아다지오, 프레스토, 스포르찬도와 같은 용어들을 혼동했다. 페퀴셰는 음계, 완전화음, 전음계, 반음계, 장조와 단조라고 부르는 두 가지 종류의 음정에 대해서 전력을 다해 설명했다.

그는 빅토르에게 똑바로 서서 어깨를 앞으로 내밀고 입을 크게 벌리라고 했다. 그리고 직접 본을 보이느라고 발성을 했지만, 음정이 틀리고 말았다. 빅토르는 후두를 수축시켜서 목소리가 너무 힘겹게 나왔다. 4분 쉼표로 박자가 시작될 때에는, 빨리 시작하거나 또는 너무 늦게 시작했다.

그렇지만 페퀴셰는 2부 합창곡을 시작했다. 그는 활 대신에 가는 막대기를 들고 마치 뒤에 오케스트라가 있기라도 한 것처럼 당당하게 팔을 움직였다. 그러나 두 가지 일을 하느라고 페퀴셰는 박자를 틀리고 말았다. 페퀴셰가 틀리자 빅토르도 덩달아 더 많이 틀렸다. 그들은 눈살을 찌푸린 채 오선지를 응시하고 목의 근육을 내밀면서 페이지 끝까지 아무렇게나 계속했다.

마침내 페퀴셰가 말했다.

"넌 남성 합창단에서 두각을 나타내기는 힘들겠다."

그리고 음악 수업을 포기했다.

"하기야 '음악은 너무 방탕한 무리로 이끄는 것이니 다른 것에 전념하는 것이 더 낫다'고 하는 로크의 말이 옳을지도 몰라."

페퀴셰는 빅토르를 작가로 만들고 싶지는 않았지만, 적어도 편지 한 장은 요령 있게 쓸 줄 아는 것이 편리할 거라고 생각했다. 그런데 잘 생각해보고 그만두었다. 서간체는 전적으로 여자들에게 관련된 것이므로 배울 수 없기 때문이다.

그래서 몇몇 문학 작품을 외우게 하기로 했다. 어떤 작품을 선택할까 고민하다가 캉팡 부인[108]의 저서를 참고해보았다. 캉팡 부인은 예호야킴[109]의 장면, 《에스테르》[110]의 코러스 부분, 장 바티스트 루소의 전 작품을 권하고 있다.

그건 다소 오래된 것이다. 캉팡 부인은 소설은 세상을 너무 호의적인 색채로 묘사한다는 이유로 금지하고 있다.

그렇지만 미스 오피의 《클라리스 할로우》와 《집안의 아버지》라는 작품은 허락하고 있다. 그런데 미스 오피는 누구인가?

그들은 《미쇼 인명사전》에서도 그 이름을 찾아볼 수 없었다. 이제 남은 것은 동화뿐이었다.

"동화를 읽으면, 아이들은 다이아몬드 궁전을 바라게 될 거야."

페퀴셰가 말했다. 문학은 지성을 발달시켜주기는 하지만, 정열을 자극시키는 것이다.

빅토린은 바로 그러한 정열 때문에 교리 교육에서 쫓겨나고 말았다.

공증인의 아들을 껴안고 키스를 하다가 발각된 것이다. 렌은 그 일을 가볍게 넘기지 않았다! 굵은 주름이 잡혀 있는 모자를 쓴 렌의 얼굴은 심각했다. 그런 추문을 일으키면, 그토록 타락한 어린 계집아이를 어떻게 붙잡아두겠는가?

부바르와 페퀴셰는 신부를 어리석은 늙은이라고 불렀다. 렌은 신부를 옹호했다. 그들이 반격하자, 렌은 "사람들한테 말할 거예요! 다 말할 거라고요!"라고 투덜거리고, 무서운 눈초리로 노려보며 가버렸다.

빅토린은 실제로 아르놀드에 대한 사랑에 빠져 있었다. 그녀는, 옷깃에 수를 놓은 벨벳 윗도리를 입고 머리카락에서 좋은 냄새가 나는 아르놀드를 멋지다고 생각하고 있었다. 빅토린은 아르놀드에게 꽃다발을 갖다 주다가 제피랭에게 들키기도 했다.

이 연애 사건은 얼마나 어리석은 짓인가! 두 아이들은 정말 악의가 없었다.

그들에게 생식의 비밀을 가르쳐주어야 할 것인가?

"나는 나쁘지 않다고 생각하네."

부바르가 말했다. 철학자 바제도[111]는 임신과 출산에 대해서만 상세히 말해주면서 학생들에게 생식의 비밀을 설명해주었다.

페퀴셰의 생각은 달랐다. 빅토르가 걱정이 되었기 때문이다.

그는 빅토르가 자위 행위를 하고 있을 거라고 의심하고 있었다. 왜 아니겠는가? 근엄한 사람들도 평생 동안 그런 습성을 간직하고 있으며, 앙굴렘 공작도 자위 행위에 빠졌었다는 주장도 있는데 말이다. 페퀴셰는 빅토르가 솔직히 털어놓을 수 있도록 물어보았다. 곧 자기의 의심이 사실이라는 것을 알게 되었다.

그래서 그는 빅토르를 죄인이라고 부르며, 치유책으로 티소[112]를 읽히려고 했다. 부바르는 그 작품은 유익하기보다는 해로운 것이 더 많다고 했다.

차라리 빅토르에게 시적인 감각을 고취시켜주는 편이 더 나을 것이다. 에메 마르탱[113]은 그와 같은 상황에서 아들에게 《신엘로이즈》[114]를 빌려준 한 어머니의 이야기를 하고 있다. 그랬더니 사랑받을 자격을 갖추기 위해서 아들은 덕성을 기르는 데 열중했다는 것이다.

그러나 빅토르가 천사 같은 여자를 꿈꾼다는 것은 있을 수 없는 일이다.

"차라리 여자들한테 데려다줘 버릴까?"

페퀴셰는 창녀들에 대한 자기의 혐오감을 설명했다.

부바르는 그것은 어리석은 편견이라고 단정하고, 일부러 르 아브르로 여행을 가자고 말하기까지 했다.

"정말인가? 우리가 들어가는 것을 누가 보면 어쩌고!"

"그럼 도구를 하나 사주자!"

"그렇지만 가게 주인이 내가 쓰려는 것으로 생각할 지도 모르잖아."

페퀴셰가 말했다.

빅토르에게는 사냥과 같은 자극적인 즐거움이 필요할 것이다. 그러나 사냥에는 총이나 사냥개를 구입하는 비용이 들어간다. 그들은 빅토르에게 운동을 시켜 피곤하게 만들기로 하고, 들판에서 달리기를 시도했다.

빅토르는 부바르와 페퀴셰를 제치고 앞질러 달렸다. 그들은 서로 교대를 했는데도 불구하고 기진맥진했다. 저녁에는 신문을 들 힘조차 없었다.

빅토르를 기다리는 동안, 그들은 지나가는 사람들과 이야기를 했다. 그들은 교육자로서의 욕구에 따라 사람들에게 위생학을 가르치려고 했고, 물의 손실과 퇴비의 낭비를 통탄했다.

나중에는 젖먹이 엄마들을 검사하러 다니며 갓난애들의 이유식에 대해서 분개하기도 했다. 어떤 엄마들은 갓난애에게 전분 물을 먹이는데, 그것은 아이들을 약하게 만든다. 또 어떤 엄마들은 육 개월 미만의 아기에게 고기를 잔뜩 먹이는데, 그러면 소화불량에 걸려 죽게 된다. 몇몇 엄마들은 자기 침으로 아이를 닦아주기도 하고, 또 모든 엄마들이 아이를 거칠게 다룬다.

하루는 어떤 집 문 위에 올빼미가 십자가에 못 박혀 있는 것을 보고, 그들은 집 안으로 들어가서 말했다.

"이건 잘못하신 일입니다. 올빼미들은 쥐를 잡아먹고 살거든요. 들쥐 말이에요. 올빼미 한 마리의 위에서 애벌레 유충이 쉰 개까지 발견되었어요."

마을 사람들에게는 부바르와 페퀴셰가 처음에는 의사처럼 보였다가, 다음에는 고가구를 조사하는 사람들로, 그 다음에는 자갈을 찾아다니는 사람들로 보였다.

"이런, 허풍쟁이들! 우리한테 훈계할 생각일랑 말아요!"

부바르와 페퀴셰의 확신은 흔들렸다. 참새가 채소밭의 벌

레들을 제거해주지만, 버찌도 먹어치우기 때문이다. 올빼미
들은 곤충을 잡아먹는 동시에 유익한 박쥐도 잡아먹는다. 두
더지는 민달팽이를 잡아먹지만, 흙을 뒤엎어놓는다. 그들이
확신을 가질 수 있는 유일한 것은, 농작물에 해로운 모든 짐승
을 없애야 한다는 사실이었다.

어느 날 저녁, 그들은 파베르주 백작의 숲을 지나가다가 감
시인의 집 앞에 당도했다. 소렐은 길가에서 세 사람과 함께 요
란하게 몸짓을 해대고 있었다.

한 사람은 도팽이라는 구두 수선공으로, 키가 작고 마른 체
격에 교활한 인상이었다. 또 한 사람은 마을에서 잔심부름을
하고 있는 오뱅 영감이었는데, 푸른색 작업복 바지에 노란색
의 낡은 프록코트를 입고 있었다.

세 번째 사람은 마레스코 집의 하인 외젠이었는데, 그는 사
법관처럼 수염을 깎고 다니는 사람으로 알려져 있었다.

소렐은 부바르와 페퀴셰에게 잡아당기면 죄어지게 매듭을
만들어놓은 구리줄을 보여주었다. 그 구리줄은 벽돌로 고정
시켜놓은 명주실에 매여 있었다. 소위 올가미라는 것이다. 구
두 수선공이 그 올가미를 설치하고 있는 현장을 소렐이 발견
했다는 것이었다.

"당신이 증인이지요?"

외젠은 시인하는 듯이 머리를 숙였다. 오뱅 영감이 대꾸했다.

"당신이 말한 다음부터 증인이지요."

소렐이 몹시 화가 난 것은 자기 집 근처에 함정을 만들어놓

는 그 뻔뻔스러움 때문이었다. 그 무뢰한은 그런 장소에는 설마 함정이 있으리란 의심을 하지 않을 거라고 생각한 것이다.

도팽은 울상을 지었다.

"나는 그 위로 걸어갔을 뿐이에요. 올가미를 부숴버리려고까지 했는걸요."

사람들이 계속 자기를 비난하고 있는데, 자기는 정말 불행한 사람이라는 것이다!

소렐은 대답도 하지 않고, 조서를 쓰려고 주머니에서 수첩과 펜과 잉크를 꺼냈다.

"아, 안 돼요."

페퀴셰가 말했다.

"그 사람을 놓아주시오. 착한 사람입니다!"

부바르가 덧붙였다.

"이자가요! 밀렵자예요!"

"그래, 그렇더라도 말이에요!"

부바르와 페퀴셰는 밀렵 행위를 옹호하기 시작했다. 우선 토끼가 어린 새싹을 갉아먹는다는 것은 다 아는 사실이고, 산토끼는 곡식을 망가뜨린다. 멧도요는 그렇지 않을지 몰라도…….

"방해하지 마세요."

감시인은 입을 다물고 조서를 썼다.

"웬 고집이람."

부바르가 중얼거렸다.

"한마디만 더 하면, 경찰을 부르겠어요."

"당신은 버릇없는 사람이군!"

페퀴셰가 말했다.

"당신들은 별 볼일 없는 사람들이고."

소렐이 다시 말했다.

부바르는 자제심을 잃고, 소렐에게 남의 하인 노릇이나 하는 어리석고 조잡한 놈이라고 했다. 그러자 외젠이 "조용히, 조용히" 하고 반복했다. 그러는 동안 오뱅 영감은 바로 옆의 자갈길에서 탄식하고 있었다.

그들의 목소리에 불안해진 사냥개들이 모두 개집에서 나왔다. 철망 사이로 개들의 사나운 눈동자와 검은 콧잔등이 보였다. 개들은 이리저리 뛰어다니며 사납게 짖어댔다.

"더 이상 귀찮게 굴지 마시오. 그렇지 않으면 저 개들을 당신들한테 달려들게 하겠소!"

개 주인이 소리쳤다.

부바르와 페퀴셰는 진보와 문명을 주장한 것을 만족히 여기며, 그 자리를 떠났다.

다음 날이 되자, 관리인을 모욕했다는 이유로 경찰재판소에 출두하라는 소환장이 날아왔다.

'당신들이 범한 위반죄에 비추어볼 때 검사의 청원을 제외하고 손해 배상으로 백 프랑이 부과될 것으로 파악됨. 경비 육 프랑 칠십오 상팀. 집행관 티에르슬랭.'

웬 검사인가? 부바르와 페퀴셰는 현기증이 났다. 그들은 마음을 진정시키고 항변을 준비했다.

지정된 날에 그들은 한 시간이나 일찍 면사무소에 갔다. 아무도 없었다. 책상보가 덮인 테이블 주위에 걸상과 세 개의 안락의자가 있었다. 난로를 놓을 수 있도록 벽에는 벽감이 움푹하게 파여 있었고, 받침대에 올려져 있는 황제의 흉상이 방 전체를 굽어보고 있었다.

그들은 소방 펌프와 몇 개의 깃발이 있는 지붕 밑의 창고까지 거닐었다. 바닥 한쪽 구석에는 석고로 만든 다른 흉상도 있었다. 왕관이 없는 나폴레옹상, 예복에 견장을 달고 있는 루이 18세의 상도 있었다. 샤를 10세의 상은 그 처진 입술 때문에 쉽게 알아볼 수 있었다. 그리고 루이 필립의 흉상은 눈썹이 활 모양으로 구부러져 있었고, 머리카락이 피라미드 형태였다. 방의 지붕이 경사져서 루이 필립 상의 목 부분에 닿아 있었고, 파리와 먼지 때문에 모든 것이 더러웠다. 부바르와 페퀴셰는 그 광경을 보고 실망했다. 그들은 정부에 대해 연민을 느끼며 큰 방으로 돌아왔다.

소렐과 전원 감시인이 와 있었다. 한 사람은 팔에 배지를 달고 있었고, 또 한 사람은 경관모를 쓰고 있었다.

열두 명쯤 되는 사람들이 이야기를 하고 있었다. 청소를 잘하지 않았거나 개를 풀어놓았거나 가로등을 달지 않았거나 또는 미사 시간 동안 술집을 열어놓았다는 이유로 고발 당한 사람들이었다.

드디어 쿨롱이 나타났다. 그는 검은색의 가벼운 모직 옷을 걸치고, 아래쪽에 벨벳이 대어져 있는 법관모를 쓰고 있었다. 그의 왼쪽에는 서기가 있었고, 오른쪽에는 현장(懸章)을 걸친 면장이 있었다. 곧이어 부바르와 페퀴셰에 대한 소렐의 소송 사건이 호출되었다.

샤비뇰에서 종살이를 하고 있는 루이 마르티알 외젠 르네 프뵈르는 증인이라는 위치를 이용해서, 쟁점이 되고 있는 문제와 아무 관계가 없는 여러 가지 사실에 대해 자기가 알고 있는 것을 모두 지껄여댔다.

날품팔이인 니콜라 쥐스트 오뱅은 소렐의 기분을 상하게 할까 봐 걱정도 되고 부바르와 페퀴셰에게 해를 입힐까 봐 걱정도 되어서, 욕지거리를 들은 것 같기는 한데 자기는 귀가 먹어서 확실히 모르겠다고 주장했다.

치안판사는 오뱅을 착석시키고, 감시인에게 말했다.

"원고는 고소를 끝까지 고수할 겁니까?"

"물론입니다."

쿨롱은 두 피고에게 할 말이 있는지 물어보았다.

부바르는 소렐을 모욕한 것이 아니라, 도팽을 변호하면서 우리 농촌의 이익을 옹호했을 뿐이라고 주장했다. 그는 봉건 제도의 악습과 막대한 돈이 드는 귀족들의 사냥을 생각해보라고 촉구했다.

"그런 것은 아무래도 좋아요! 위반죄는……."

"잠깐! 위반이니, 중죄니, 경범죄니 하는 말들은 아무 가치도 없는 것이오. 처벌할 행위들을 분류하기 위해 정해놓은 형벌은, 그 기준에 정당성이 없습니다. 차라리 주민들한테 '당신들의 행동이 어떻게 평가될지 염려하지 마시오. 그 평가는 오로지 정권이 부과하는 징벌에 의해서만 결정됩니다' 라고 말하지 그래요. 게다가 형법전은 원칙도 없는 비합리적인 책이라고 생각합니다."

페퀴셰가 소리쳤다.

"그럴 수도 있죠."

쿨롱이 말했다. 그리고 그는 판결을 내리려고 했다.

"저지른 행위에 비추어볼 때······."

그런데 검사인 푸로가 일어섰다. 피고들은 직무를 수행 중인 감시인을 모욕했다. 소유권이 존중되지 않는다면 모든 게 끝장이다. 간단히 말해서 최고형을 적용해주기를 치안 판사에게 바라는 바이다.

형벌은 소렐에 대한 손해 배상 명목으로 십 프랑이 언도되었다.

"좋아요."

부바르가 말했다.

쿨롱의 말은 아직 끝나지 않았다.

"그 밖에 검사가 제소한 위반죄를 인정하여 오 프랑의 벌금형에 처한다."

페퀴셰는 방청석으로 몸을 돌렸다.

"벌금은 가난뱅이에게는 큰일이지만, 부자에게는 하찮은 것이죠. 나는 그까짓 것 아무 상관 없다고요!"

그리고 그는 법정을 비웃는 듯한 태도를 보였다.

"놀랍군요. 배웠다는 사람들이……."

쿨롱이 말했다.

"당신은 법률 덕택에 지식이 없어도 되니까요. 최고 법원의 판사는 칠십오 세까지 할 수 있는 것으로 알려져 있고 지방법원의 판사는 칠십 세가 정년인데, 치안판사는 종신제로 자리를 차지하고 있지 않소."

페퀴셰가 대꾸했다.

그러나 푸로가 손짓을 하자 플라크방이 다가왔다. 부바르와 페퀴셰는 항의했다.

"아! 당신들이 경쟁을 통해 임명된다면!"

"아니면 평의회에 의해서 임명되든지."

"그렇지 않으면 노사분쟁 조정위원회에 의해서!"

"신뢰할 수 있는 자격에 의해서."

플라크방이 부바르와 페퀴셰를 밀어냈다. 그들은 다른 피고들의 야유를 받으며 밖으로 나왔다. 그 피고들은 그와 같은 비열한 행위를 함으로써 스스로가 더 훌륭해 보인다고 생각하는 모양이다.

분노의 감정을 토로하려고, 그들은 그날 저녁 벨장브의 집으로 갔다.

마을 유지들은 보통 열 시경에 돌아가기 때문에, 카페는 텅 비어 있었다. 아르곤 등을 약하게 해놓아서, 벽과 계산대가 희미하게 보였다.

한 여자가 나타났다.

멜리였다.

멜리는 별로 당황하는 것 같지 않았다. 그 여자는 웃으면서
그들에게 맥주를 두 컵 따라주었다. 페퀴셰는 거북해서 곧 카
페에서 나와버렸다.

부바르는 혼자 카페에 다시 가서, 면장에 대한 야유를 늘어
놓으며 마을 사람들과 즐겼다. 그때부터 그는 그 카페를 자주
드나들었다.

도팽은 증거가 없어서 육 주 후에 풀려났다. 얼마나 수치스
러운 일인가! 부바르와 페퀴셰에게 불리한 증언을 할 때는 믿
었던 똑같은 증인들을 이번에는 의심하다니.

등기소에서 벌금을 내야 한다는 통지가 왔을 때, 그들의 분
노는 절정에 달했다. 부바르는 토지에 손해만 끼친다고 등기
소를 비난했다.

"그렇지 않아요!"

세금 징수관이 말했다.

"천만에! 조세의 삼분의 일을 토지세로 충당하고 있다고
요! 나는 가혹하지 않은 조세 제도와 더 좋은 토지 대장이 있
었으면 좋겠어요. 저당에 관한 제도가 바뀌기를 바랍니다. 그
리고 이자 혜택만 누리는 프랑스 은행은 폐지시켰으면 좋겠
어요."

지르발은 대꾸할 능력이 없었다. 그는 여론에 밀려 다시는
나타나지 않았다.

그렇지만 부바르의 말은 여인숙 주인의 마음에 들었고, 사람들의 공감을 샀다. 부바르는 단골손님들을 기다리면서 멜리와 다정하게 이야기를 나누곤 했다.

그는 초등 교육에 대해 굉장한 견해를 피력했다. 학교를 졸업하면 환자를 돌볼 수도 있고, 과학적인 발견을 이해하고 예술에 관심을 가질 수 있어야 한다는 것이었다! 학교 교과목을 제약하는 것에 대해 부바르는 프티와 함께 분개했다. 그리고 군인들은 훈련에 시간을 허비하느니보다 채소를 가꾸는 게 더 나을 거라고 주장하여 육군 대장의 기분을 상하게 만들었다.

자유 교역에 대한 화제가 나왔을 때, 부바르는 페퀴셰도 데려왔다. 겨울 내내, 카페에서는 사나운 눈초리와 경멸하는 태도와 욕설과 고함소리가 그치지 않았다. 주먹으로 식탁을 쳐서 병을 깨뜨리기도 했다.

랑글루아와 다른 상인들은 국가가 관장하는 상업을 옹호했다. 제사 공장 주인 브와젱, 압착기 관리인 우도, 금은세공품상 마티유는 국영 산업을 옹호하고, 지주와 소작인들은 국영 농업을 옹호했다. 모두들 다수의 불이익은 돌보지 않고 각자 자기의 이익만을 요구했다. 부바르와 페퀴셰의 이야기는 모두를 놀라게 했다.

집안의 성(姓)을 등록 번호로 대신할 것.

프랑스인들의 등급을 나눌 것, 그리고 그 계급을 유지하기 위해서 때때로 시험을 치를 것.

더 이상 처벌도 포상도 없지만, 후손에게 물려줄 개인 연대기를 모든 마을에 마련할 것.

사람들은 그들의 계획에 코웃음을 쳤다.

그들은 그 계획에 대해 바이외 신문에 보낼 기사와, 도지사에게 보낼 의견서, 의회에 보낼 청원서, 황제에게 보낼 진정서를 작성했다.

그러나 그들의 기사는 신문에 실리지 않았다. 도지사는 답장도 해주지 않았고, 의회에서도 무소식이었다. 그들은 오랫동안 궁전에서 편지가 오기를 기다렸다. 도대체 황제는 무슨 일에 관심을 갖고 있는 건가? 틀림없이 여자들이겠지!

푸로는 군수를 대신해서 부바르와 페퀴셰에게 좀 신중히 행동하라고 충고했다.

그들은 군수, 도지사, 도의회, 게다가 참사원까지 비웃었다. 행정에서는 특혜를 준다거나 아니면 위협을 하는 식으로 관리를 부당하게 다스리므로, 행정재판이란 그야말로 괴상망측한 것이라고 했다. 요컨대 그들은 마을에서 거북한 존재가 된 것이다. 마을 유지들은 벨장브에게 더 이상 두 사람을 받아들이지 말라고 지시했다.

그러자 부바르와 페퀴셰는, 자기들을 존경하지 않을 수 없도록 마을 사람들을 감탄시킬 만한 업적을 이루어 유명해지고 싶었다. 그들은 샤비뇰을 아름답게 꾸미는 계획이 최선의 방법이라고 생각했다.

가옥의 사분의 삼은 헐어야 할 것이다. 마을 한복판에는 기념 광장을, 팔레즈 쪽으로는 양로원을, 캉으로 가는 도로 위에는 도살장을, 바크 언덕에는 로마네스크 양식의 울긋불긋한 교회를 세울 것이다.

페퀴셰는 먹으로 수묵화를 그렸다. 숲은 노란색으로, 들판은 초록색으로, 건물은 붉은색으로 칠하는 것을 잊지 않았다. 이상적인 샤비뇰의 조감도는 페퀴셰를 공상에 빠지게 했다! 그는 잠자리에서 이리저리 뒤척였다. 어느 날 밤 부바르는 그 소리에 잠이 깼다!

"자네 어디 아픈가?"

"오스망115)때문에 잠이 오질 않아."

페퀴셰가 우물우물 말했다.

그럴 즈음, 페퀴셰는 뒤무셸한테서 노르망디 해변에서 해수욕을 하려면 비용이 얼마나 드는지를 묻는 편지를 받았다.

"이 친구가 해수욕을 간다고! 우리가 편지 쓸 시간이 있을까?"

부바르와 페퀴셰는 측량쇠줄, 측각기, 연통관식 수준기와 나침반을 구비하여 다른 연구를 시작했다.

그들은 남의 집 안으로 들어가기도 했다. 마을 사람들은 때때로 두 사람이 마당에 푯말을 세우고 있는 것을 보고 깜짝 놀랐다. 부바르와 페퀴셰는 침착한 태도로 앞으로의 일을 알려주었다. 이야기를 들은 사람들은 불안해했다. 나중에 당국이 그들의 의견에 따르게 될지도 모르기 때문이었을까?

부바르와 페퀴셰는 때때로 거칠게 내쫓기기도 했다. 빅토르는 벽 꼭대기로 기어 올라가서 시준표(視準標)를 매달아놓는 일을 맡았는데, 그 일에 대단한 의지와 열성을 보였다.

부바르와 페퀴셰는 빅토린에게 더 만족해하고 있었다.

빅토린은 다림질을 하면서 부드러운 목소리로 콧노래를 불렀으며, 집안일에 흥미를 가지고 부바르에게 빵모자를 만들어 주기도 했다. 그리고 빅토린의 바느질 솜씨는 로미슈의 찬사를 받았다.

로미슈는 옷을 수선해주러 농장에 다니는 재단사 중의 한 사람이었다. 그는 부바르와 페퀴셰의 집에서 십오 일간 머물렀다.

그는 꼽추에다가 눈동자가 붉었는데, 그러한 신체적 결함을 익살스러운 기질로 만회하고 있었다. 주인들이 외출하고 나면 재미있는 이야기로 마르셀과 빅토린을 즐겁게 해주기도 하고, 혀를 턱에까지 내밀기도 하고, 비둘기 흉내를 내기도 하고, 복화술을 보여주기도 했다. 저녁에는 여인숙 경비를 절약하느라고, 세탁장에서 잠을 자곤 했다.

그런데 어느 날 아침 일찍, 부바르는 일을 하려고 불을 지필 나무 찌꺼기를 가지러 세탁장으로 갔다.

그는 그곳의 광경을 보고 아연실색했다.

부서진 궤짝 뒤의 짚을 넣은 매트 위에 로미슈와 빅토린이 나란히 누워 있었다.

로미슈는 한 손으로 빅토린의 허리를 감싸고 원숭이 팔처럼 기다란 다른 손으로는 무릎을 잡은 채 눈을 반쯤 감고 있었는데, 얼굴은 아직도 쾌락의 여흥으로 떨리고 있었다. 빅토린은 똑바로 누워 미소를 짓고 있었다. 벌어진 윗도리 사이로 드러나 보이는 아직 영글지 않은 젖가슴에는 남자의 애무로 빨간 반점이 새겨져 있었다. 금발의 머리카락은 헝클어져 있었고, 새벽의 햇빛이 두 사람 위로 희미한 빛을 비추고 있었다.

부바르는 가슴에 심한 충격을 받았다. 수치심 때문에 단 한 발자국도 움직일 수가 없었다. 그는 고통스러운 번민에 휩싸였다.

"그렇게 어린 것이! 타락했어! 타락했어!"

그는 페퀴셰를 깨웠다. 단 한마디에 페퀴셰는 사건의 전말을 알 수 있었다.

"아! 파렴치한 놈!"

"우리는 손 쓸 도리가 없네! 진정하게!"

그들은 서로 마주보고 한참 동안 한숨을 쉬었다. 프록코트를 입지 않은 부바르는 팔짱을 끼고 있었고, 페퀴셰는 맨발에다가 면모자를 쓰고 침대 가장자리에 있었다.

로미슈는 일을 끝내서, 그날 떠나기로 되어 있었다. 부바르와 페퀴셰는 거만한 태도로 아무 말 않고 비용을 지불했다.

그러나 운명은 그들을 가만 놔두지 않았다.

마르셀이 두 사람을 몰래 빅토르의 방으로 데리고 가서, 장속에 있는 이십 프랑짜리 화폐를 보여주었다. 빅토르가 마르셀에게 그것을 잔돈으로 바꾸어달라고 부탁했다는 것이다.

어디서 난 것일까? 틀림없이 측량을 하느라고 마을을 순회하는 동안 훔친 것이다!

만약 사람들에게 들켰다면, 그들은 공범으로 몰렸을 것이다.

마침내 부바르와 페퀴셰는 빅토르를 불러서 서랍을 열어보라고 했다. 돈은 거기에 없었다.

그렇지만 그들은 방금 전에도 돈을 보았고, 또 마르셀은 거짓말을 할 수 있는 사람이 아니었다. 마르셀은 이 일로 너무 얼이 빠져서, 부바르한테 온 편지를 아침부터 주머니에 그냥 넣어가지고 있었다.

'부바르 씨,

혹시 페퀴셰 씨가 아픈 게 아닐까 걱정을 하면서, 당신에게 도움을 청합니다.'

도대체 누가 보낸 편지인가? 처녀 때의 성이 샤르포라고 하는 올랭프 뒤무셸이었다.

그들 부부는 어떤 해수욕장이 가장 조용한지, 쿠르쇨인지, 랑그륀인지, 위스트르암인지 묻고 있었다. 그리고 교통 수단과 세탁비용 등 모든 것에 관해서 물었다.

부바르와 페퀴셰는 성가시게 구는 뒤무셸에게 화가 났고, 피곤함 때문에 더욱 의기소침해졌다.

그들은 자기들에게 일어난 불행과, 그토록 많은 교육을 시키며 신중을 기하고 고심하던 일들을 정리해보았다.

"우리가 바라던 것을 생각해봐. 빅토린은 여자 조교로 만들고 싶었지! 그리고 빅토르는 요즘 들어 현장 감독으로 만들고 싶었고 말이야!"

"빅토린이 타락한 것은 독서 때문이야."

"나는 빅토르를 정직한 사람으로 만들려고 카르투슈[116]의 전기를 읽혔네."

"어쩌면 그 아이들에게 가족이 없고 엄마의 보살핌이 없었기 때문인지도 몰라."

"나는 그 아이들의 가족이었어!"

부바르가 반박했다.

"유감스러운 일이지만, 천성적으로 도덕성이 결여된 사람들이 있는 법이야. 그래서 교육을 시켜도 아무 효과가 없지."

페퀴셰가 다시 말했다.

"아! 그래! 교육이란 아무 소용 없는 짓이야."

두 고아들은 아무 기술이 없으니까, 하인의 일자리를 구해 줄 것이다. 그리고 운명을 하늘에 맡기고 더 이상 상관하지 않으리라! 그때부터 부바르와 페퀴셰는 두 아이를 부엌에서 식사하게 했다.

그러나 그들은 곧 지루해졌다. 그들의 정신은 일을 필요로 하고, 그들의 존재는 목적을 필요로 하는 것이다!

게다가 실패한 게 어떻다는 건가? 아이들에 대해서는 실패했지만, 어른들에 대해서는 좀 쉬울 수도 있지 않을까? 그래서 이번에는 어른들을 대상으로 강의를 하기로 했다.

우선 그들의 사상을 설명하기 위한 강연회가 필요할 것이다. 강연회 장소로는 여인숙의 큰 방이 안성맞춤일 것이다.

부면장이기도 한 벨장브는 위험한 일에 말려들까 봐 걱정이 되어서 처음에는 거절했다. 그러나 곧 생각을 바꾸어서, 하녀를 보내 그 사실을 알려왔다. 부바르는 너무 기뻐서 하녀의 두 볼에 키스를 퍼부었다.

면장은 부재중이었고 다른 부면장인 마레스코는 사무실 일로 바빠서, 강연회는 다음 일요일 세 시에 열리기로 되었다. 관청의 연락책이 그 사실을 통지해주었다.

강연회 전날 밤이 되어서야 부바르와 페퀴세는 어떤 복장을 할까 하고 생각했다.

페퀴세는 다행히 벨벳 깃이 달린 낡은 예복과 흰 넥타이 두 개와 검은 장갑을 가지고 있었다. 부바르는 푸른색 프록코트와 담황색의 무명 조끼를 입고, 비버 가죽 구두를 신었다. 그들은 마을을 가로질러 가면서 매우 흥분해 있었다.

여기서 귀스타브 플로베르의 원고는 끝나 있다.

그의 서류 속에서 발견된, 이 작품의 결말에 대한 개요를 싣는다.

강연회

여인숙. 이층 측면에는 나무 복도가 있고, 발코니가 튀어나와 있다. 그 안이 숙소다. 일층에는 카페와 식당, 당구대가 있다. 문과 창문이 모두 열려 있다.

마을 유지들과 서민들이 모두 모여 있다.

부바르 : 우선 그들의 계획의 유익성을 증명하는 이야기를 한다. 그들은 연구를 했기 때문에 말할 권리가 있다.

페퀴셰의 현학적인 연설.

정부와 행정의 어리석음. 세금이 너무 많다. 군대와 종교에 대한 예산을 삭제하여 절약해야 한다.

페퀴셰는 종교를 멸시한다고 비난을 받는다.

그러나 오히려 종교의 혁신이 필요하다.

푸로가 나타나서 모임을 해체시키려고 한다.

부바르는 부엉이를 어리석게 두둔하던 것을 들먹이며 면장을 조롱한다. 푸로의 반박 : "식물에 해가 되는 모든 동물을 없애야 한다면, 풀을 먹는 가축도 또한 없애야겠군요."

푸로가 퇴장한다.

부바르의 일상적인 연설.

편견에 대한 것 : 신부들의 독신 생활, 간통의 경박함, 여성 해방. 여자들의 귀고리는 옛날 노예, 즉 남자들의 종마라는 표시이다.

사람들은 빅토르와 빅토린의 나쁜 행실에 대해 부바르와

페퀴셰를 비난한다. 또한 왜 죄수의 아이들을 데려다 키우는 지 묻는다.

인간 개량에 대한 이론. 그들은 투아슈와 저녁 식사도 할 것이다.

푸로가 다시 온다. 그는 부바르에게 복수하려는 마음에서 면의회로 보내는 부바르의 청원서를 읽는다. 그 청원서는 로뱅[117]의 이론을 근거로 하여 샤비뇰에 매음굴을 설치해달라고 요구하는 내용이다.

모임은 커다란 소동 속에서 폐회된다.

집으로 돌아오는 길에, 그들은 얼룩말을 타고 팔레즈로 달려가는 푸로의 하인을 발견한다.

그들은 자신들을 향하여 모든 사람들의 증오가 들끓어 오르는 것도 눈치 채지 못한 채, 너무 피곤해서 잠이 든다. 신부, 의사, 면장, 마레스코, 서민들 등 모든 사람들이 그들을 미워하는 이유에 대한 설명.

———

다음 날 점심 때, 그들은 강연회에 대해 다시 이야기한다.

페퀴셰는 인류의 미래를 어둡게 생각한다.

현대인은 그 가치가 떨어져서 하나의 기계처럼 된다는 것이다.

종국에는 인류가 혼란 상태에 빠진다(뷔흐너, I · II).

불가능한 평화(같은 책).

극도의 개인주의로 인한 잔인함과 과학의 망상.

세 가지 가정이 가능하다. 범신론적인 급진주의는 과거와의 모든 관계를 단절시키고, 비인간적인 독재 정치가 계속될 것이다. 둘째, 유신론적인 절대주의가 팽배하게 되면, 종교개혁 이후 인류에게 파고들었던 자유주의는 사라지며 모든 것이 뒤집어진다. 셋째, 1789년 이후 시작된 격변이 계속되면, 우리는 두 가지 결말 사이에서 저항하지 못하고 끊임없이 동요하게 될 것이다.

더 이상 이상도, 종교도, 도덕성도 존재하지 않을 것이다.

아메리카가 지구를 정복하게 될 것이다.

문학의 미래.

상스러움이 보편화되고, 모든 것이 노동자들의 거대한 먹자판에 불과할 것이다.

열소(熱素)가 정지되어 세상은 종말을 맞게 된다.

부바르는 인류의 미래를 아름답게 생각한다. 현대인은 진보하고 있다는 것이다.

역사의 법칙에서는 문명이 동양으로부터 서양으로 이행되어가므로, 유럽은 아시아에 의해 다시 지배될 것이다. 중국이 큰 역할을 할 것이다. 그리하여 마침내 두 종류의 인간이 융합하게 될 것이다.

여행하는 방법이 미래에 발명될 것이다. 풍선과 같은 기구. 바다 속으로 다니는 유리창이 달린 배. 바다의 동요는 표면에서만 있는 것이므로, 바다 속은 늘 잠잠할 것이다. 그리고 물고기가 지나가는 것과 대서양 속의 풍경을 볼 수 있을 것이다. 동물을 길들이고 모든 것을 경작한다.

문학의 미래(산업문학에 대한 반대론). 미래의 과학. 자기력(磁氣力)을 조정하게 된다.

파리에는 온실이 있고, 가로수 길에는 과일나무가 있을 것이다. 센 강은 여과되고 따뜻하며, 인조 보석이 풍부하다. 도금술도 발달하고 빛을 축적해서 주택의 조명 시설도 좋아진다. 설탕이나 어떤 연체동물의 몸이나 볼로냐[118]의 발광 물질과 같이 빛을 축적하는 성질을 가진 물질이 있기 때문이다. 인광을 발하는 물질로 집을 칠하게 되면, 거기에서 나오는 빛으로 거리를 밝히게 될 것이다.

부족한 것이 없어서 죄도 사라질 것이다. 철학은 종교가 될 것이다.

모든 민족이 일치를 이루어 공동의 축제가 열린다.

별에도 가게 될 것이다. 지구를 너무 오래 사용해서 소모되면, 인류는 별로 이사하게 될 것이다.

부바르가 말을 마치자마자 헌병들이 들어온다.

———

헌병들을 보고 아이들이 놀란다. 어린 시절의 어렴풋한 기억 때문이다.

마르셀이 슬픔에 잠긴다.

부바르와 페퀴셰는 불안해한다. 빅토르를 체포하러 온 것인가?

헌병들이 영장을 제시한다.

강연회 때문이다. 종교와 질서를 문란하게 하고 반란을 선동했다는 등의 이유로 고발된 것이다.

뒤무셸 부부가 갑작스레 도착한다. 그들은 해수욕을 하러 왔다. 뒤무셸은 하나도 변하지 않은 모습이다. 안경을 끼고 있는 부인은 우화 작가라고 한다. 그들은 당황한다.

면장은 부바르와 페퀴셰의 집에 헌병들이 온 것을 알고, 이에 용기를 얻어 나타난다.

고르귀는 당국이나 여론이 두 사람을 비난하는 것을 알고, 이 기회를 이용하려고 푸로를 따라온다. 고르귀는 두 사람 중에서 부바르가 더 부자라고 생각하고, 옛날에 부바르가 멜리를 범했다고 고발한다.

"내가, 천만에!"

페퀴셰는 몸을 떤다.

"게다가 멜리에게 나쁜 병을 옮겼다고요!"

부바르는 소리를 지르며 항의한다. 그러자, 고르귀는 적어도 태어날 아이의 양육비는 내야 한다고 말한다. 멜리가 임신 중이라는 것이다. 이 두 번째의 고발은 카페에서 부바르가 멜리에게 다정하게 군 행동에 기인한 것이다.

구경꾼들이 점점 그들의 집으로 모여든다.

장사차 그 고장에 와 있던 바르브루가 사건의 자초지종을 방금 여관에서 듣고 찾아온다.

그는 부바르에게 죄가 있는 줄 알고, 부바르를 한옆으로 데리고 가서 양보하고 양육비를 주라고 권유한다.

의사, 백작, 렌, 보르댕 부인, 양산을 쓴 마레스코 부인과 마을의 다른 유지들이 온다. 동네의 사내아이들은 살울타리 밖에서 정원에다가 돌을 던진다. 마을 사람들은 잘 손질된 그들의 정원을 질투하고 있었다.

푸로는 부바르와 페퀴셰를 감옥에 집어넣으려고 한다.

바르브루가 개입하자, 마레스코와 의사와 백작도 모욕적인 동정심을 보이면서 덩달아 개입한다.

영장에 대한 설명 : 푸로의 편지를 받은 부지사는 부바르와 페퀴셰에게 겁을 주기 위해서 영장을 보냈을 뿐이고, 마레스코와 파베르주에게는 두 사람이 뉘우치는 기색을 보이면 그냥 내버려두라는 내용의 편지를 보냈다는 것이다.

일동은 흥분을 가라앉힌다. 부바르는 멜리에게 양육비를 지불하기로 한다.

그러나 사람들은 빅토르와 빅토린을 부바르와 페퀴셰 밑에 그대로 둘 수 없다고 한다. 그들은 반대하지만, 고아들을 합법적인 양자로 삼지 않았기 때문에 어쩔 도리가 없다.

면장이 다시 아이들을 데려간다.

아이들은 불쾌하기 짝이 없을 정도로 냉담하다.

그 때문에 부바르와 페퀴셰는 슬퍼한다.

뒤무셸 부부는 가버린다.

———

그리하여 그들은 모든 일에 실패하고 말았다.

이제는 더 이상 인생에 대해 아무런 흥미도 느끼지 않는다.

그들은 각각 남모르게 좋은 생각을 품고 있다. 그리고 그것을 서로 감추고 있다. 이따금 그들은 그 생각을 하면서 미소 짓는다. 그리하여 마침내 동시에 서로 그 생각을 털어놓는다. 필경을 하자.

대가 두 개 달린 사무용 책상을 만든다. (어느 목수에게 그것을 의뢰한다. 고르귀는 그들의 계획을 듣고 자기가 책상을 만들어주겠다고 하지만, 그들은 궤짝에 대한 일을 상기하고 그만두게 한다.)

장부, 사무 용구, 산다라크 수지(樹脂), 글자를 긁어 지우는 칼 등을 사들인다.

그들은 필경에 착수한다.

작 가 인 터 뷰

◆

인간의 지성에 대한
풍자와 해학

◆

이 인터뷰는 Yvan Leclerc, *La spirale & le monument*(Paris : SEDES, 1988) ; Claude Digeon, *Le dernier visage de Flaubert*(Paris : Aubier, 1946) ; *Bouvard & Pécuchet centenaires*(Paris : La Bibliothèque d' Ornicar?, 1981) ; *Nouvelles recherches sur "Bouvard et Pécuchet" de Flaubert* (Paris : SEDES, 1981), 그리고 플로베르의 서간문 등을 참조하여 옮긴이가 가상으로 구성한 것이다.

진 인 혜_《통상 관념 사전 *Le Dictionnaire des idées reçues*》에 이어 선생님과 두 번째로 인터뷰를 하게 되어 영광입니다. 흔히 플로베르 하면 일반 독자들은 《보바리 부인 *Madame Bovary*》이나 《감정교육 *L'Éducation sentimentale*》을 대표작으로 떠올리게 되는데, 저는 선생님의 작품을 공부하면서 《부바르와 페퀴세 *Bouvard et Pécuchet*》가 가장 인상 깊었습니다. 우선 형식과 내용 면에서 매우 독특한 작품일 뿐만 아니라, 50년간의 창작 활동의 최후를 장식하는 마지막 작품답게 작가의 다양한 사상을 총체적으로 보여주는 작품이기 때문이지요. 그래서 한국에 소개되지 않은 《부바르와 페퀴세》를 번역하여 플로베르라는 작가의 진면목을 한국 독자들에게 알려주고 싶었고, 책 세상에서 1995년에 처음 번역, 출간되었지요. 더구나 이 책은 저의 처녀 번역작(이런 표현이 가능한지 모르겠지만)이었어요. 이런 점에서 이 책은 개인적으로 제가 가장 좋아하는 작품이자 제게는 남다른 애정이 느껴지는 작품입니다. 10여 년이 지난 지금 책세상문고·세계문학 시리즈를 통해 다시 출간을 하게 되니 감회가 새롭네요. 이 작품이 처음 출판된 후, 저의 변변치 못한 실력 탓에 선생님의 대작에 누를 끼친 것이 아닌가 하는 부족함을 느껴 못내 아쉬워했었지요. 다시 책을 내게 되면 철저하게 보완하리라 다짐했었는데, 지금 이 순간에도 역시 부족함을 떨쳐버릴 수가 없군요.

플로베르_ 넓게 보면 번역 역시 문학의 한 분야일 텐데, 문학을 함에 있어서 부족함을 느끼지 않는 순간이 과연 얼마나 되겠습니까? 제 일생은 문장 하나, 단어 하나를 붙들고 끊임없이 저의 부족함과 싸우는 지난한 고통의 연속이었습니다. 물론 그것이 한편으로는 저의 기쁨이기도 했지만요. 《부바르와 페퀴셰》는 인간 관념의 희극적인 요소들을 다루는 작품으로, 당시에는 그런 내용을 담은 작품이 없었습니다. 그래서 만약 이 일에 성공한다면 지구는 더 이상 나와 같은 사람을 품고 있을 만한 자격이 없을 거라고 오만에 차서 말한 적도 있었습니다만, 거의 대부분의 시간을 죽을 듯한 고통 속에서 보냈습니다. 다른 작품들도 어느 것 하나 수월하게 집필한 적 없지만, 특히 이 작품은 대단한 인내와 쓰라린 고통이 필요했지요.

진인혜_ 끊임없는 수정과 다시 쓰기를 거듭하는 선생님의 집필 방식에 대해서는 익히 잘 알려져 있습니다. 유독 《부바르와 페퀴셰》를 집필하기가 더 어려웠던 이유가 있었는지요?

혹시 조카딸의 파산으로 말미암은 경제적인 어려움이 선생님께 고통을 가중시킨 요인이었나요?

플로베르_ 물론 말년에 닥친 경제적인 어려움은 저를 아주 비참하게 만들었습니다. 제가 겪어야 하는 궁핍함도 힘들었지만, 사랑하는 조카딸이 돈 때문에 고통스러워하는 모습을 바라보기도 무척 괴로웠죠. 하지만《부바르와 페퀴셰》를 집필하면서 느낀 고통은 돈 때문이 아니었습니다. 그런 현실적인 요인을 거론하자면, 돈 문제 말고도 많았지요. 이리저리 옮겨 다니면서 재발하는 통풍과 온몸의 통증 때문에 건강도 좋지 않았고, 또 무엇보다 완전한 고독 속에서 살았거든요. 이 작품의 준비 작업에 본격적으로 착수한 해가 1872년이었는데, 바로 그 해 봄에 늘 곁에서 보살펴주시던 어머니가 돌아가셨어요. 어머니와 단둘이 살던 크루아세에 혼자 남아, 정말이지 충고도 격려도 아주 사소한 도움도 없이 지내면서 우울함에 시달리곤 했지요. 오죽하면 조르주 상드가 점점 비사교적으로 되어 가는 저를 나무라며 결혼을 권했겠습니까? 사랑할 수 있는 여자를 찾아보라고 말입니다.

진인혜_《부바르와 페퀴셰》를 집필하던 당시에도 줄리엣 허버트와의 관계는 계속된 것으로 아는데요.

플로베르_ 아, 제 전기를 쓴 허버트 로트먼이 들춰냈던 그 영국인 가정교사 말입니까? 로트먼의 전기 때문에 비밀스럽게 감춰져 있던 그녀의 존재가 뒤늦게 들통 났었지요. 줄리엣 허버트와는 1년에 한 번씩 만났어요. 그녀는 런던에 살았으니까, 휴가 때마다 늦여름에 파리로 와서 며칠간 머물다 가곤 했지요. 제가 죽기 전 해의 여름에도 만났지요. 그게 결국 마지막 만남이 되고 말았지만요. 물론 그녀와의 밀회는 크루아세에 처박혀 혼자 지내던 제게 더할 수 없는 기쁨이었지만, 아시다시피 그녀와의 관계는 공개된 사이도 아니었을뿐더러 며칠간의 만남으로 고독을 떨쳐버릴 수는 없는 일 아닙니까? 저는 어느 누구보다도 사랑을 많이 했지만, 제 주위에 고독이 점차 자라나게 된 것은 운명이고 필연적인 것이라고 생각합니다. 문학을 위해 스스로 고독을 선택한 경우가 많았으니까요. 오래된 일입니다만, 오랫동안 관계를 맺어왔던 루이즈 콜레와 결별하게 된 것도 따지고 보면 그런 이유에서였지요. 그러니까 고독감 때문에 《부바르와 페퀴셰》를 집필하는데 어려움을 많이 겪었다고 말할 수는 없을 겁니다. 《부바르와 페퀴셰》를 집필하면서 겪은 고통은 근본적으로 작품 자체에서 비롯되는 것이었습니다. 진지하면서 동시에 희극적일 뿐만 아니라 충격적이기까지 한 작품을 쓰는 일에 솔직히 두려움을 느꼈거든요. 집필을 시작할 당시, 마치 미지의 세계를 향해 다시는 돌아오지 못할 기나긴 여행을 떠나는 것 같은 기분이 들었습니다. 결국 작품을 끝내지 못하고 1880년에 뇌일혈로 생을 마감했으니, 그 예감은 적중했던 셈이군요. 조리를 잃고 삭제를 거듭하고 그러다가 절망에 빠지는 일이 허다했습니다. 써 나가는 일도 엄청나게 어려웠고, 제가 전혀 알지 못하는 많은 것

들을 배워야 했거든요. 어찌나 힘들었던지 1875년부터 1877
년까지는《부바르와 페퀴셰》의 집필을 중단하고 다른 작품을
쓰기도 했습니다.

진인혜_ 그때 쓰신 작품이 〈단순한 마음Un Coeur simple〉,
〈성 쥘리앵전La Légende de Saint Julien l'Hospitalier〉, 〈에
로디아스Hérodias〉라는 세 단편을 묶은 《세 가지 이야기 *Trois
Contes*》지요? 이 작품이 좋은 반응을 얻고 걸작으로 칭송을 받
았으니,《부바르와 페퀴셰》를 다시 시작할 수 있는 기운을 회
복하셨겠군요.

플로베르_ 사실《세 가지 이야기》를 끝내고《부바르와 페
퀴셰》를 다시 시작하려니 그 작품의 어려움에 기가 질리더군
요. 하지만 설사 가슴이 찢어지는 한이 있더라도 쓰지 않을 수
없었습니다. 이 작품은 나와 동시대인들에게서 느낀 혐오감
과 분노를 송두리째 토해놓는 구토와도 같은 작품이니까요.
그것이 아무리 쓰라린 작업이어도, 제 마음을 가득 채우며 짓
누르고 있던 모든 것을 비워내야만 했어요. 목에까지 차올라
서 터져버릴 지경이었으니까요. 조르주 상드에게 이 작품은
내 마지막 유언이라고 말한 적이 있었는데, 아무래도 저는 이
작품을 쓰면서 죽음을 예감하고 있었던가 봅니다. 한 마디로
말해서,《부바르와 페퀴셰》는 저의 모든 경험과 인간 그리고
인간의 사업에 대한 판단이 집약된 유작(遺作)입니다. 이전의
모든 작품들은 이 마지막 작품을 위한 준비 작업에 지나지 않

는다고 해도 과언이 아닐 정도로, 저는 이 작품에 저의 모든 것을 쏟아 부었습니다. 이 작품이 단지 마지막 작품이어서가 아니라 그런 면에서 유작이라는 의미가 더 크다고 할 수 있지요. 두 인물을 통하여, 제 마음속을 가득 채우고 있던 분노와 고통을 모두 쏟아내느라 혼신의 힘을 다했거든요. 말하자면 《부바르와 페퀴셰》는 제 모든 작품의 방대한 통합체로, 제가 좋아하는 주제들이 훨씬 체계적이고 의도적인 방법으로 변형되고 희화되어 있습니다.

진인혜_ 《부바르와 페퀴셰》에 부제도 붙이셨지요?

플로베르_ 네, '인간의 어리석음에 대한 백과전서' 혹은 '과학에 있어서의 방법의 결여'라는 부제를 붙였지요. 부제가 말해주듯이, 《부바르와 페퀴셰》에서는 현대 사상을 광범위하게 조사하고 있습니다. 두 주인공이 학문의 여러 분야를 망라하여 연구를 하는 까닭에 다분히 철학적이기도 합니다. 이 때문에 저는 1,500권이 넘는 전문서적을 탐독했고, 메모한 공책만 해도 높이가 8인치나 되었습니다.

진인혜_ 정말 《부바르와 페퀴셰》를 읽고 있노라면, 마치 모든 항목들이 뒤죽박죽 섞여서 우스꽝스러운 대혼잡을 이루고 있는 백과사전을 넘기는 듯한 인상을 받게 됩니다. 저 역시 번역을 하면서 다양한 분야의 수많은 저자들의 인명과 전문적인 내용 때문에 무척 힘들었고, 과연 제가 끝까지 번역해낼 수 있을까 하는 생각에 자신감을 잃었던 적이 한두 번이 아닙니다. 독자들의 이해를 돕기 위해 나름대로 옮긴이주를 첨가하다 보니, 무려 390여 개에 달하는 주를 달게 되었지요. 익히 잘 알려진 인명이나 지명에 대한 주는 생략했는데도요. 단순히 백과사전이나 인터넷을 뒤지는 것으로는 알아낼 수 없는 내용이 많았는데, 이탈리아의 문학평론가 알베르토 첸토Alberto Cento의 《"부바르와 페퀴세"에 대한 주석Commentaire de "Bouvard et Pécuchet"》이라는 책에서 도움을 많이 받았지요. 하지만 《부바르와 페퀴세》는 단순히 백과사전적인 지식의 나열이 아니었어요. 과학과 허구, 백과사전과 소설이 기묘하게 어우러져서 서가의 어떤 칸으로도 분류하기가 불가능한 것처럼 보이는 독특한 작품이라고 생각합니다. 연애소설이니, 탐정소설이니, 역사소설이니 하는 전통적인 관점에서 행해지는 소설의 분류 체계를 넘어선다고나 할까요?

플로베르_ 그렇습니다. 이념이나 사상 또는 과학에 대한 방대한 작업이 단지 창작을 위한 준비 작업으로 그친 것이 아니라, 허구의 소설적 논리로 변형되었기 때문이죠. 아마도 연애소설과 같은 것을 기대하는 독자들은 실망하게 되겠지요. 하지만 저는 예술을 이해할 수 있는 세련된 사람들을 위해 작품을 쓰고 싶었습니다. 그런 사람이 불과 몇 명에 지나지 않는다 하더라도 말입니다. 극적인 사건의 전개가 주도하는 전통적인 소설의 범주를 넘어서서, 일반적으로 소설이라고 불리는 범주를 초월하는 새로운 시도를 해보고 싶었던 것입니다.

진인혜_ 바로 그런 점 때문에 많은 비평가들이《부바르와 페퀴셰》를 누보로망이나 앙티로망이라는 줄기의 첫머리에 자리 매기기도 하지요.

플로베르_ 새로운 소설을 시도한다는 점을 고려한다면 그렇게 볼 수도 있겠군요. 말 그대로 누보로망이란 새로운 소설을 뜻하는 것이니까요. 하지만 일련의 누보로망과 달리 제 작품에는 확실한 등장인물들이 있고, 또한 줄거리도 비교적 확연히 드러나지요. 작품을 집필하던 당시에는 길고 어려운 책이라서 독자들이 제 작품을 읽지 않을지도 모른다는 생각에 늘 괴로웠습니다만, 이런 점에서 보면 누보로망 계열의 작품보다는 독자들에게 더 쉽게 다가갈 수 있을 것 같군요. 어쨌거나 줄거리가 있고, 작품의 주제라는 것을 요약해서 나타낼 수 있으니까요. 간단히 말하자면 저는《부바르와 페퀴셰》를 통해 인간의 지성이 얼마나 헛된 것이며 인간의 본질 앞에서 과학은 근본적으로 무능하다는 것을 폭로하고 싶었습니다.

진인혜_ 선생님은 과학이 계속 발전하던 시대에 살았으면서도 과학을 불신하셨나 봅니다.

플로베르_ 과학을 무조건 부인한 것은 아닙니다. 다만 과학이 바로 진리이고 권력이며 행복을 가져다주는 것이라고 터무니없이 믿고 있던 당시의 시대정신에 분개했던 것이지요. 사실 절대적인 진리란 어디에도 존재하지 않는 것 아닙니까? 그런데도 마치 신과 같은 태도로 모든 것을 설명하면서 단정적으로 결론 내리는 것은 결국 인간의 어리석음에서 기인하는 것이라고 보았지요. 제가 평생을 두고 그렇게도 못 견뎌했던 인간의 어리석음 말입니다. 《부바르와 페퀴셰》에는 하나의 주제에 대해서 매번 상반되는 이론이 동시에 제시됩니다. II장에서부터 X장에 이르기까지 두 주인공은 원예, 농업, 화학, 의학, 지질학, 고고학, 역사, 문학, 철학, 종교, 교육 등 온갖 분야의 학문을 두루 접하게 됩니다. 그리고 그들은 그때마다 매번 전문서적을 탐독하고 절대적인 진실을 추구하며 과학 이론을 현실에 적용하려고 노력하지만 늘 실패하고 맙니다. 서로 모순되는 이론들이 대립적인 평행 관계를 이루며 제시되기 때문에, 비교해보아도 어느 것이 더 가치 있는 것인지 진위를 구별하지 못하기 때문이지요. 대립되는 두 가지 이론 또는 이론과 현실 사이에는 결코 줄일 수 없는 간격이 있으므로 유일하고 절대적인 진리를 찾고자 하는 부바르와 페퀴셰의 시도는 불가능하게 됩니다. 그리고 결국에는 모든 것을 동등하게 덧없는 것으로 인식하게 되지요. 저마다 다르게 진리를 말하고 있는 수많은 책 속에서, 아무것도 구별하지 못하는 상태가 초래되는 것입니다.

진인혜_ 각각의 주제마다 서로 상반되는 주장을 펼치는 전문서적을 어떻게 그렇게 적절하게 찾아낼 수 있었는지 그저 놀라울 뿐입니다. 그런데 저는 의미적인 차원에서만이 아니라, 작품의 순환구조 역시 '구별하지 못하는 상태'를 초래하는 효과를 보여준다고 생각합니다. 우선 출발점에서부터 도착점에 이르기까지,《부바르와 페퀴셰》의 이야기는 하나의 커다란 원을 그리고 있지요. 두 인물이 필경에서 출발해 다시 필경으로 돌아가니까요. 게다가 소설을 이루고 있는 모든 장의 구조도 역시 작은 원을 이루고 있습니다. 모든 장은 새로운 분야의 도입으로 시작해 그 주제를 포기하는 것으로 끝납니다. 모든 장에서 두 인물은 하나의 주제에 대해 흥미와 열정을 느끼고 연구를 시작했다가 차츰 흥미를 상실하고 실패한 후 권태와 좌절을 느끼게 되는 동일한 리듬을 따르고 있어요. 즉 소설의 모든 장은 동일한 원을 반복하고 있는 셈이지요. 출발점으로 되돌아오는 동일한 원이 무한히 반복되는 이와 같은 순환구조 속에서는 결국 아무것도 구별하지 못하는 무의미의 심연에 빠지게 되는 게 아니겠습니까?

플로베르_ 좋은 해석이군요. 어떤 평론가는 단순한 구조를 반복함으로서 작품을 지루하게 만들었다고 혹평을 하기도 했습니다만,《부바르와 페퀴셰》에는 순환구조의 반복이 반드시 필요하다고 생각합니다. 동일한 원이 반복되는 구조 속에서 부바르와 페퀴셰는 마침내 실패와 성공, 인간의 어리석음과 지성, 그 모두가 다 구별할 필요가 없는 똑같은 사실임을 깨닫게 되지요. 선과 악, 아름다움과 추함, 무의미한 것과 특별한 의미를 지닌 것, 이 모든 것이 다 똑같다는 깨달음이 그리 쉽게 얻어질 수 있는 것은 아니지 않습니까? 이것은 제가 항상 저 스스로에게 하는 말이기도 했습니다. 이런 깨달음이 없으면 세속적이고 물리적인 것에 연연하게 되고, 그 집착은 또한 인간의 어리석음과 추함을 여지없이 드러내줄 뿐이니까요.

진인혜_ 그런 깨달음을 얻었다면, 부바르와 페퀴셰는 겉보기와는 달리 결코 어리석은 인물이라고 할 수 없겠군요. 사실 두 인물은 아주 재미있고 독특한 특성을 보여줍니다. 매우 우스꽝스러우면서도 사뭇 진지하고……

플로베르_ 부바르와 페퀴셰는 누가 보아도 어리석게 보이는 것이 사실입니다. 저는 인간의 어리석음에 대항하는 방법으로서, 정면으로 부딪쳐서 직접 공격하고 비난하는 것이 아니라 오히려 어리석음을 실현해 보이는 매체를 선택하고자 했습니다. 즉 부바르와 페퀴셰라는 어리석은 인간을 설정하여 이 세상의 모순을 보여줌으로써 인간의 어리석음에 대항하게 한 것이지요. 실제로 그들은 과학을 현실에 적용하는 방법을 잘 몰라서 어처구니없는 실패를 반복하고 실수를 많이 하는 우스꽝스러운 인물로 등장합니다. 그들의 호기심은 비정상적이고 기이한 방향으로 전개되어서, 종종 주위 사람들보다 더 어리석게 보이기도 하지요. 하지만 두 인물은 단지 어리석은 인물의 전형만으로 고착되어 있지는 않습니다. 서툴고 어설픈 연구 작업에도 불구하고 날마다 더 넓어져가는 시야 속에서 막연하지만 경이로운 것들을 만나면서 그들의 지성은 발달되어가니까요. 그리하여 작품의 후반부로 가면서, 그들은 점점 명석해져서 책의 모순을 밝히고 자기주장을 갖게 되어 어리석음이 그들 자신이 아니라 외부에 있다는 것을 보여줍니다. 맹목적으로 이론서의 여러 원칙을 따르던 처음과는 달리, 과학 자체를 비판하고자 하는 욕구를 갖게 되는 것이죠.

진인혜_ 사실 부바르와 페퀴셰는 소설의 처음에서부터 그러한 변화와 발전의 가능성을 간직하고 있었던 것 같습니다. 끊임없이 문제를 제기하는 건강하고 원기 왕성한 성격은 분명 긍정적인 것이라고 할 수 있으니까요. 모든 장면이 다 그렇습니다만, 한 가지 예를 들자면 III장에서 두 인물이 근육의 움직임으로 목욕탕 물을 미지근하게 데울 수 있다는 책 속의 내용을 직접 실험하는 장면이 있지요? 저는 그 장면을 읽으면서, 발가벗고 욕조 속에 들어가서 열심히 팔다리를 움직이며 온도계를 들여다보는 부바르의 우스꽝스러운 모습을 상상하며 절로 웃음이 나왔습니다. 하지만 어느 틈엔가 진리를 추구하려는 그들의 진지하고 순박한 노력이 일면 눈물 어린 감동을 주더군요. 자신의 이익만을 염두에 둔 채 독단적인 생각에 빠져 결코 반성을 모르는 정체된 집단을 이루고 있는 샤비뇰 주민과 비교해보면, 부바르와 페퀴셰는 확실히 샤비뇰 사회에서 유일하게 진리와 미와 정의를 추구하는 개척자라고 할 수 있을 것 같습니다.

플로베르_ 그러니까 부바르와 페퀴셰의 어리석음은 그들을 둘러싸고 있는 샤비뇰 주민의 어리석음과는 전혀 다른 것으로서, 끊임없이 그에 대항하는 모습을 보여줍니다. 확언을 잘 하고 도식화하기를 좋아하고 시작하기도 전에 먼저 결론을 내리는 것이 샤비뇰 주민이 지닌 어리석음의 속성이라면, 부바르와 페퀴셰의 어리석음은 누구도 의심하지 않는 확실한 것을 의심하고 기존의 질서를 파괴하고 어지럽히는 속성을 가지고 있습니다. 즉 샤비뇰 주민의 어리석음은 도식적으로 굳어진 것으로서 타성적인 힘을 행사하지만, 두 인물의 어리석음은 능동적이고 파괴적인 특징을 가지고 있다고 할 수 있지요. 그들은 이 세계 안에서 능숙하게 처신하지 못함으로써 오히려 이 세상이 내포하고 있는 모순을 밝혀내고 폭로하는 역할을 합니다. 그리하여 끝에 가서는 주인공들이 취하는 태도보다는 과학과 그 체계 자체가 우스꽝스럽게 보이며 신랄한 비판의 대상이 되지요. 그들은 점점 명석해져서 종교를 비판하기도 하고 철학적인 세계관을 피력하기도 하는데, 그러한 태도는 바로 작가인 저 자신의 것이라고 할 수 있을 만큼 부바르와 페퀴셰는 저의 대변인이 됩니다. 특히 정치의 장(VI장)에서, 나폴레옹의 쿠데타에 대한 샤비뇰 주민의 어처구니없는 반응을 보고 분개한 페퀴셰의 증오에 찬 목소리는 바로 정치적 격변의 와중에서 자신의 이익에 따라 이리저리 휩쓸리는 당시의 국민에게 제가 느꼈던 분노를 그대로 대변하고 있지요. VIII장에 이르러, 저는 두 주인공에게 저 자신의 감수성을 완전히 이입시켰습니다. 그리하여 제가 동시대인들에게 느꼈던 것과 똑같이, 그들은 샤비뇰 주민의 어리석음에 대해

참을 수 없는 분노를 느끼게 됩니다. 저와 마찬가지로, 이 세상의 어리석음으로 인해 고통을 받게 되지요. 생각을 많이 하면 할수록 더 많은 고통을 느끼게 되는 법이니까요. 부바르와 페퀴셰는 드디어 인간의 어리석음에 대한 깨달음과 의식을 갖게 된 것입니다.

진인혜 _ 그렇다면 인간의 어리석음을 보고 더 이상 견딜 수 없어하는 "가련한 능력"을 갖게 된 부바르와 페퀴셰는 마지막에 이르러 자포자기하는 심정으로 처음의 필경으로 되돌아가는 것인가요?

플로베르 _ 그건 아닙니다. 마지막에 그들이 필경으로 되돌아가기로 결심하는 것은 능동적이고 자발적인 선택이니까요. 그것은 피동적으로 복종하는 행위에 불과하던 처음의 필경과는 그 의미가 다르지요. 필경으로 되돌아갈 생각을 하면서 부바르와 페퀴셰가 짓는 미소가 무엇을 의미하겠습니까? 다른 사람의 어리석은 말과 행동을 글로 옮김으로써 적어도 그것을 비난할 수 있게 되는 것이겠지요. 책과 지성에 대한 맹목적이고 절대적인 믿음을 버림으로써 오히려 승리하게 되는 것이라고 한다면, 지나친 해석일까요?

진인혜 _ 그렇게 보면, 부바르와 페퀴셰는 정확히 출발점으로 되돌아오는 것은 아니군요.

플로베르 _ 엄밀히 말해서 출발점과 같은 지점이 아니라 그보다 진일보한 지점으로 돌아오는 것이겠지요. 그러니까 《부바르와 페퀴셰》의 순환구조는 닫혀 있는 원의 구조가 아니라 더 높은 지점을 향해 열려 있는 나선 구조라고 해야겠네요. 우리의 삶의 과정이 그러하듯, 영원히 도달하지 못한 채 계속해서 정점을 향해 움직이는 나선형의 구조 말입니다.

진인혜 _ 선생님께서 돌아가시기 전에 작품을 완성시킬 수 있었다면, 정점에 이르렀을 수도 있었겠군요. 그나마 마지막 장을 집필하다가 돌아가셨고 또한 미완성된 부분도 남겨진 서류와 노트 덕분에 작품의 윤곽이 거의 완성된 상태로 독자들에게 전해질 수 있어서 다행이었습니다만, 수년 동안 혼신의 힘을 기울이던 작품을 미완성으로 남겨두게 되어 참으로 애석합니다.

플로베르 _ 사실 《부바르와 페퀴셰》의 내재적인 특성을 생각해보면, 제가 작품을 완성시키지 못하고 마지막 장을 집필하던 중에 죽게 된 것은 필연적인 일이었다는 생각이 듭니다. 절묘하고 시기적절한 죽음이었다고 할까요?

진인혜 _ 시기적절한 죽음이라니요? 무슨 그런 말씀을 하십니까?

플로베르 _ 《부바르와 페퀴셰》가 지닌 순환구조를 생각해볼 때, 끝이 날 수 없는 것은 당연한 결과니까요. 뿐만 아니라 "그들은 필경에 착수한다"는 마지막 문장은 서술하는 이야기의 차원을 마감하면서 동시에 필경이라는 또 다른 차원을 향하여 열려 있는 것 아닙니까? 따라서 《부바르와 페퀴셰》가 미완성 작품으로 남음으로써 미래의 시간을 향해 열려 있는 것은 어찌 보면 작품의 중심 사상과 우연히도 일치하는 묘미를 보여준다고 할 수 있지요. 저는 인간의 어리석음이란 바로 결론을 내리려는 데에 있다고 늘 생각해왔는데, 《부바르와 페퀴셰》의 미완성이 저의 그런 사상을 상징적으로 드러내 보여주는 것 같지 않습니까? 그보다 더 절묘한 상징이 어디에 있겠습니까?

진인혜_ 하지만 선생님은 《부바르와 페퀴셰》 이후에도 위대한 대작을 꿈꾸지 않으셨습니까?

플로베르_ 그랬지요. 《부바르와 페퀴셰》를 끝내면, 야만적으로 되어 가는 문명인과 문명화되어 가는 야만인을 동시에 보여주고 결국에는 서로 뒤섞이게 되는 두 세계를 대조시켜 보고 싶었습니다. 그것 역시 색다른 시도가 될 수 있었을 테니까요. 하지만 여한은 없습니다. 제가 죽은 지 1년도 안 되어 《부바르와 페퀴셰》가 출판되었고, 작품의 2권으로 구상했던 필경의 내용들까지 모두 독자들과 만날 수 있었으니까요. 지난번 책세상에서 출간된 《통상 관념 사전》이 바로 2권을 구성하고 있는 필경의 내용 중 가장 중요한 부분이지요. 《통상 관념 사전》은 통속적인 신념과 상투어를 모아놓은 해학적인 작품으로, 《부바르와 페퀴셰》를 쓰기 이전에 이미 완성되어 있었습니다. 애초에 하나의 독립된 작품으로 구상했던 것이지요. 저는 일찍이 인간의 어리석음에 대한 글을 써보고 싶다는 생각으로《통상 관념 사전》을 집필하게 되었는데, 사전의 형식을 취하여 마치 필연적인 진실로 보이게 함으로써 풍자와 해학을 극대화시켰지요. 그런데 아무래도 일반적인 소설과는 양식이 판이하고 기이한 작품이었기 때문에, 좋은 서문을 붙이고 싶었습니다. 하지만 서문을 쓰는 일이 만만치가 않아서 여러 해 동안 골치를 썩이느라 1850년경에 완성된《통상 관념 사전》을 발표하지 못했지요. 그러다가 20여 년 후에 이르러《부바르와 페퀴셰》를 쓰면서, 제2권에 통합할 생각을 하게 된 것이죠. 《통상 관념 사전》의 서문에 대한 생각이《부바르와 페퀴셰》로 이어진 것이니, 결국《부바르와 페퀴셰》는 20년 전부터 구상해 온 작품인 셈입니다. 이 두 작품은 참으로 오랜 세월 제 가슴 속에 뿌리박고 있었던 것이지요. 제가 죽은 후에 남긴 원고와 자료들을 토대로 소개된 2권의 내용은《통상 관념 사전》을 포함하여 〈후작부인의 앨범L'album de la Marquise〉, 〈신형사상 목록Le catalogue des idées chic〉, 〈소화집Le sottisier〉의 4가지였는데,《통상 관념 사전》은 2권의 다른 글들과 달리 독립된 작품으로 소개되어도 손색이 없습니다.

진인혜_ 선생님께 시간이 허락되었다면 2권의 나머지 글들도 완성될 수 있었겠지요? 그랬다면 독자들은《통상 관념 사전》못지않은 또 다른 풍자와 해학을 만날 수 있었을 텐데, 참

안타깝습니다.

플로베르_ 제가 평생 동안 가슴속에 품고 있었던 《통상 관념 사전》과 《부바르와 페퀴셰》가 한국에 모두 소개된 것만으로도 정말 기쁩니다. 더구나 제가 살던 시대의 남자들의 평균 수명을 생각해볼 때, 58세까지 살았다면 살 만큼 살았지요. 《부바르와 페퀴셰》가 미완성의 묘미에 힘입어 독자에게 더욱 큰 여운을 남길 수 있다면, 오히려 전화위복 아닙니까? 다만 인공지능이 등장하고 유전자 조작을 통해 생명의 신비까지 인간의 지성으로 통제되는 현 시대에, 인간의 지성을 희화하고 풍자한 제 작품이 독자들의 마음을 얼마나 끌 수 있을까 조금 염려가 되는군요.

진인혜_ 어쩌면 《부바르와 페퀴셰》는 생명의 신비까지 인간의 마음대로 좌지우지할 수 있다고 섣부른 확신을 품는 현대인들에게 시사하는 바가 더 클 지도 모릅니다. 보잘 것 없는 지식으로 치장하고 확언을 일삼는 사람들에게, 지금 이 순간에도 어디선가 그런 어리석은 모습을 보면서 필경을 하고 있을 부바르와 페퀴셰의 모습을 한 번쯤 떠올리게 함으로써 경종을 울려줄 수 있을 테니까요. 시대를 초월하여, 아니 시대마다 새로운 의미로 독자에게 다가갈 수 있는 것이 바로 훌륭한 고전 작품이 지닌 특성 아니겠습니까? 이 시대를 살아가는 한국의 많은 독자들도 《부바르와 페퀴셰》에서 새로운 의미를 만날 수 있으리라고 기대합니다.

◆

귀스타브 플로베르

Gustave Flaubert

◆

귀스타브 플로베르Gustave Flaubert는 1821년 12월 12일, 아버지 아실 클레오파 플로베르가 수석 외과 의사로 일하던 루앙 시립 병원에서 태어났다. 어머니는 쥐스틴 카롤린이고, 당시 형 아실은 여덟 살이었다. 3년 후인 1824년에는 여동생 카롤린이 태어났는데, 귀스타브는 나이 차가 많은 형보다 여동생과 더 친하게 지냈다. 그들의 우애는 카롤린이 결혼할 때까지 계속 유지되었다.

귀스타브가 자신이 작품을 출판한 작가가 되었다고 어린 시절 친구인 에르네스트에게 말한 것은 열한 살 때인 1831년의 일이었다. 〈코르네유에 대한 찬사Eloge de Corneille〉라는 짧은 글을 두고 한 말이었는데, 물론 책으로 출판된 것은 아니고 에르네스트의 외삼촌이 복사해서 책처럼 만들어준 것이었다. 아무튼 나중에 귀스타브가 대학에서 법률 공부를 했음에도 불구하고, 그가 일찍이 어린 시절부터 문학에 대한 소양과

관심을 가지고 있었음을 보여주는 대목이다. 다음해인 1832
년 루앙의 중등학교 콜레주 루아얄에 입학한 귀스타브는 루
이 부이예를 만나 절친한 친구가 되었고, 1834년에는 손으로
직접 쓴 잡지 《예술과 진보*Art et Progrès*》를 발행했다. 그리고
1836년까지 초기의 여러 소품을 썼고, 여름에는 휴가를 보내
던 투르빌 해변에서 풍만한 가슴을 지닌 20대의 기혼녀 슐레
쟁제 부인을 만나 열정적인 사랑의 감정을 느낀다. 처녀 때의
성이 푸코인 엘리자 슐레쟁제 부인은 일생 동안 그의 흠모의
대상으로 남으며, 훗날 《감정 교육》의 여주인공인 아르누 부
인의 모델이 된다.

1837년 플로베르는 2월과 3월에 각각 〈장서벽Bibliomanie〉
과 〈박물학 강의Une leçon d'histoire naturelle〉를 루앙에서 발
행되는 문예 신문 《르 콜리브리*Le Colibri*》지에 처음으로 발표
한다. 1838년에는 〈고뇌Agonies〉를 쓰고, 첫 번째 자서전적인
이야기 〈광인의 회상Mémoire d'un fou〉을 완성한다. 1839년
에도 계속해서 〈스마르Smarh〉, 〈마튀랭 박사의 장례식Les
Funérailles du docteur Mathurin〉 등을 쓰지만, 연말에는 콜
레주 루아얄에서 쫓겨나 혼자서 대학입학 자격시험을 준비한
다. 1840년 8월, 대학입학 자격시험에 합격한 후 클로케 박사
와 함께 피레네 산맥과 코르시카를 여행하고 여행 일지를 기
록한다. 그리고 마르세유에서 윌랄리 푸코를 만나 뜨겁고도
강렬한 육체적인 관계를 맺는다. 루앙으로 돌아와 거의 1년을
무위도식한 플로베르는 1841년에 드디어 파리 법과 대학에

등록한다. 1842년에 제비뽑기 덕분에 군 입대를 면제받은 플로베르는 열의 없이 법학을 공부하는 가운데 콜리어 가족, 프라디에 가족, 슐레쟁제 가족 등과 친분을 맺는다. 같은 해인 1842년 10월에는 두 번째 자서전적 이야기 〈11월Novembre〉을 완성한다. 1843년에는 2월에 《감정 교육》 제1고에 착수하며, 8월에 2학년 진급에 실패한다.

1844년에 플로베르는 그의 생애에서 아주 중요한 사건을 만나게 된다. 1월에 형 아실과 함께 도빌에서 돌아오는 길에 퐁 레베크 거리에서 신경성 발작을 일으켜 마차에서 떨어진 것이다. 이 사건은 적성에 맞지 않는 법학 공부를 포기하는 계기가 되어주었다. 학업을 중단한 그는 루앙 교외의 크루아세에서 칩거하며 본격적인 창작 활동을 시작한다. 다음해인 1845년 1월에 《감정 교육》 제1고를 탈고하지만, 이 작품은 플로베르가 죽은 지 30년이 지나서야 발표된다. 같은 해 3월에 누이동생 카롤린이 에밀 아마르와 결혼하고, 가족들은 이 신혼 부부와 함께 이탈리아를 여행한다. 1년 후 아버지가 사망하고, 연이어 누이동생이 자기와 같은 이름의 딸을 남기고 사망한다. 그리하여 플로베르는 어머니와 함께 크루아세에서 조카딸 카롤린을 기르게 된다. 1846년 7월, 파리 여행 중에 프라디에의 집에서 여류 시인 루이즈 콜레를 만나게 되면서 그녀와의 오랜 관계가 시작된다.

1848년 2월 그는 친구 뒤 캉, 부이예와 함께 파리에서 2월 혁명의 현장을 목격하는데, 이때의 체험은 훗날 《감정 교육》

결정고에 자세하게 기록된다. 3월에는 크루아세에서 루이즈 콜레에게 절교의 편지를 보내고, 이어 5월에 《성 앙투안의 유혹*La Tentation de Saint Antoine*》 제1고를 쓰기 시작한다. 1849년 9월에는 《성 앙투안의 유혹》을 탈고해 뒤 캉과 부이예에게 32시간에 걸쳐 열정적으로 낭독해주지만, 친구들은 실패작이라고 단언하며 불구덩이에 던지라고 한다. 낙심한 플로베르는 11월에 막심 뒤 캉과 함께 동방 여행을 하기 위해 마르세유에서 배에 오르는데, 이 여행 중에 《보바리 부인》을 착상하게 된다.

플로베르는 1년 반 동안 이집트, 베이루트(이곳에서 그는 성병에 감염된 듯하다), 예루살렘, 콘스탄티노플, 그리스, 이탈리아를 여행한다. 1851년 7월에 루이즈 콜레와의 관계가 다시 시작된다. 9월 19일에는 《보바리 부인》에 착수하며, 12월에는 나폴레옹의 쿠데타를 목격한다. 이후 1854년까지 파리와 망트를 오가며 루이즈 콜레와의 관계를 지속하다가 10월에 그녀와 완전히 결별한다.

1856년 4월에 드디어 《보바리 부인》이 완성되었고, 이것은 뒤 캉의 잡지 《라 르뷔 드 파리*La Revue de Paris*》에 원고의 일부가 삭제된 채 10월부터 연재된다. 친구들에게 혹평을 받은 《성 앙투안의 유혹》에 대해 미련을 떨치지 못하고 있던 플로베르는 같은 해인 1856년에 제2고를 쓰고, 12월에 고티에의 잡지 《라르티스트*L'Artiste*》에 부분적으로 발표한다. 그런데 문제는 《보바리 부인》이었다. 1857년 1월, 대중적이고 종교적인 도덕과 미풍양속을 해쳤다는 이유로 플로베르와 《라 르뷔 드 파리》지가 기소된 것이다. 하지만 이 재판에서 무죄 판결을 받음으로써 《보바리 부인》(미셸 레비에 의해 출판)은 오히려 대중의 관심을 끌게 되어 굉장한 성공을 거두고, 플로베르를 단번에 유명 작가로 만들어준다.

이제 명실 공히 베스트셀러 작가가 된 플로베르는 1857년 9월부터 또 다른 소설 《살람보Salammbô》를 쓰기 시작한다. 1858년에는 파리의 사교계에도 출입하며, 생트 뵈브, 고티에, 르낭, 보들레르, 페도, 공쿠르 형제 등과 친분을 나눈다. 4월에 《살람보》를 위해 카르타고를 여행한 뒤 크루아세로 돌아가 다시 집필에 몰두한다. 마침내 1862년에 《살람보》를 탈고해 11월에 출판한다. 이 작품은 많은 논란을 불러일으켰지만, 곧 성공을 거두어 사교계 여자들에게 살람보 스타일의 옷을 유행시키기도 했다.

1863년에 조르주 상드와의 서신 왕래를 시작하게 되며, 마틸드 공작 부인과 교유하며 그녀의 비호를 받는다. 또한 마니 레스토랑의 저녁 모임에 참가하면서 투르게네프를 만나게 된다. 1846년에는 조카딸 카롤린이 목재상 에르네스트 코망빌과 결혼하고, 플로베르는 《감정 교육》을 쓰기 시작한다. 1866년에 그는 레지옹 도뇌르 훈장 수훈자로 선정되는 영예를 안는다. 그러나 조카사위 코망빌의 재정적인 어려움 때문에 플로베르 역시 경제적으로 어려움에 처하게 되고, 이는 그의 말년을 괴롭히게 된다.

1869년 5월에《감정 교육》을 탈고하고 11월에 발표하지만, 대중과 언론으로부터 혹평을 받아 플로베르는 크게 실망한다. 보불 전쟁이 발발한 1870년에는 시국에 대해 불안을 느끼면서도 먼저 부이예의 희곡 작품 〈나약한 성Le Sexe faible〉을 손보고, 이어《성 앙투안의 유혹》에 다시 매달린다. 보불 전쟁으로 인해 노장의 친척들이 크루아세로 피신해 오고, 카롤린은 프로이센군을 피해 영국으로 피신한다. 플로베르도 국민군 중위로 복무한다. 11월에는 결국 프로이센 군대에 의해 크루아세가 점령되는 치욕을 겪는다. 1871년 1월 휴전이 이루어지고, 11월에는 과부가 된 슐레쟁제 부인이 크루아세를 방문한다. 플로베르의《감정 교육》에는 초로의 아르누 부인이 주인공 프레데리크를 찾아오는 에피소드가 있는데, 마치 그 소설처럼 그가 일생을 두고 마음속으로 사랑해온 엘리자 슐레쟁제의 방문을 받은 것이다. 현실을 예견한 듯한 이 소설 전개는 많은 사람들의 입에 회자되었다.

　　1872년 4월에 어머니가 사망하고, 여름에《성 앙투안의 유혹》이 완성된다. 그리고 드디어 그는 적어도 20년 전부터 생각해온《부바르와 페퀴세》의 준비 작업에 본격적으로 착수한다. 2년 후인 1874년에는 희곡 〈후보자Le Candidat〉를 써서 보드빌 극장에 올렸다가 처절한 실패를 맛보고, 그 해에《성 앙투안의 유혹》을 출판한다. 1875년에는 조카딸의 파산을 막기 위해 재산을 정리하고 생활비를 줄인다. 간신히 크루아세의 양도만은 피할 수 있었으나, 플로베르는 말년에 닥친 경제적 어려움에 많이 우울해한다. 《부바르와 페퀴세》 집필에 있어서도 많은 어려움을 느낀 플로베르는 1875년부터 1877년까지 〈단순한 마음〉, 〈성 쥘리앵전〉, 〈에로디아스〉라는 세 단편을 써서 《세 가지 이야기》라는 책으로 출판한다. 그리고 중단되었던 《부바르와 페퀴세》를 다시 집필하기 시작한다. 이후 2년여 동안 그는 건강 악화와 경제적 문제로 어려움을 겪으며, 마자린 도서관 명예직의 수입과 연금으로 생활고를 해결한다.

이렇게 어려운 상황에서도 1880년 부활절에는 졸라, 공쿠르, 도데, 모파상, 샤르팡티에와 함께 크루아세에서 모임을 갖는다. 플로베르는 그 해 5월 8일 파리 여행을 준비하던 중에 크루아세에서 뇌일혈로 사망해 11일에 루앙에 묻혔다. 그가 죽은 지 약 1년 후인 1881년 3월, 그가 평생 동안 꿈꾸다가 유작으로 남기고 간 《부바르와 페퀴세》가 출판되었다.

1) 메살리나는 로마 황제 클로드의 음란한 왕후.

2) 아모로스(1796~1848). 스페인의 장교. 프랑스로 망명하여 체조의 보급에 힘썼다.《신체, 체조, 정신적 교육의 새 개론서》를 편찬. 이 개론서는 두 권으로 되어 있으며, 셋째 권은 화보로 되어 있다.

3) 죽마타기는 기다란 막대기 위에 발을 올려놓고 걸어가는 것.

4) 호구리는 신령의 힘으로 테이블을 움직이는 영기술(靈氣術) 탁자 주위에 몇 사람이 둘러앉아 손을 올려놓고 있으면, 심령이 의사 전달을 하여 탁자가 움직인다는 것.

5) 1855년, 오말 가의 한 장인(匠人)이 연필이 달려 있는 망령을 위한 널빤지를 제작했다.

6) 패러데이(1791~1867). 영국의 물리학자이자 화학자.

7) 슈브뢸(1786~1889). 프랑스의 화학자.

8) 메스메르(1734~1815). 독일의 의사. '동물 자기'를 발견했다.

9) 메스메르의 향연은 그의 최면 치료법 도처에서 찾아볼 수 있을 만큼 유명한 것이다. 메스메르는 향연에 대한 유행을 불러일으켰다.

10) 알붐 그래쿰은 '그리스어 목록'이라는 뜻의 라틴어.

11) 바라문은 인도의 카스트 제도에서 가장 높은 지위인 승려 계급.

12) 카조트(1719~1792). 프랑스의 작가. 1788년에 카조트, 바이리, 샹포르, 콩도르세, 루셰가 모여서 저녁 식사를 했는데, 여기에서 카조트가 대혁명을 예견하고 그 자리에 모인 사람들의 운명을 말해주었다고 한다.

13) 장기는 대기 중에 있는 전염병독으로 파스퇴르가 세균을 발견하기 이전에는 전염병의 원인으로 간주했다. 이 장기에 의한 설명은 비레이가 《의학사전》의 최면술에 대한 항목에서 설명하고 있다.

14) 스웨덴보리(1688~1772). 스웨덴의 학자이자 접신론자(接神論子).

15) 모랭의 《최면술과 신비술에 대하여》에 따르면, 이 바바리아 사람의 이름은 리고미르이며 1851년에 기적을 이루었다고 한다.

16) 오드는 게르만 잡지 16권에 실린 보스코비츠라는 사람의 《오드, 규정할 수 없는 새로운 요소에 대한 연구L' Od, recherches sur un nouvel agent impondérable》에서 인용한 것이다.

17) 팔레 루아얄은 파리에 있는 정원이 딸린 건물 이름.

18) 벨라돈나는 식물의 이름.

19) 폴리니는 쥐라 산맥 지역의 주요 지명.

20) 스패니얼은 에스파냐 원산의 수렵, 애완용 개.

21) 프룩투스 벨리는 '즐거운 쾌락의 결과'라는 의미의 라틴어.

22) 주프루아(1796~1842). 프랑스 철학자.

23) 제랑도(1772~1842). 프랑스의 평론가이자 박학자. 관념론적인 경향을 지닌 철학자.

24) 세세(1232~1311). 프랑스의 고위 성직자.

25) 아르키메데스와 아피시우스는 로마의 식도락가들의 이름.

26) 듀걸트 스튜어트(1753~1828). 영국의 철학자.

27) 명증은 '판단의 직접적 확실성'을 나타내는 철학 용어.

28) 계시. 철학 용어. 사람의 지혜로는 알 수 없는 일을 신이 가르쳐 알게 하는 것.

29) 이 작품의 III장에서 부바르와 페퀴셰가 라스파유의 《건강 개론》을 읽고, 건강에 좋다고 추천한 장뇌를 귤련으로 만든 것.

30) 단자는 라이프니츠 철학 중 만물의 소인(素因).

31) 토마스 아 켐피스의 저서로 전해지는 《그리스도의 모방》을 일컫는다.

32) 만과(晩課)는 가톨릭 전례에서 성무일과의 하나로서, 마지막의 종과(終課) 전에 드리는 저녁 기도.

33) 성 보노제는 로마의 81대 교황.

34) 성 히에로니무스(347~420). 교회의 창시자이자 학자.

35) 성 브뤼노(1035~1101). 샤르트르 수도회의 창립자.

36) 성모의 달은 5월.

37) 살레트는 그르노블의 한 구역 이름. 1846년 두 목동에게 성모 마리아가 나타난 이후로 성지 순례의 한 장소가 되었다. 폴 파르페가 《신앙심의 보고》라는 저서에서 성스럽고 기적적인 물에 대하여 이야기하고 있다.

38) 가스통 도를레앙(1608~1660). 앙리 4세의 셋째 아들이며, 루이 13세의 형제.

39) 안티오크는 고대 시리아의 수도.

40) 켈랑(1778~1839). 프랑스 성직자. 1821년에 파리의 대주교가 되었다.

41) 탈레랑(1754~1838). 프랑스의 정치가.

42) 벽감은 동상이나 장식품을 놓기 위해 두터운 벽을 움푹하게 파 놓은 곳.

43) 이합체의 시는 각 줄의 첫 글자를 붙이면 그 시의 제목이 되는 시.

44) 타르튀프는 몰리에르의 희곡 《타르튀프 *Taruffe*》의 주인공. 위선적이며 사이비 신앙을 가진 인물.

45) 〈모세 오경〉은 《구약성서》의 처음 5서. 〈창세기〉, 〈출애굽기〉, 〈레위기〉, 〈민수기〉, 〈신명기〉.

46) 여호수아는 모세의 후계자. 〈신명기〉 마지막 부분(34장)에 모세의 죽음과 여호수아가 모세의 뒤를 이어 지혜롭게 일을 행했다는 기록이 있다.

47) 에스겔은 유태의 선지자.

48) 불어에서 신문, 책 따위를 탐독한다고 표현할 때, '먹어치우다 dévorer'라는 동사를 사용한다.

49) 아타나즈(295~373). 족장이자 교회의 학자. 니세 공의회에 참석했으며 328년에 알렉산드리아의 주교가 되나, 아리우스파의 신도들에 대한 완강함 때문에 다섯 번이나 추방되었다.

50) 아리우스(280~336). 아리우스파의 창시자. 325년 니세 공의회와 381년 콘스탄티노플 공의회에서 기독교 이단으로 판결받았다.

51) 아드리안 6세(1459~1523). 216대 교황.

52) 성모는 잉태의 순간부터 죄로부터 수호되었다. 즉 원죄의 물듦이 없이

잉태되는 은총을 받았다는 신조.

53) 〈마태복음〉, 〈마가복음〉, 〈누가복음〉을 일컫는다.

54) 아브가르는 에뎃사(메소포타미아의 옛 도시)의 아홉 왕의 이름. 아브 가르 5세는 기원전 4~7년, 그리고 13~50년까지 통치했는데, 예수의 초상화와 편지를 받았다는 전설이 있다.

55) 빌라도는 1세기 사람. 유태의 총독으로, 예수의 죽음을 원하는 유태교 도들에게 예수를 넘겨주었다.

56) 이시스 신은 이집트의 의학 · 결혼 · 농업의 여신.

57) 오마는 제단에 피워놓은 불 속에 제물을 던짐으로써, 인간의 죄악을 없애고 신에게 복종하며 악마를 물리친다는 의식.

58) 크시수트로스는 노아와 유사한 특성을 나타내는 칼데아(바빌로니아 의 지방)인.

59) 오리게네스(185~254). 알렉산드리아에서 태어나 그리스어로 기독교 를 연구한 학자.

60) 테베는 고대 이집트의 도시.

61) 펠리시테는 2세기에 로마에서 일곱 자녀과 함께 순교한 로마의 부인.

62) 악쿠라는 프리지아의 고대 도시.

63) 성녀 우르줄라는 기독교의 전설적인 인물. 영국의 공주로 태어나서, 이교도였다가 개종한 그의 약혼자와 11,000명의 시녀와 함께 로마까 지 순례를 했다. 돌아오는 길에, 쾰른 근처에서 훈족에게 모두 학살되 었다.

64) 운데스밀라는 라틴어로, '운데심'은 11이고, '밀라'는 1,000을 의미한 다.

65) 갈레리우스는 305~311년 동안 로마의 황제를 지냈다.

66) 알비 종파는 12~13세기에 알비(프랑스의 도시)를 중심으로 퍼진 이 단 종파.

67) 생 바르텔르미의 학살은 1572년 8월 24일의 신교도 학살.

68) 성 로렌소는 에스파냐 태생의 로마 부사제로서, 258년 박해 때, 부상

자들을 돌보아주다가 극심한 고문을 당했다.

69) 키프리아누스는 248년 카르타고의 주교가 된 사람으로 258년에 순교했다.

70) 폴리카르프는 스무르네(지금의 터키 항구)의 주교로서 155년 혹은 177년에 순교했다.

71) 후파티아(370~415). 그리스의 철학자이자 수학자. 알렉산드리아 태생으로 아테네에서 수학했다. 수도승들이 조종하는 군중들에 의해서 학살되었다.

72) 제롬 드 프라그(1360~1416). 체코의 종교개혁가. 이단이라는 이유로 화형 당했다.

73) 얀 후스(1371~1415). 체코의 종교 개혁가로 화형 당했다.

74) 브루노(1548~1600). 이탈리아의 철학자. 이단으로 몰려 로마에서 화형 당했다.

75) 바니니(1585~1619). 이탈리아 철학자. 마술과 점성술을 쓴다는 이유로 화형당했다.

76) 안 뒤부르(1520~1559). 프랑스 집정관. 신교도에 대한 박해에 공식적으로 항의하다가 교수형 당한 후 불태워졌다.

77) 알코브는 벽면을 움푹하게 만들어서 침대를 들여놓은 곳.

78) 아르스(1786~1859). 프랑스 사제.

79) 프질라는 페르피냥(피레네 산맥 동쪽의 도청 소재지)의 교구.

80) 엠마누엘레(1820~1878). 빅토르 엠마누엘 2세를 말한다. 1849~1861년까지 사르덴(이탈리아의 섬)의 왕이었고, 후에 이탈리아 왕이 되었다(1861~1878).

81) 라 메트리(1709~1751). 프랑스의 철학자이자 의사, 유물론자.

82) 올바크(1723~1789). 프랑스의 철학자. 무신론적이고 기계론적인 물질주의 이론을 전개시켰다.

83) 퇴프페르(1799~1846). 스위스 사람으로서 불어로 글을 쓰는 작가이자 화가.

84) 테르툴리아누스(약 150 혹은 160~222). 카르타고의 신학자. 엄격하고 열렬한 그리스도교 옹호론자.

85) 비슈누는 힌두교의 세 주신 중 하나. 힌두교에도 삼위일체와 같이 삼신 일체의 개념이 있다. 그 세 신은 창조주 브라마, 관리의 신 비슈누, 파괴의 신 시바이다.

86) 프리메이슨 단원은 1717년 영국에서 결성된 코스모폴리탄적 자유주의자의 단체.

87) 갈(1758~1828). 독일의 의사. 골상학의 창시자. 두개골의 겉모양에 따라서 뇌의 기능을 연구했다.

88) 뒤퐁 드 느무르(1739~1817). 프랑스의 경제학자이자 정치가.

89) 브루세(1772~1838). 프랑스의 의사.

90) 무아 오시는 '나 역시'라는 의미의 불어.

91) 부아르는 '마시다'라는 의미의 불어.

92) 엘은 '그 여자'(3인칭 단수 여성형)라는 의미의 불어.

93) 아리스테이데스(BC 550~BC 467경). 아테네의 장군이자 정치가.

94) 카피톨리움은 로마의 일곱 언덕 중 하나이며, 그 위에 주피터의 신전이 있다. 거위가 골군의 야습을 알려 로마를 구했다는 이야기가 있다.

95) 스카이볼라는 BC 6세기 말의 전설상의 로마 영웅. 로마가 에트루리아 군사에게 포위당했을 때, 에트루리아 왕을 죽이려고 침입했다.

96) 레굴루스는 로마의 정치가이자 장군으로, BC 약 250년에 죽었다.

97) 과티모진(1495~1522). 아즈텍(멕시코 원주민)의 마지막 왕. 스페인 사람들에게 잡혀서 아즈텍의 재산을 어디에 숨겨놓았는지 밝히라고 고문을 당했다. 그러나 말하기를 완강히 버틴 그의 행동이 후에 전설처럼 전해졌다.

98) 수아송은 프랑스의 도시. 486년 클로비스가 시아그리우스에게 승리해서 유명해졌다. 그 전투 후에, 프랑스인은 한 성당에서 단지 하나를 빼앗았다. 랭스의 주교는 클로비스에게 그 단지를 다시 찾아 달라고 했다. 클로비스가 단지를 달라고 하자, 한 병사가 단지를 깨뜨려버렸다

는 일화가 유명하다.

99) 성 루이(1214~1270). 루이 9세를 말한다. 그는 떡갈나무 밑에서 친지들과 함께 카펫에 앉아서 재판을 했다고 한다.

100) 앙리 4세는 "나의 왕국에서 가장 가난한 농부라도 적어도 일요일마다 닭찜을 먹을 수 있기를 바란다"고 말했다고 한다.

101) 오베른(프랑스의 지명) 연대의 대장인 아사스(1733~1760)가 프랑스인을 기습하려는 적의 군대를 우연히 발견하고 그 사실을 알린 후에 죽임을 당했다는 일화를 일컫는다. 그가 한 말은 "날 구해줘, 오베른, 적이다!"였다.

102) 월하향은 멕시코 원산의 백합과 식물.

103) 셰라르드는 꼭두서닛과의 초본(草本) 식물.

104) 자카르(1752~1834). 프랑스 기술자.

105) 벤담(1748~1832). 영국의 철학자이자 법률 고문.

106) 뒤팡루(1802~1878). 프랑스의 고위 성직자.

107) 노랑장대는 헤스페리초류의 식물.

108) 캉팡(1752~1822). 프랑스의 여류 교육학자.

109) 예호야킴은 유다의 18대 왕(BC 609~BC 598년 동안 재임).

110) 《에스테르》는 라신의 종교극. 3막과 합창곡으로 이루어져 있다.

111) 바제도(1723~1790). 독일의 교육학자.

112) 티소(1836~1902). 프랑스의 화가이자 조각가.

113) 에메 마르탱(1786~1847). 프랑스 작가.

114) 《신엘로이즈》는 루소의 작품으로, '알프스 산 기슭의 자그만 도시에 사는 두 연인의 편지'라는 단서가 붙어 있다.

115) 오스망(1809~1891). 프랑스의 행정관이자 정치가. 그는 1853년 라센(파리 지역을 가리키는 옛날 도의 이름)의 도지사가 되어 17년 동안 재직하면서, 많은 기술자들과 함께 도시의 미화와 정화를 위한 계획을 실천했다.

116) 카르투슈(1693~1721). 프랑스의 산적. 18세기 초에 파리와 그 근방

을 약탈하던 무리의 두목으로, 오랫동안 경찰에게 붙잡히지 않다가 결국 체포되어 그레브 광장에서 산 채로 차형(車刑) 당했다.

117) 로뱅은 1877년에 《지도와 교육》이라는 책을 썼다.

118) 볼로냐는 이탈리아의 산업 도시.

옮긴이에 대하여

진인혜

서울에서 태어나 연세대학교 불어불문학과를 졸업했으며, 같은 대학 대학원에서 석사와 박사 학위를 취득했다. 박사 학위논문을 쓰기 전 1년간 프랑스 파리에 머물면서 자료를 수집하고 각종 세미나에 참석했으며, 파리 4대학에서 D.E.A.를 취득했다. 석사 학위 작품은 플로베르의 《보바리 부인》이었고, D.E.A와 박사 학위 연구 주제는 《부바르와 페퀴셰》였다. 처음에는 플로베르를 공부하는 것이 다소 지루하게 느껴졌고 작가로서의 진면목이 그다지 눈에 들어오지 않았으나, 마지막 작품 《부바르와 페퀴셰》를 읽으면서 점차 플로베르에게 매료되었다. 왜 그가 프랑스 문학사에서 중요한 위치를 차지하는지를 깨닫게 되었다.

플로베르에게 애정을 가진 사람답게 국내에는 《보바리 부인》의 작가로만 알려진 그의 또 다른 면모를 소개하고 싶었다. 그런 동기로, 국내에서 처음으로 《부바르와 페퀴셰》와 《통상 관념 사전》을 번역했다. 한국 독자들에게 플로베르를 더욱 잘 알리기 위해 방대한 전기 《플로베르—자유와 문학의 수도승》을 번역했고, 《감정교육》을 현대 감각에 맞게 새롭게 번역했다. 이 외 현대 작가들의 《말로셴 말로셴》, 《종말 전 29일》, 《티아니 이야기》, 《해바라기 소녀》, 《미소》, 《잉카》, 《루소, 장자크를 심판하다—대화》(루소전집 3) 등을 옮겼다.

연세대, 충남대에 출강했고, 배재대학교와 목원대학교에서 교수를 역임했다. 연세대학교 유럽사회문화연구소의 연구원으로도 활동하며 유럽의 전반적인 문화 현상에 대한 인문학적인 연구를 수행하였고, '문학의 기본 개념' 시리즈 출판에 참여해 《프랑스 리얼리즘》을 썼다. 그 후 프랑스어권 문학으로 시야를 넓혀 프랑스어로 표현된 알제리 문학 연구에 몰두 중이다.

여러 대중 매체의 발달로 문학이 외면당하는 실정이지만, 문학은 유구한 역사를 통해 어떤 방법으로든 살아남았듯이 앞으로도 그러리라 생각한다.

문학의 세계

부바르와 페퀴셰2

초판 1쇄 발행 1995년 4월 10일
개정 1판 1쇄 발행 2006년 3월 10일
개정 2판 1쇄 발행 2023년 1월 6일
개정 2판 2쇄 발행 2023년 4월 14일

지은이 귀스타브 플로베르
옮긴이 진인혜
펴낸이 김현태
펴낸곳 책세상
등 록 1975년 5월 21일 제 2017-000226호
주 소 서울시 마포구 잔다리로 62-1, 3층 (04031)
전 화 02-704-1251
팩 스 02-719-1258
이메일 editor@chaeksesang.com
광고·제휴 문의 creator@chaeksesang.com
홈페이지 chaeksesang.com
페이스북 /chaeksesang   트위터 @chaeksesang
인스타그램 @chaeksesang   네이버포스트 bkworldpub

ISBN 979-11-5931-888-7 04800
ISBN 979-11-5931-863-4 (세트)